Une si belle rencontre

*

L'enfant secret du Dr White

SUSANNE HAMPTON

Une si belle rencontre

Traduction française de
CHARLINE McGREGOR

BLANCHE

HARLEQUIN

Collection : Blanche

Titre original :
FALLING FOR DR DECEMBER

Ce roman a déjà été publié en 2015

HARPERCOLLINS FRANCE
83-85, boulevard Vincent-Auriol, 75646 PARIS CEDEX 13
Service Lectrices — Tél. : 01 45 82 47 47

www.harlequin.fr

ISBN 978-2-2804-4718-8 — ISSN 0223-5056

1.

— Un pas de plus, et j'appuie !

Layne Phillips attendit une réaction, qui ne vint pas.

L'homme qui se tenait devant elle paraissait insensible à l'avertissement. Sa mâchoire serrée donnait à son visage un air encore plus fermé. Immobile et mutique, ses yeux perçants plantés dans les siens, il secoua la tête.

Manifestement, il n'avait aucune intention de la prendre au sérieux. Et d'ailleurs, pourquoi le ferait-il ? Sa silhouette longiligne était loin de constituer une menace face à cette masse d'un mètre quatre-vingts de muscles dénudée jusqu'à la taille, ce torse large, ces bras puissants.

Le moindre signe d'intimidation risquait de donner le dessus à son adversaire, l'expérience lui avait appris cela.

— Je vous jure, encore un pas, et ce sera le dernier ! cria-t-elle, tout en se morigénant de s'être laissé entraîner ici.

Elle aurait pourtant dû le savoir, que rien de bien ne pouvait lui arriver en revenant dans cette ville ! La boule qui s'était formée dans sa gorge sur l'autoroute alors qu'elle roulait en direction d'Uralla n'était pas près de disparaître. Signe évident qu'elle n'avait rien à faire ici. Elle avait pourtant eu de bonnes raisons de quitter cette ville, douze ans plus tôt !

Elle attendit une réponse en actes ou en paroles, en vain.

Le visage de l'homme ne montrait aucune émotion. En revanche, elle sentait peser sur elle son regard calme, appuyé, qui la mettait de plus en plus mal à l'aise.

Enfin, il passa une main dans ses cheveux courts tout

en continuant de l'observer, elle vit ses lèvres se retrousser en un sourire, et sa voix grave déchira le silence, brûlante.

— Vous savez vraiment vous servir de ce truc ?

Pas question de se laisser intimider. Elle n'allait pas lui laisser percevoir combien il était près de la faire craquer. Elle devait garder le contrôle.

— Bougez seulement, et vous le découvrirez vite, rétorqua-t-elle avec aplomb.

Elle était parvenue à garder un ton calme malgré le tourment qui l'agitait. Pourvu que son attitude, quoique totalement différente de ses véritables sentiments, s'avère payante… S'il n'obtempérait pas, elle n'obtiendrait pas ce qu'elle espérait, et elle aurait fait tout ça pour rien. Alors, non, personne ne prendrait le dessus sur elle, pas ici et maintenant !

Bien campée sur ses jambes, elle pria pour qu'il l'ait prise au sérieux, cette fois.

Cela s'avéra le cas. A contrecœur, et avec une hésitation qu'elle ne comprit pas vraiment, il posa une botte poussiéreuse sur l'échelon suivant et passa sa longue jambe par-dessus l'échelle double pour la chevaucher.

— Pas trop tôt, marmonna-t-elle en coinçant une mèche de ses longs cheveux bruns derrière son oreille.

Sans détourner les yeux, elle tendit la main derrière elle et saisit un autre objectif sur la table. L'appareil photo réglé, le regard rivé à son modèle aussi beau qu'obstiné, elle contourna l'échelle et entama la prise de vue avec la confiance et l'expertise que seule possédait une photographe dotée de son talent et de son expérience.

Parcouru d'un frisson glacial, Pierce Beaumont évitait de baisser les yeux. Son cœur battait fort dans sa poitrine tandis qu'il s'efforçait de repousser les souvenirs douloureux qui s'emparaient de son esprit. Il avait beau tenter de se raisonner, ils continuaient d'affluer, menaçant de le submerger.

Mais non, il n'était plus ce garçonnet de douze ans en équilibre précaire sur la rembarde d'un balcon…

Pourtant, il se sentait tout aussi vulnérable. Agrippé à l'échelle, il n'avait plus qu'à prier pour que cette prise de vue finisse vite. Il devait rester concentré, se répéter que ce n'était qu'une échelle dans une pièce inutilisée de son cabinet, et tout se passerait bien.

Il avait anticipé la difficulté, mais il ne s'était pas attendu à ce que ces souvenirs reviennent ainsi le perturber. Pas après toutes ces années. Manifestement, certains souvenirs étaient difficiles, voire impossibles à effacer.

— Voilà, vous pouvez redescendre. Sérieusement, docteur Beaumont, c'était si compliqué que ça ? demanda Layne Phillips avec une politesse exagérée, en rangeant l'appareil dans son sac. Si on avait pu éviter toute cette dramaturgie, ce serait fini depuis au moins vingt minutes…

Tout en grommelant, elle démonta les parapluies et les projecteurs, puis le tripode qu'elle glissa dans le plus long de ses sacs imperméables.

Il était bien incapable de lui répondre, occupé qu'il était à descendre de l'échelle.

Une fois les deux pieds sur la terre ferme, cependant, son anxiété se changea en colère.

— Quelle différence ça faisait que je monte une marche de plus ou pas, vous pouvez m'expliquer ?

— Eh bien, figurez-vous que ça changeait tout au cadrage de la photo. Et je n'accepte aucun compromis quand il s'agit du travail. Pour demain, ne soyez pas en retard, s'il vous plaît, ordonna-t-elle avec un regard noir. J'espère capter le lever du soleil sur la propriété des McKenzy. J'ai déjà photographié onze autres médecins à travers l'Australie, et vous avez de loin été le moins coopératif. Pourquoi avoir accepté, si vous ne voulez pas apparaître dans un calendrier ? J'ai vu le contrat, ce sont bien vos nom et signature, dessus.

— C'est bien ça, le problème, rétorqua-t-il sèchement. Je n'ai rien signé du tout. Gregory Majors, mon ancien collègue, a falsifié les papiers avant de partir à la retraite. Il m'a piégé, et je reconnais bien là son sens de l'humour. Quand j'ai voulu me désister, les organisateurs m'ont appris qu'ils avaient déjà réservé votre vol et que le budget ne leur permettait pas de changer les plans. J'ai même proposé de payer un nouveau billet s'ils trouvaient un autre pigeon pour me remplacer, mais ils n'ont trouvé personne. Et si on annulait le calendrier, ça voulait dire pas de fonds pour l'an prochain. Ils n'ont pas hésité à jouer la carte de la culpabilité, je vous prie de me croire !

Il n'y avait pas que ça. Il n'avait pas eu le cœur de se désister après avoir lu le prospectus et compris la cause qu'il allait soutenir. Il était déchiré : poser pour ce fichu calendrier le hérissait, mais il ne pouvait décemment pas leur faire faux bond. Construire un dispensaire dans chaque capitale pour les orphelins qui n'avaient normalement plus accès aux centres après leurs dix-huit ans, c'était une tâche immense qui méritait bien un peu de soutien. Et même s'il n'avait aucune envie d'attirer l'attention sur lui, il avait choisi de faire passer la bonne action avant son propre confort. Si ce choix avait des répercussions, il les gérerait en temps voulu.

— Quelle noblesse d'avoir accepté de continuer ! s'exclama Layne en levant les yeux au ciel, visiblement peu impressionnée par ses explications.

Layne prenait son travail et la cause très à cœur, et le manque de respect que montrait cet homme l'agaçait. Cette œuvre caritative revêtait une importance particulière à ses yeux. Elle donnerait tout pour améliorer le quotidien de ces pauvres gamins. Elle était bien placée pour savoir combien le placement en familles d'accueil pouvait être difficile, mais ça devenait pire lorsque l'accueil prenait fin. Son but était donc d'apporter l'aide nécessaire aux abandonnés avant que la vie les écorche plus encore, de leur fournir une transition la moins rude possible vers l'âge adulte.

Elle s'impliquait dans cette association depuis plusieurs années déjà, et elle en faisait toujours plus. Parfois, quand le poids de la solitude devenait trop insoutenable, elle songeait à tous ces orphelins et à la vie instable qu'ils menaient.

Il y avait forcément un moyen d'améliorer leur quotidien.

Avec précaution et sans un mot, elle continua de remballer son équipement, nettoyant les lentilles avant de ranger les objectifs à leur place.

Elle était particulièrement soigneuse avec son matériel. Elle utilisait toujours le meilleur. Aujourd'hui, elle en avait les moyens, mais ça n'avait pas toujours été le cas. A ses débuts, il avait fallu qu'elle économise le moindre cent pour se payer l'équipement de base, et elle en avait gardé l'habitude de ne rien considérer comme acquis.

— Je suis peut-être obligé de me soumettre à ce shooting, mais pas question que je remonte sur une échelle, déclara Pierce Beaumont sans prendre la peine de masquer son dédain. Demain, c'est moi qui décide. On fait comme je dis, ou on ne fait pas.

Elle observa l'homme qui serait son sujet pendant les deux jours à venir, consciente que cette mission risquait de devenir l'une des plus pénibles et frustrantes de sa carrière. Frustrante à cause du sujet lui-même, et pénible à cause du lieu du shooting : le Dr Beaumont était ridiculement capricieux, et Uralla renfermait des souvenirs qu'elle aurait préféré oublier.

En quittant la petite ville de Nouvelle-Galles du Sud située à plus de quatre cents kilomètres au nord de Sydney, des ces années auparavant, elle ne s'attendait certainement pas à y revenir. Uralla faisait partie de son passé mais n'avait plus rien à voir avec la vie qu'elle s'était construite à New York. Si elle devait admettre qu'elle n'avait nulle part été plus heureuse qu'ici, elle savait aussi qu'elle n'était plus la même personne et qu'elle ne pourrait plus jamais se couler dans le moule de la petite ville.

Elle était citoyenne du monde, désormais, et sa carrière était devenue sa vie. Il n'y avait plus de place pour autre chose, et certainement pas pour les habitants d'ici. Ils étaient chaleureux et accueillants, mais justement, elle ne voulait plus laisser la moindre place dans sa vie aux sentiments. Ça ne lui correspondait plus.

Oui, les années qu'elle avait vécues ici lui avaient montré ce que c'était de faire partie d'une famille, avec des gens qui tenaient à elle et voulaient la protéger. Pour la première fois, l'impression d'abandon qu'elle ressentait depuis toujours l'avait quittée. Ici, à Uralla, elle avait cessé de penser que toute promesse finissait par être brisée. L'image qu'elle s'était faite de la famille parfaite, cette famille aimante dont elle n'avait fait que rêver alors qu'elle était ballottée de maison d'accueil en foyer, elle l'avait trouvée à Uralla. Elle y avait appris la véritable signification de l'amour inconditionnel et avait pu répondre à l'éternelle question qui la hantait.

Où était sa vie ? Eh bien, elle était ici…

Sauf que ces quatre années merveilleuses s'étaient terminées sur un drame : ses parents adoptifs étaient morts dans un accident de voiture. Elle les avait perdus et s'était retrouvée seule une fois de plus.

Alors elle avait utilisé ses cicatrices pour devenir plus forte. Elle avait tourné le dos à la sécurité offerte par la petite ville et choisi une nouvelle vie, loin d'Uralla. Il lui avait fallu des années de dur labeur pour trouver le succès, mais elle s'était prouvé à elle-même qu'elle en était capable. Finalement, sa détermination avait pris le contrôle de sa vie, elle n'avait compté sur personne d'autre qu'elle-même pour atteindre le sommet.

Parcourir le monde, travailler avec des mannequins, gérer leurs exigences et celles des clients, se réveiller chaque jour dans un hôtel différent, voilà ce qui était devenu son mode de vie. Elle avait un emploi du temps de dingue, mais ça lui évitait au moins de trop réfléchir au passé. Certes, elle se sentait seule parfois, mais c'était le prix à payer, et jamais elle ne s'en plaignait. Même les modèles les moins coopératifs n'arrivaient pas à la faire sortir de ses gonds. Car elle savait que, à la fin de la mission, chacun finirait avec de superbes clichés dans son book. Et s'ils se montraient vraiment insupportables, elle était arrivée à un niveau de sa carrière où elle pouvait se permettre de refuser de travailler de nouveau avec eux.

Elle adorait son métier. Elle était respectée dans le milieu et n'avait jamais besoin de chercher du travail. Son nom était synonyme de qualité. Ses clichés paraissaient dans les magazines les plus courus, au service des plus grands designers et des lignes de bijoux les plus chères. Son portefeuille de clients était éclectique, ses photos recherchées pour leur style et leur élégance. Elle avait travaillé dur pour en arriver là, et ce n'était pas un petit médecin de Nouvelle-Galles du Sud qui allait lui apprendre son métier !

Non, elle n'était plus la petite Melanie Phillips d'Uralla, cette fillette n'existait plus. Elle était Layne Phillips, photographe de renommée internationale. Alors, pas question de se laisser dicter sa conduite par un homme, aussi sexy soit-il. Qu'il ne s'y trompe pas, la seule décision qu'elle l'autoriserait à prendre, c'était celle de son eau de toilette. Tout le reste était de son ressort à elle. Elle tiendrait les rênes comme elle le faisait depuis douze ans. Personne ne les lui prenait des mains. Jamais. Après tout, c'était sa réputation qui était en jeu.

Elle s'assit en tailleur à côté du dernier sac.

— Ah oui ? répliqua-t-elle. Alors, c'est vous qui organisez le shooting, demain ?

— Si vous croyez que vous pouvez débouler en ville et ériger vos propres lois, vous vous trompez, martela Pierce. Votre attitude condescendante ne vous mènera à rien, ici. Et je vous rappelle que c'est moi qui vous fais une faveur, pas l'inverse.

Apparemment, il n'était pas homme à se laisser mener à la baguette.

— Une faveur, à moi ? Vous donnez un coup de main à une association caritative, pas à moi personnellement. Et hormis retirer vos vêtements, on ne peut pas dire qu'on vous en demande beaucoup, par-dessus le marché. Alors, j'ai une nouvelle pour vous : demain, on continue selon *mes* règles.

— Je pourrais m'asseoir sur le tracteur des McKenzy : un médecin de campagne sur un tracteur, ça colle, non ? Pas besoin de grande mise en scène, et en quelques minutes, « c'est dans la boîte », comme vous dites.

Elle ne put réprimer un mouvement d'humeur.

Non seulement cet homme accordait peu de valeur à son travail, mais en plus il n'y comprenait rien. A ses yeux, ça se résumait à asseoir un médecin sur un tracteur et à appuyer sur le déclencheur !

Quoi qu'il en soit, elle n'avait pas de temps à perdre à essayer de s'expliquer avec lui.

— Et pourquoi ne pas prendre un *selfie* de vous et me l'envoyer, pendant que vous y êtes ? suggéra-t-elle sèchement en fermant son dernier sac.

— Je n'aime pas cette idée de calendrier, de toute façon, s'obstina-t-il, choisissant d'ignorer son sarcasme.

— La formule a fait ses preuves, répliqua-t-elle. De beaux spécimens torse nu, quelques retouches, et on a vite fait d'éveiller les fantasmes de ces dames.

— Quelques retouches ? répéta-t-il, les sourcils froncés. Vous insultez tous vos modèles ?

Elle s'interrompit dans son rangement et se tourna vers lui, stoïque.

— Ce n'est pas une insulte, c'est un fait : je retouche mes photos pour mettre en valeur les qualités et gommer les défauts. La photographie, c'est du rêve. Je m'arrange pour rendre mon sujet irrésistible, qu'il s'agisse d'une rivière de diamants, d'un sac en cuir ou d'une voiture que seuls deux pour cent des gens peuvent s'offrir. J'en fais l'objet des fantasmes de tous, quelque chose dont le consommateur ne peut pas se passer.

— Tout ça n'est qu'un miroir aux alouettes, alors ! Quelle superficialité ! Ça ne m'étonne pas. Il faut vendre le produit à n'importe quel prix, c'est ça ?

— Qu'est-ce qui vous autorise à me parler ainsi ? Vous ne savez rien sur moi ! s'exclama-t-elle en se levant pour lui faire face. J'ai aussi des photos prises sur le vif, comme la série que j'ai faite sur les personnes âgées. Là, je ne retouche pas une ride. Le visage buriné de ceux qui ont traversé les joies et les peines de l'existence, ça n'a pas de prix. En revanche, si je signe un contrat destiné à faire vendre un produit, alors je fais les retouches qu'il faut pour obtenir la perfection.

En réalité, elle savait d'avance que les photos de Pierce Beaumont n'auraient pas besoin de retouches. Il possédait une sorte de magnétisme et de raffinement qui aguicherait n'importe quelle femme.

La dernière heure passée en sa présence avait été frustrante professionnellement parlant, mais ce n'était hélas pas le pire : il y avait quelque chose qui la mettait mal à l'aise chez cet homme et dans cette situation.

Etait-ce dû à la sensualité naturelle de Pierce ou à son propre retour à Uralla ?

Difficile à dire.

Elle avait l'habitude des mannequins, de leurs hauts et de leurs bas, sauf que cet homme ne semblait pas avoir de bas du point de vue du sex-appeal. Il était sexy vingt-quatre heures sur vingt-quatre, c'était palpable chez lui. Inné. Il possédait une sorte de force intérieure qui irradiait. Et pour une raison qui lui échappait, ça lui tapait sur les nerfs.

— Vous m'avez fait des misères juste pour le plaisir, ou y avait-il une raison précise pour que vous refusiez de monter à l'échelle ? lui demanda-t-elle pour ramener la conversation sur le travail. J'ai trouvé votre réaction un peu disproportionnée, pour une requête somme toute banale…

— Je vous ai dit que je ne voulais pas de ces photos à la base. Restons-en là des explications. Vous ne parviendrez pas à me convaincre qu'il n'existe pas de meilleur moyen de lever des fonds pour votre association.

Se détournant, elle se mit à enrouler les câbles éparpillés au sol.

Elle suspectait qu'autre chose se cachait derrière la réticence de son modèle, mais mieux valait ne pas insister. Tout ce qu'elle voulait, c'était en finir avec ce shooting et s'éloigner de là.

Elle referma son ordinateur portable, le glissa dans son sac à dos et se tourna vers Pierce.

— Ils ont fait une étude de marché et opté pour le calendrier. Ça a bien marché pour les pompiers, l'an dernier, du coup l'association a choisi douze médecins parmi les plus agréables à regarder du pays. Et vous, docteur Beaumont, vous avez l'insigne honneur d'être le dernier mois de l'année : le Dr Décembre, annonça-t-elle en bouclant ses dernières affaires.

— Appelez-moi Pierce, « docteur Beaumont », c'est bien trop formel. Et corrigez-moi si je me trompe — je ne doute pas que vous le ferez —, mais je ne vois rien ici qui évoque les fêtes de fin d'année. Et si je retirais ce qu'il me reste de vêtements et que vous placiez un sapin de Noël de façon stratégique devant moi ? suggéra-t-il avec ironie.

— Que je place un sapin de Noël « de façon stratégique » ? marmonna-t-elle en fixant sur lui un regard incrédule.

Soudain, elle sentit son cœur se mettre à battre trop vite et dut repousser l'image qui venait de se former dans son esprit.

Elle avait photographié des hommes incroyablement séduisants ces trois dernières semaines, mais Pierce Beaumont était indéniablement le plus attirant. Et de loin. Elle s'obligeait à l'envisager comme un simple sujet photographique, mais il était différent des autres médecins. Les autres s'étaient montrés aimables, voire flattés d'être sélectionnés, deux d'entre eux l'avaient même poliment invitée à sortir dîner, ce qu'elle avait tout aussi poliment refusé. Pierce, lui, adoptait une attitude qui l'agaçait et l'intriguait à la fois. Elle n'arrivait pas à déterminer s'il se rendait compte de son pouvoir de séduction, mais il devait bien se rendre compte que les femmes ne fuyaient pas ses avances…

Il n'était pas très près d'elle, et pourtant il y avait une électricité dans l'air qu'elle devait apaiser. Elle se refusait à éprouver les sentiments qu'il soulevait en elle. Il leur restait encore deux jours de shooting ensemble, elle n'allait pas le laisser bousculer ainsi son self-control !

Car, elle devait bien l'admettre, la vue du corps musclé du beau médecin d'Uralla lui donnait des palpitations.

Elle se mordit la lèvre.

C'était de la pure folie. Elle avait photographié des hommes sublimes pour une campagne de sous-vêtements dans le métro new-yorkais un mois plus tôt, et ils l'avaient laissée de marbre. Ce n'était qu'un travail. Et aujourd'hui, ce médecin de campagne avec sa défiance et son aversion pour les échelles venait chambouler ses certitudes !

Elle devait se l'ôter de la tête. Mieux valait être seule, sans personne de qui dépendre, personne qui risque de la quitter en lui brisant le cœur. Layne Phillips était seule au monde, et elle aimait qu'il en soit ainsi.

— Peut-être qu'un peu de neige carbonique suffirait, ajouta-t-elle en ramassant ses sacs pour se diriger vers la porte.

Dans son dos, elle entendit Pierce traverser la pièce et venir lui prendre des mains son sac le plus lourd, puis il passa devant et lui ouvrit la porte de sa main libre.

— Un peu de neige carbonique ne suffirait pas, non, marmonna-t-il tandis qu'elle se glissait contre lui pour sortir, effleurant de son épaule nue le torse bronzé. Loin de là.

2.

Réprimant un sourire, Layne s'efforça de repousser l'image qui venait de se faufiler dans son esprit.

Elle était amusée, et aussi un peu surprise par le commentaire de Pierce. Ce médecin de campagne n'était définitivement pas banal. En fait, il était plus citadin qu'elle ne l'avait imaginé au départ…

Mais ce voyage à Uralla devait rester professionnel, et l'idée du Dr Beaumont dans un autre rôle que celui de modèle n'était pas envisageable.

Elle ne mélangeait jamais travail et plaisir. Pas même pour une simple aventure. Les commérages allaient bon train dans les cercles qu'elle fréquentait, et elle n'avait aucune intention de franchir la ligne rouge en couchant avec l'un de ses sujets. Jamais elle ne se l'était autorisé, c'était une règle qu'elle s'était fixée.

Parallèlement à celle qui interdisait à ses aventures de se transformer en relation durable…

Son cœur était protégé derrière un mur de pierre sur lequel elle avait gravé des règles immuables. Une sorte d'armure invisible qui lui évitait de s'attacher. De devenir dépendante. De trouver une forme de sécurité pour la perdre de nouveau.

— Vous pouvez enfiler votre chemise, dit-elle en évitant d'admirer de nouveau sa sublime silhouette. La séance est terminée. On se retrouve demain matin à la propriété des McKenzy, à 4 h 30.

— 4 h 30 du matin ? s'exclama Pierce en boutonnant sa chemise. On va traire les vaches, ou quoi ?

De nouveau, elle dut réprimer un sourire.

— C'est à cette heure-là que la lumière est la plus belle. Je veux vous prendre dans le pré au lever du soleil, avec un eucalyptus esseulé qui se détache de la ligne d'horizon. Un homme, un arbre. J'aime bien le symbole.

— Un eucalyptus esseulé ? répéta-t-il en fronçant les sourcils. Vous êtes déjà allée chez les McKenzy, ou est-ce que vous espérez juste tomber sur ce genre de paysage ?

Elle déplaça légèrement la lanière de son sac sur son épaule, ennuyée.

Elle n'allait pas lui avouer qu'elle connaissait la propriété en question comme sa poche pour y avoir passé pas mal de temps dans son enfance. Malheureusement, ce genre de question était quasi inévitable.

Quand elle avait découvert que son dernier sujet pour le calendrier était le Dr Beaumont, médecin à Uralla, une peur panique l'avait envahie.

Des années auparavant, dans le bus qui l'emmenait à Sydney, elle avait fait en sorte de barricader ses émotions. Chaque panneau de signalisation sur la route avait constitué une pierre de plus au mur qu'elle bâtissait autour de son cœur. Sydney était devenu son pied-à-terre pour quelques années, avant New York. Elle choisissait à dessein des villes suffisamment grandes pour ne pas avoir à nouer de liens. Des villes aussi froides et détachées que la personne qu'elle souhaitait devenir.

Dans une petite ville comme Uralla, elle n'aurait pas été assez forte pour se tenir à ce projet. Or, elle n'avait plus de larmes, plus rien pour la sauver une seconde fois. Plus jamais elle ne pourrait se permettre la moindre émotion, car une autre déception lui serait fatale. Alors, elle avait pris sa vie en main, modifiant son nom juste ce qu'il fallait pour entrer dans la peau de son personnage et se plongeant dans le travail. Une vie sans amour et sans les risques qu'il comportait.

Quand elle avait accepté de shooter ce calendrier en Australie, elle n'avait pas imaginé qu'elle se retrouverait dans cette petite ville de Nouvelle-Galles du Sud qu'elle connaissait si bien. Elle croyait qu'il s'agirait plutôt de villes de la côte, avec leurs plages, ou de grandes villes avec leurs monuments. La région d'Uralla était jolie mais totalement méconnue, le genre d'endroit où l'on pouvait laisser sa porte d'entrée ouverte sans craindre les cambrioleurs. Car les voisins y étaient soit des amis, soit de la famille. Elle avait aimé y vivre, jadis, et elle supposait que Pierce ressentait la même chose.

— J'ai effectué des repérages sur la propriété en arrivant, prétendit-elle. Sitôt que mon avion a atterri à Armidale, j'y suis allée pour vérifier que le lieu se prêtait bien à la photo.

Si Pierce était curieux, il ne fit aucun commentaire. Il se contenta de darder sur elle son regard perçant.

En voyant Layne Phillips se balancer nerveusement d'un pied sur l'autre, Pierce douta aussitôt de sa sincérité.

Cette femme lui inspirait des sentiments qu'il ne comprenait ni n'analysait facilement, et elle avait le don de piquer sa curiosité. Mais avait-il le droit de la questionner ?

Il soupçonnait chez elle une fêlure derrière la carapace.

Après tout, si lui-même refusait d'évoquer son passé, elle avait le droit d'en faire autant. Il ne l'interrogerait donc pas plus.

Pour lui, la vie avait recommencé le jour où il était arrivé à Uralla, deux ans plus tôt. Jamais il n'avait parlé de son passé ou de sa famille, hormis pour expliquer que sa tante avait eu sa garde à la mort de ses parents, quand il n'était encore qu'un enfant. Le cercle de ceux que ses parents considéraient comme des amis n'ayant jamais essayé de reprendre contact après la tragédie, il les avait tout simplement bannis de sa mémoire en grandissant.

Pourtant, des années plus tard, quand il était devenu un jeune adulte, leurs enfants avaient cherché à le retrouver.

Au début, il avait cru naïvement qu'ils souhaitaient renouer leur amitié, mais il s'était très vite rendu compte que c'était en fait son héritage qui les attirait chez lui. En particulier les femmes. Espérant mettre le grappin sur un bon parti, elles ne prenaient même pas la peine de cacher leur attirance pour la vie luxueuse qu'elles pensaient pouvoir mener à ses côtés.

Evidemment, il les avait tous envoyés promener. Lui voulait ce que ses parents n'avaient jamais eu : de vrais amis. De ceux qui se fichent pas mal de savoir quelle voiture vous conduisez et qui vous offrent un toit si vous en avez besoin.

Il n'aurait probablement jamais besoin d'aide financière, puisque sa fortune était l'une des plus importantes du pays : les gains générés par les propriétés minières et immobilières de son père étaient admirablement gérés par son directeur financier à Sydney.

Alors, quand il s'était rendu compte qu'il attendait plus que cela de la vie, il avait tout simplement disparu de la haute société. Il avait emménagé dans une ville dont il avait entendu parler des années auparavant à l'école de médecine et qu'il espérait pouvoir un jour considérer comme la sienne.

Les gens d'ici ne lui avaient jamais demandé plus qu'il n'était prêt à donner, personne n'avait fouiné dans son passé, et il en était ravi. Le cirque qu'avait été sa vie s'était apaisé comme il l'avait espéré. Sa nouvelle vie était désormais trop calme pour attirer l'attention des médias. D'ailleurs, la plupart devaient penser que son héritage était parti en fumée dans des investissements hasardeux.

Loin de l'attention de la presse, il faisait effectuer par son entreprise des dons à des causes qu'il estimait méritantes. Philanthrope discret, il n'utilisait pas ses bénéfices pour lui-même. Ainsi, il savait qui étaient ses amis, et sans l'argent de sa famille, il n'avait pas d'ennemis.

Garder son passé pour soi fonctionnait très bien. Layne avait peut-être ses raisons, elle aussi. Son accent était clairement australien, avec cependant une nuance internationale, et il la savait basée à New York. Il en avait déduit qu'elle avait grandi dans une grande ville comme Sydney. Pourtant, elle semblait connaître Uralla ?

— Je connais le coin, confirma-t-elle, répondant à son interrogation muette. J'y ai passé quelque temps il y a une éternité, mais peu importe. Je vous veux sur place à 4 h 30 demain matin, et dans l'après-midi nous pourrons aller à la ferme de Saumarez. La grange offre une vue panoramique incroyable, si je me souviens bien. Je voudrais vous prendre dans l'encadrement de la porte au coucher du soleil.

— Encore une histoire de lumière, je suppose ?

— C'est ça, et un paysage splendide. La Nouvelle-Galles du Sud est un des coins les plus magnifiques d'Australie, commenta-t-elle. Si on shoote très tôt, ça vous permettra de voir vos patients dans la journée, et ensuite nous reprendrons à 17 heures. On fait d'une pierre deux coups : on perturbe votre journée au minimum, et moi j'ai le temps d'installer mon matériel et de profiter du coucher de soleil.

Oui, ses patients, bien sûr…

Incroyable, elle lui avait presque fait oublier le reste de la journée ! Aucune femme ne lui avait jamais fait cet effet-là en si peu de temps. C'était un mystère. Il avait envie d'en apprendre plus sur elle, mais il ne se sentait pas le droit de la questionner. Ça allait à l'encontre de ses principes de respect de la vie privée. Cela dit, ces fameux principes s'étiolaient bizarrement au profit du désir d'en savoir le plus possible sur Layne Phillips.

Elle était manifestement pleine de confiance en elle, sans ostentation. Elle semblait tellement concentrée, sérieuse. Presque trop.

— Vous le sentez vraiment, cet endroit, dit-il. Je suppose que vous y êtes passée un peu plus qu'en simple visite, car il vous a laissé une forte impression pour une enclave aussi ensommeillée !

Il n'était plus en mesure de cacher son intérêt, et après tout, elle allait peut-être s'ouvrir un peu plus ?

Elle prit une profonde inspiration, et il crut déceler dans ses yeux un voile nostalgique. Qui disparut presque aussitôt.

Non, elle ne s'ouvrirait pas.

— Je ne vais pas monopoliser votre temps précieux plus que nécessaire, répondit-elle sans relever sa remarque. Je dois charger mes affaires dans la voiture et rentrer au motel. J'ai des coups de fil à passer et des mails à envoyer.

— Bien sûr. Laissez-moi vous aider.

Il la guida vers la porte arrière du cabinet.

C'était une vieille maison de brique rouge qui abritait trois salles d'examen, un bureau et une petite salle de soins pour les interventions mineures. Ils avaient gardé le vaste jardin en l'état — avec son fil à linge et sa cabane à poules abritant quatre pondeuses —, reléguant dans la rue le parking pour les clients.

Il précéda Layne à travers le jardin jusqu'à la ruelle où une petite auto de location attendait à l'ombre d'un arbre près de son 4x4 gris métallisé.

Elle déposa son équipement à l'arrière.

— Je suis descendue au Busranger Inn, en bas de la rue. Je peux passer vous prendre demain matin, ou bien on se rejoint directement sur place, proposa-t-elle sur un ton léger avant de se diriger vers la portière de droite, côté conducteur.

Il nota qu'elle n'avait pas marqué le moindre temps d'hésitation, même si l'on conduisait de l'autre côté aux Etats-Unis.

— Et si c'était moi qui passais vous prendre pour vous conduire là-bas ?

— Je suis parfaitement capable de nous conduire, rétorqua-t-elle. Mais puisque vous ne souhaitez pas que je vous pilote, eh bien, rendez-vous sur place.

Et, sans un mot de plus, elle referma sa portière, démarra et s'éloigna en direction de son motel, moins d'un kilomètre plus bas, le laissant bouche bée sur le trottoir.

Il se rendait compte à présent que ce qu'il avait envisagé comme un geste de galanterie avait été perçu par Layne comme une insulte. Peut-être même du machisme.

Il n'avait pas eu l'intention de l'offenser. Au contraire, il essayait de rattraper son attitude plutôt réfractaire durant la séance de photos…

De toute façon, son départ abrupt ne lui avait pas laissé le temps de s'excuser.

Frustré, il se dirigea vers la cuisine du bâtiment en secouant la tête.

Tandis qu'il se faisait son premier café de la journée, il eut beau essayer de détourner son attention de Layne et de sa quasi-impolitesse, la photographe new-yorkaise occupa toutes ses pensées.

— Bonjour, Pierce. J'ai entendu un moteur s'éloigner à la vitesse de l'éclair, qui était-ce ?

Sans avoir à se retourner, il reconnut la voix de sa réceptionniste, Tracy, infirmière à la retraite et l'épouse de l'ancien propriétaire. Elle travaillait pour le cabinet trois jours par semaine, partageant le poste avec une autre infirmière.

— Bonjour, Trace, répondit-il en lui faisant face. C'était la photographe de New York, celle qui fait les photos pour le calendrier.

— Elle était pressée, ou bien vous avez eu des mots ? Vous m'avez l'air un peu tendu.

— On peut dire ça. J'ai cru me comporter en gentleman, mais apparemment je l'ai vexée.

— Vous savez, jeune homme, si je dois vous marier, il va falloir être un peu gentil avec ces jeunes femmes. Elle est jeune, pas vrai ?

— Oui. Jeune, et très belle.

Tracy le dévisagea d'un air curieux.

— Dans ce cas, vous devez vous débrouiller pour la revoir.

Sur ces mots, elle alla déposer son repas de midi dans le réfrigérateur et se dirigea vers la salle d'attente.

Il n'avait pas besoin de conseils. De toute façon, il avait déjà décidé ce qu'il ferait sitôt sa journée terminée.

Songeant au moyen de mettre son idée à exécution, il prit une gorgée de café brûlant et se rendit à son bureau, où il alluma l'ordinateur pour jeter un œil à la liste des patients prévus.

Quand il avait rejoint le cabinet deux ans plus tôt, tous les dossiers des patients étaient gardés dans des chemises cartonnées avec un code couleur établi. Il lui avait fallu quelque temps et une bonne dose de persuasion, mais son associé plus âgé, le Dr Majors, avait fini par se rendre à ses arguments en faveur de l'électronique. Cela impliquait d'embaucher un employé supplémentaire pour le transfert des dossiers, mais le médecin avait bientôt admis que le cabinet avait besoin d'un petit coup de jeune. Et enfin, ils avaient acquis de quoi entrer dans le XXIe siècle.

Quelques minutes plus tard, Pierce sortit dans le couloir pour appeler sa première patiente.

— Carla Hollis, s'il vous plaît.

Il s'écarta pour laisser entrer la jeune femme et sa poussette, puis il referma la porte avant d'aller s'asseoir à son bureau.

— Alors, comment va notre petit James ? s'enquit-il tandis que sa mère le sortait du landau. Vous l'amenez pour ses vaccins du quatrième mois, je vois.

— En effet. Mais je ne sais pas, docteur, il n'a pas l'air très bien, aujourd'hui.

Pierce fit rouler son fauteuil jusqu'à eux.

— Qu'est-ce que vous entendez par là ? Vous pouvez m'en dire plus ?

— Depuis quelques jours, il a le nez qui coule un peu. Et ça s'est tourné en toux voici trois jours, et la nuit dernière j'ai dû me lever si souvent que j'ai fini par le prendre au lit avec nous. Il nous a gardés éveillés pendant des heures avant de s'arrêter de tousser vers 3 heures du matin, expliqua-t-elle en retira sa tresse blonde des doigts potelés de son bébé. Il a toujours de l'appétit et je l'allaite, alors ce n'est peut-être pas grave ?

Pierce tira une paire de gants jetables de la boîte posée sur le bureau. Les ayant enfilés, il écarta le vêtement du petit garçon et lui posa tour à tour son stéthoscope dans le dos et sur la poitrine. Puis il lui plaça un thermomètre sous le bras pendant quelques secondes.

— Il faut toujours s'inquiéter d'une toux persistante chez un nouveau-né, dit-il. En l'occurrence, James a aussi un peu de fièvre. Il est difficile de faire la différence entre une coqueluche et une autre infection respiratoire, aussi je préfère prendre toutes les précautions nécessaires. Je vais faire un prélèvement nasal afin de vérifier s'il s'agit ou non de la bactérie *Bordetella pertussis*, celle de la coqueluche, mais je ne vais pas attendre les résultats pour le mettre sous antibiotiques.

— Mais il n'a pas été vacciné contre ça à deux mois ?

— Si. C'était la première des trois vaccinations obligatoires, répondit Pierce en s'approchant du chariot pour y prendre un tampon. Une à deux mois, une à quatre mois, et la dernière à six mois. Malheureusement, tant qu'il n'a pas reçu les trois injections, il peut toujours contracter la coqueluche.

Il maintint délicatement la tête du petit James et lui préleva un échantillon au niveau du nez, qu'il plaça dans un tube stérile.

— Mais il va guérir, hein, docteur ?

— Je n'ai aucune raison de penser le contraire, dit-il sur un ton rassurant, en se débarrassant de ses gants en latex.

Il se rassit à son bureau et entreprit de compléter le dossier électronique du petit patient.

— James a-t-il été en contact avec une personne qui toussait ?

— Nous avons reçu de la famille le week-end dernier, et mes nièces ont toussé toute la nuit. Je ne les ai pas laissées approcher James, mais ma sœur a absolument voulu le prendre, répondit Carla en tapotant le dos de son fils.

— Si c'est bien la coqueluche, c'est très contagieux. Il a pu l'attraper au contact de quelqu'un comme votre sœur, ou simplement en respirant le même air qu'une personne infectée. La bactérie s'infiltre généralement par le nez ou la gorge. Nous n'aurons de certitude que lorsque les résultats nous reviendront, mais en attendant je vous demanderai de le faire boire beaucoup afin d'éviter tout risque de déshydratation.

Il imprima la prescription et la tendit à Carla.

— Si sa toux le fatigue et qu'il se nourrit moins, vous devrez l'allaiter plus souvent. Prenez son berceau dans votre chambre les prochaines nuits et gardez un œil sur lui jusqu'à ce que la toux soit complètement passée. Les bébés peuvent développer une apnée si la coqueluche se complique, ce qui signifie qu'il risque d'arrêter de respirer pendant quelques secondes.

Soudain, le petit fut pris d'une quinte de toux si forte qu'il peinait à respirer.

Pierce le souleva immédiatement des bras de sa mère et le plaça en position debout pour l'aider.

Au vu de la sévérité de sa toux, il était désormais certain que cet enfant était infecté depuis plus longtemps que ne le pensait sa mère. Il avait dépassé le stade d'un simple traitement par antibiotiques à la maison.

— Que ce soit une bronchiolite ou une coqueluche, nous devons le transférer à l'hôpital du district sur-le-champ. Ils sont mieux équipés. En plus des antibiotiques dont je vous ai parlé, James va avoir besoin qu'on lui appose un masque à oxygène lorsqu'il a des quintes.

Il sortit de la salle d'examen et alla demander à Tracy d'appeler une ambulance, étant donné que Carla ne conduisait pas elle-même.

— James va devoir rester quelque temps hospitalisé, reprit-il en revenant s'asseoir. Mais en cas de besoin, prenez ceci, ajouta-t-il en lui tendant sa carte où figurait son numéro de bipeur. Et n'hésitez pas à m'appeler si vous êtes inquiète. Dernier point : s'il est confirmé que

James a bien la coqueluche, il est probable que vous l'ayez contractée aussi. Donc, si vous présentez la moindre toux, commencez le traitement antibiotique. Appelez aussi votre sœur, qu'elle et sa famille aillent consulter leur médecin dès que possible.

— Mon mari aussi toussait la nuit dernière, je vais lui faire prendre des antibiotiques aussi. Dois-je lui donner un sirop contre la toux pour l'aider à dormir ? s'enquit Carla en reposant dans son landau le bébé qui s'était enfin calmé.

— Non, mieux vaut le laisser tousser. C'est ainsi que le corps se débarrasse naturellement des excrétions pulmonaires.

Carla se leva et prit la nouvelle prescription que lui tendait Pierce.

— J'appellerai l'hôpital pour parler du traitement de James avec le pédiatre, dit-il en ouvrant pour la jeune femme la salle d'examen voisine, qui était vide. L'ambulance devrait arriver d'ici peu, mais en attendant vous serez tranquille ici.

En réalité, il préférait que Carla reste à l'écart des autres patients. S'il ne se trompait pas au sujet de James, il risquait de voir arriver d'autres membres de leur famille ou de leurs amis dans les jours à venir.

Layne s'engagea dans l'allée étroite menant au motel et s'arrêta devant la chambre Ned Kelly, sa confortable résidence pour la durée de son séjour. Elle déchargea son équipement de la voiture et déposa le tout contre le mur de la chambre.

Quelques allers et retours, et la voiture fut vide.

Jetant ses lunettes de soleil et ses clés sur le lit, elle alla ouvrir la fenêtre pour profiter du grand air.

C'était agréable de pouvoir inspirer à pleins poumons ! Ça la changeait des hôtels où elle descendait habituellement, certes cinq étoiles, mais rarement dotés d'une fenêtre ouvrant sur une campagne non polluée.

Les souvenirs de sa vie à Uralla la submergèrent.

Cela remontait à plus de dix ans, pourtant rien ne semblait avoir beaucoup changé. Une partie d'elle avait envie de sortir se promener, de se sentir de nouveau comme chez elle. Sauf que, à présent qu'elle était devenue une étrangère, elle ne souhaitait pas se retrouver face à des gens qu'elle avait considérés jadis comme une extension de sa famille. D'autant plus qu'ils risquaient de la reconnaître, même si ça faisait douze ans et si elle était bien loin de la Melanie dont ils se souvenaient.

En plus de son prénom, elle avait abandonné sa coupe de cheveux à la garçonne, son visage poupin s'était allongé, et son appareil dentaire avait disparu depuis longtemps. L'adolescente un peu masculine qui trayait les vaches et aidait aux semis n'existait plus. Elle avait laissé cette vie-là loin derrière elle.

Non, elle ne faisait plus partie de cette ville.

Le cœur étrangement lourd, elle s'éloigna de la fenêtre. Retirant ses espadrilles de créateur, elle s'allongea sur le lit et s'abîma dans la contemplation du plafond. Puis ses yeux se fermèrent, et son esprit dériva vers cette époque heureuse de sa vie. Cette époque où elle se sentait aimée et protégée.

Rien à faire, son passé lui manquait. Surtout ce qui lui avait été brutalement retiré…

Elle sentit une larme lui couler sur la joue.

Roulant sur le flanc, elle essuya ses larmes d'un revers de la main et se morigéna en silence.

Cela faisait pourtant longtemps qu'elle avait cessé de pleurer sur cette période de sa vie. Elle n'allait pas se laisser embarquer par ses émotions après seulement quelques heures passées en ville ! La mélancolie n'avait pas de place dans sa vie. Elle était une femme indépendante, sans liens, c'était ainsi qu'elle voulait vivre. Qu'elle *devait* vivre.

Layne fut brusquement tirée de son sommeil par un coup frappé à la porte.

Elle se redressa, encore emplie des souvenirs qui avaient hanté ses rêves. Soudain, elle se trouvait projetée dans le passé, à l'époque où un coup porté à la porte la faisait sursauter, redouter qu'on vienne l'enlever au foyer aimant qu'elle avait enfin trouvé : chez les Phillips, pour la première fois de sa vie, elle s'était sentie chez elle.

Et puis, il y avait eu Manhattan où personne ne frappait jamais à sa porte à l'improviste. Ses visiteurs devaient l'appeler du hall, et elle ou le concierge les faisait monter. Ce qui lui convenait très bien.

Elle balaya des yeux la chambre proprette du motel.

Le ménage était fait, il n'y avait aucune raison pour que l'on vienne la déranger. Et puis, personne ne savait qu'elle était en ville. Les dispositions pour le shooting chez les McKenzy avaient été prises par une tierce partie, ils ignoraient donc tout de sa présence à Uralla.

— Layne ? entendit-elle de l'autre côté de la porte. C'est Pierce.

Elle aurait reconnu entre mille sa voix profonde, d'autant qu'aucun bruit parasite ne venait troubler le silence environnant. C'était tellement paisible…

— J'ai fini ma journée, reprit Pierce, je me disais que nous pourrions aller manger un morceau. Si vous n'êtes pas trop fatiguée, bien sûr.

Elle avait faim, mais l'idée de passer plus de temps que nécessaire avec Pierce Beaumont la déstabilisait. C'était un homme extrêmement attirant, doté d'une bonne dose de charisme et de charme naturel, or elle se sentait vulnérabilisée par ce retour à Uralla. Comme si la chaleur des souvenirs mettait en exergue la froideur de sa vie actuelle.

Elle n'aimait pas que ses résolutions soient ébranlées.

Vu qu'il n'était que 19 heures, elle ne pouvait décemment pas faire semblant de dormir. Elle se leva donc à contrecœur et se dirigea pieds nus vers la porte.

— Je ne sais pas trop, pour le dîner, commença-t-elle en ouvrant.

Pierce était adossé au mur, dans un jean et des bottes poussiéreuses. Une chemise à carreaux gris déboutonnée au cou drapait son torse parfaitement sculpté qu'elle avait déjà eu le privilège d'admirer.

Quelle que soit la lumière, il était beau. Mais il n'affichait pas l'assurance factice dont faisaient généralement preuve les spécimens dans son genre. Non, il semblait bien dans sa peau, comme s'il ne cherchait rien de particulier, comme s'il l'avait déjà trouvé.

Avait-il acquis cette sérénité à Uralla, ou la possédait-il déjà en arrivant ?

— J'allais manger un morceau au pub, fit-il en se redressant. Vous ne voudriez pas vous joindre à moi ?

Son sourire était parfait. Et, plus important encore, il était sincère. Elle qui était habituée au sourire vide de sens que les mannequins arboraient devant l'objectif, elle sentit son ventre se serrer.

Voilà bien une autre sensation qu'elle n'attendait pas ni n'appréciait !

Sa raison lui soufflait de feindre une migraine et de claquer la porte, mais la beauté du soir qui tombait sur la campagne, aidée d'une touche de l'eau de toilette de Pierce, convainquit son cœur.

— Eh bien, pourquoi pas ?

Sa propre réaction la surprit. Elle n'était pas du genre spontané. En général, elle soupesait le pour et le contre et, après un examen approfondi, décidait de l'option qui convenait le mieux. Une série de sonnettes d'alarme se mit en marche dans sa tête tandis qu'elle allait chercher son sac à main près de la fenêtre. Pourtant, son cœur les fit taire, et elle enfila ses espadrilles.

Quelque chose la poussait vers cet homme qui l'attendait à la porte. Et la froide raison qui fonctionnait parfaitement à New York perdait la bataille ici. La tête lui tournait un peu, et elle se sentait bizarrement bien.

— Le pub d'en bas n'est pas loin, aucun de nous deux n'a besoin de conduire. Ça m'évite de vous offenser en vous proposant de vous emmener, la taquina Pierce tandis qu'elle fermait la porte.

Elle s'autorisa un sourire.

Malgré sa petitesse, la ville parvenait à faire vivre deux hôtels et nombre de bars et restaurants.

— Ils font toujours la différence entre les pubs d'en haut et ceux d'en bas ? s'enquit-elle alors qu'ils rejoignaient la route principale.

— Oui. Personne ne dit jamais « on se retrouve au Coachwood, au Cedar ou au Thunderbolt », mais « au pub d'en haut » ou « d'en bas ». Je ne sais pas vraiment pourquoi, d'ailleurs.

Décidément, rien n'avait changé, mais le sourire qu'elle esquissa cette fois était teinté d'amertume.

Elle ne devait pas oublier qu'elle n'était là que pour quelques jours, et qu'ensuite sa vie reprendrait son cours normal à l'autre bout du monde. Avec un peu de chance personne ne la reconnaîtrait, ni ce soir ni les jours suivants.

Devant le « pub d'en bas », de nombreux clients dégustaient une bière en discutant tranquillement dans la fraîcheur apaisante du soir.

Pierce lui ouvrit la porte et ils entrèrent dans le pub bourdonnant des conversations joyeuses et des tintements de verres. Ils traversèrent le bar, très animé pour un jour de semaine, et se dirigèrent vers le restaurant.

— B'jour à vous, docteur ! lança une voix bourrue juste avant qu'ils atteignent la salle. Qui est cette jolie dame ? Même myope comme une taupe sans mes lunettes, je vois comme elle est belle. Et laissez-moi vous dire que je serai déçu si vous me répondez que c'est votre sœur.

Layne reconnut immédiatement le vieil homme souriant, qui manifestement ne la remettait pas : Jim Patterson, le meilleur ami de son père.

Son estomac se serra.

Il y avait plus d'argent dans son abondante chevelure

et son visage était un peu plus ridé, mais la lueur dans ses yeux bleus n'avait pas changé. Jim avait quelques années de plus que son père. Leur amitié remontait à l'époque où Arthur venait de quitter l'école, tandis que Jim, la vingtaine, officiait comme vacher dans une ferme du coin. Elle avait été à l'école avec deux de ses fils.

— Jim, fit Pierce en se reculant pour l'inclure dans la conversation, je te présente Layne. Une photographe de New York.

— Eh bien, enchanté, jeune femme. Vous voilà bien loin de chez vous ! Qu'est-ce qui vous amène dans notre bonne ville, depuis la Grosse Pomme ?

— Le travail, répondit-elle en serrant la main que le vieil homme lui tendait. Je fais des photos pour un calendrier destiné à une association caritative, le PTJO, « Programme de transition pour les jeunes orphelins ». Pierce est mon dernier modèle.

— Alors, vous jouez la pin-up, doc ? fit le vieil homme en riant et donnant du coude dans les côtes de Pierce. Çà alors ! Vous ne le photographiez tout de même pas en sous-vêtements, hein, beauté ? Je ne voudrais pas voir ça sur mon mur, même si les dames seraient sans doute d'un avis différent.

Jim avait retrouvé son sens de l'humour, apparemment. Quand il avait perdu Claire, il était fou de détresse, mais les habitants de la ville avaient réussi à lui redonner le goût de vivre, s'assurant toujours qu'il ne reste pas seul. On lui avait apporté des repas cuisinés, on l'avait aidé à s'occuper de ses quatre fils dont le plus jeune n'avait que huit ans à l'époque du drame, et peu à peu il avait repris le dessus.

— Non, non, le rassura-t-elle. Il sera en jean et… Et c'est tout, en fait.

— Bon, assez parlé, intervint l'intéressé, visiblement pressé de changer de sujet. On va vous laisser, Jim, si on veut se trouver une table.

Ils se dirigèrent vers la première table disponible, et Pierce lui tira sa chaise pour l'aider à s'installer.

— Vous allez peut-être m'en dire plus sur l'histoire qui vous lie à Uralla, maintenant ? J'espère qu'un verre de vin vous incitera à m'en raconter un peu plus.

Elle se sentit parcourue d'un frisson glacial.

Accepter cette invitation à dîner avait été une énorme erreur. Elle s'était leurrée en imaginant pouvoir passer un bon moment avec Pierce sans qu'il l'interroge sur son passé.

Jamais elle ne parlait d'elle. Jamais. Sa vie privée était un livre refermé, et elle n'avait pas l'intention que ça change. Elle avait cru que Pierce le comprendrait, mais puisque tel n'était pas le cas, il lui fallait mettre un terme à la soirée. Et tout de suite.

— Désolée, Pierce, j'avais complètement oublié un coup de fil important que je dois passer à l'un de mes éditeurs américains. Ils vont me tuer si je ne le fais pas, prétendit-elle en repoussant sa chaise. Si ça se passe bien, je pourrai peut-être vous rejoindre pour le dessert…

Et elle retraversa le bar sans aucune intention de revenir vers ce qui risquait de tourner à l'inquisition. Mais comme elle n'était pas sûre que le restaurant du motel soit ouvert, elle allait devoir prendre un rapide dîner en ville avant de regagner sa chambre.

En traversant la rue, elle jeta un coup d'œil par-dessus son épaule, et une fois assurée que Pierce ne la suivait pas elle se glissa dans le « pub d'en bas » suivant, où elle s'assit à la table la plus éloignée de la porte.

Son estomac vide se tordait sous l'effet conjugué de la faim et des nerfs. Elle s'était vraiment montrée naïve en acceptant l'invitation de Pierce Beaumont. Elle aurait dû se douter qu'il essaierait de sonder son passé. Or, la perte qu'elle avait subie à Uralla était encore trop douloureuse pour qu'elle ait envie d'en discuter.

— Voici le menu, lui annonça la jeune serveuse en plaçant la carte devant elle. Et nous avons aussi des plats du jour sur le tableau. Puis-je vous apporter une boisson ?

Layne commanda un soda-rondelle et jeta un rapide coup d'œil au menu, avant de se décider pour le saumon grillé.

Moins bruyant que dans l'autre pub, les clients étaient néanmoins engagés dans des conversations amicales, et elle percevait les rires et le claquement des boules de billard provenant de l'autre pièce.

Un peu mélancolique, elle observa la salle, se rappelant les déjeuners dominicaux dans cette même salle.

L'un des murs était orné d'une peinture du désert dans les tons de mauve, et les vieilles chaises de ses souvenirs étaient remplacées par du mobilier de bois clair. Pourtant, l'atmosphère n'avait pas changé.

Elle prit une gorgée de sa boisson servie promptement et se prit à espérer que le plat arriverait tout aussi vite.

Elle avait hâte de terminer les prises de vue, de quitter Uralla et de rentrer à New York. Les retouches lui prendraient environ deux semaines, et après ça elle s'envolerait pour Rome. Et ensuite, qui sait ? Peu importait, du moment qu'elle restait en mouvement, sans planter ses racines nulle part.

Elle devrait revenir à Sydney dans huit mois, pour le gala annuel du PTJO. Sydney, pas Uralla. Elle était prête à donner beaucoup de temps et d'argent pour cette cause, mais revenir à Uralla, ça, jamais plus.

Le son de l'assiette de saumon grillé que la serveuse venait de poser sur la table la ramena à la réalité, et elle sourit poliment à la jeune femme.

La portion était gargantuesque. Les repas, ici, étaient aussi généreux que les gens. Sa famille adoptive n'était pas riche, mais on lui donnait de l'amour en abondance, et avec le temps, les habitants de la ville aussi l'avaient adoptée…

Oui, sauf que seules les portions new-yorkaises lui permettaient de rentrer dans ses jeans ajustés. Décidément, cette ville n'était plus faite pour elle.

Tout en avalant rapidement son dîner, elle écarta les souvenirs caducs pour se concentrer sur la journée du lendemain.

La propriété des McKenzy offrait un décor grandiose,

et avec un peu de chance l'affaire serait bouclée en une heure. Le lever du soleil sur le pré avec l'eucalyptus solitaire, ce serait parfait.

Elle avait quasi terminé son planning et son dîner, quand une ombre longue lui fit lever les yeux.

Pierce.

— Layne, pourquoi m'avoir menti ? Si vous ne vouliez pas dîner avec moi, il suffisait de le dire. Je ne vous ai tout de même pas mis le couteau sous la gorge !

Dans ses yeux d'un bleu profond, il n'y avait pas de colère, mais de la déception et de la confusion, et son regard était glacial.

Elle avala à la hâte sa bouchée de saumon, souhaitant disparaître sous la moquette.

Elle se serait giflée. A la fois de s'être fait prendre en flagrant délit de mensonge et d'avoir vexé cet homme qu'elle connaissait à peine et qui semblait vraiment gentil.

Bizarre, elle ne se souvenait même pas d'avoir éprouvé une telle culpabilité. D'habitude, elle n'avait pas le temps pour les remords. Et puis, elle devait l'admettre, il n'y avait personne dans sa vie qui puisse faire ressortir en elle ce genre de sentiment : Layne Phillips n'avait de place dans sa vie pour personne d'autre qu'elle-même. A la limite une aventure de passage, une nuit avec un homme séduisant qui lui rappelle qu'elle était une femme. Qui lui fasse sentir la chaleur d'un autre corps. Mais pas d'un autre cœur. Ça, jamais plus…

Soudain, elle sentit que le géant endormi au fond de son cœur risquait de se réveiller. Or, elle ne voulait rien de moins que le laisser en paix, protégé par l'immense forteresse qu'elle avait construite.

— Pourquoi m'avoir suivie ici ? contre-attaqua-t-elle. J'ai préféré dîner seule sans me montrer impolie. Sachez que l'idée d'avoir à répondre à une ribambelle de questions ne me plaît pas. Je suis quelqu'un de réservé quant à ma vie privée, un point, c'est tout.

— Très bien, dînez seule, alors ! Je voulais juste me

montrer accueillant. Et, au passage, je ne vous ai pas suivie. Des amis m'ont vu sortir du pub après votre fuite, expliqua Pierce en désignant du menton un groupe d'hommes au bar. Je les avais laissés tomber en usant d'une excuse minable afin de dîner avec vous. Mon mensonge s'est retourné contre moi, je l'ai bien mérité !

Et sans attendre de réponse, il rejoignit le joyeux groupe près du bar.

Il lui tournait le dos. Ses larges épaules semblaient un peu raides et sa posture défensive, les jambes légèrement écartées et les bras croisés. Quelques-uns de ses amis jetèrent un coup d'œil en souriant dans la direction de Layne, l'un d'eux leva même son verre.

Elle hocha la tête en retour, embarrassée, avant de reconnaître le fils aîné de Jim, Mike.

Il n'avait pas beaucoup changé, même s'il avait la vingtaine quand elle avait quitté la ville. La ressemblance avec son père était flagrante — épaisse chevelure ondulée, yeux bleus et carrure athlétique.

Lui aussi sembla la regarder à deux fois, puis elle le vit se pencher pour parler à l'oreille de Pierce.

Aussitôt elle sentit son estomac se retourner, et une vague de panique la traversa.

Elle n'allait pas attendre de savoir si Mike l'avait reconnue ou s'il parlait avec Pierce d'un sujet tout autre !

Sans perdre une seconde, elle se leva et quitta la pièce, et, après avoir payé son dîner, elle s'engagea dans la rue, complètement chamboulée.

C'était trop. Se retrouver dans cette ville, voir ces visages familiers, tout cela la jetait dans une spirale de réconfort et de chagrin. Des blessures qu'elle croyait refermées depuis longtemps se rouvraient. Elle avait repoussé toute forme d'émotion pendant tant d'années qu'elle en était presque venue à oublier ce que ça faisait d'en éprouver. Mais son retour à Uralla lui faisait de nouveau toucher du doigt, ressentir quasi physiquement la proximité des gens d'ici.

Comme une vieille couverture qui pourrait la réchauffer si elle s'en enveloppait.

Sauf que, en l'acceptant, elle ouvrirait aussi son cœur. Et ça, elle le refusait catégoriquement. Elle préférait ne rien ressentir du tout que de risquer de souffrir de nouveau.

Elle regagna sa chambre, entra et claqua la porte derrière elle.

Etre seule, voilà ce qui lui convenait. Son unique objectif était de terminer sa mission pour quitter cet endroit au plus vite.

3.

En route pour la propriété des McKenzy, Pierce fulminait. Il n'avait pas fermé l'œil de la nuit, et se lever à une heure aussi inhumaine pour une personne aussi antipathique ne faisait rien pour améliorer son humeur.

Mais s'il ne se montrait pas, la séance photo serait compromise, et du même coup le gala de bienfaisance. Et puis, malgré lui, il devait bien admettre que le visage de Layne Phillips l'avait hanté toute la nuit.

Il serra la mâchoire au souvenir du moment où il était tombé sur elle, attablée dans un autre « pub d'en bas ».

Enfin, pour qui se prenait-elle ? Le laisser en plan pour aller manger seule ! Quelle impolitesse ! Il ne l'avait pourtant pas forcée à l'accompagner…

Si ?

C'est vrai que, aller frapper à sa porte sans y avoir été invité, ça ne lui avait pas laissé beaucoup de choix.

Alors que ces réflexions lui tourbillonnaient dans la tête, il passa justement devant son motel. Il ne voulait pas regarder, mais il ne put s'en empêcher.

Layne était là, devant sa chambre. Avec la lumière conjuguée de l'intérieur et celle de la lune, il la distinguait parfaitement, seule et presque dans le noir, en train de charger sa voiture de location.

Etouffant un juron, il bifurqua et s'engagea dans l'allée, déjà prêt à se faire rembarrer par Mlle Indépendance.

— Besoin d'un coup de main ? lança-t-il.

Elle mit une main au-dessus de son front pour se

protéger les yeux de la lumière des phares mais ne sembla pas surprise de le voir arriver.

— Non non, je me débrouille.

Il sauta au bas de son 4x4 et prit l'énorme sac qu'elle essayait de déposer dans le coffre de sa voiture.

— Je sais que vous êtes parfaitement capable de vous débrouiller seule, vous l'avez prouvé hier soir, rétorqua-t-il. Mais plus vite vous aurez chargé, plus vite la séance sera terminée, et plus vite je retournerai à mes patients. Le premier est à 9 heures, on n'a donc pas trop le temps de s'attarder !

Pourtant, alors que sa main effleurait la peau douce de Layne, il songea qu'il avait au contraire très envie de s'attarder. Elle était chaude, en contraste avec la fraîcheur matinale, et il ne put s'empêcher de penser à la chaleur de son corps tout entier s'il s'éveillait à son côté.

L'idée de cette femme agaçante, entêtée et magnifique, allongée dans le même lit que lui paraissait soudain incroyablement attrayante. Quelque chose chez Layne l'intriguait et l'irritait à la fois. Il ne savait pas comment l'aborder, et pourtant elle le fascinait comme aucune femme ne l'avait jamais fait.

Qu'est-ce qu'il lui arrivait ? Il se sentait au bord de perdre cette maîtrise parfaite dont il se targuait.

— Autre chose ? bougonna-t-il.

— Non, tout est là, répondit Layne en se détournant pour aller fermer la porte de sa chambre.

— Je vous suis ?

— Ça me paraît logique.

Manifestement, elle aimait son indépendance, et pour une raison inconnue, elle avait besoin de prendre les rênes. Au sens propre du terme.

Eh bien, il ne l'en empêcherait pas.

Conscient que les autres clients du motel devaient être encore endormis, il referma en douceur le coffre de la voiture de Layne et se dirigea vers la sienne.

Layne connaissait la région comme sa poche, ce qui lui permit de laisser vagabonder ses pensées vers l'homme qui la suivait dans son 4x4, tout en restant vigilante tandis qu'elle s'engageait sur la route principale.

Cet homme qui la perturbait tant.

Avec son physique, Pierce Beaumont pourrait se permettre de maltraiter les femmes, elles continueraient de se bousculer autour de lui. Pourtant, il semblait très bien élevé. Si seulement elle arrivait à se détendre et à apprécier sa compagnie… Mais c'était trop risqué.

Elle baissa la vitre pour inhaler une goulée d'air frais et tâcha de se concentrer sur la route tandis qu'elle s'engageait sur la petite route conduisant à la propriété des McKenzy. Un coup d'œil dans le rétroviseur lui confirma que Pierce la suivait.

De nouveau, son image s'attarda derrière ses rétines : ses mains si puissantes et masculines sur le volant, les lignes fermes de son buste… Oui, il était dangereusement attirant.

Il avait sans doute eu une enfance idyllique dans une jolie maison, entre ses deux parents, des frères et sœurs tout aussi doués que lui et un chien. Après l'école, sa mère devait les attendre avec quelque pâtisserie concoctée avec amour, et sur la cheminée trônait la photo encadrée de la famille. Tout le contraire de son enfance à elle, qui était la plupart du temps obligée de se décongeler son repas. Elle n'avait même pas le temps de faire ses devoirs, tant le nombre des corvées qui lui incombaient était élevé. Et encore, ça, c'était ce que lui réservaient les moins mauvaises des familles d'accueil, jusqu'au jour béni où elle avait croisé le chemin de Maisey et Arthur Phillips. Ces deux personnes chaleureuses et aimantes qui lui avaient ouvert leur maison et leur cœur et l'avaient rendue heureuse pour la première fois de sa vie…

Bref, elle n'était définitivement pas le style de Pierce Beaumont. Et puis, ce n'était qu'un travail, elle faisait ça pour l'association et pour ceux qui en bénéficiaient. Voilà sur quoi elle devait se concentrer pendant les deux jours à venir. Sur ça, et rien d'autre.

Quinze minutes plus tard, après avoir longé le chemin de terre, ils arrivaient à la propriété.

Elle vérifia sa montre : 5 heures passées. Ça lui laissait juste le temps de tout installer avant le lever du soleil, y compris Pierce.

Afin de ne pas réveiller la famille encore endormie à l'intérieur, elle ralentit et passa devant la maison aussi doucement que possible pour se garer devant une clôture, puis elle sauta de la voiture, laissant les phares allumés dirigés vers le pré où elle comptait installer son matériel, et entreprit de vider le coffre.

— Dès que je serai prête, vous enlèverez votre veste et votre chemise, lança-t-elle à Pierce qui descendait de sa propre voiture en remontant le col de sa veste en cuir.

— On ne pourrait pas se contenter d'une chemise ouverte ? maugréa-t-il. Il fait un froid de canard, ce matin.

— Non, je ne veux pas de chemise, ouverte ou pas. Il va falloir retirer votre chemise, un point, c'est tout.

Pierce se redressa comme si elle l'avait giflé.

— Si vous pensez que vous pouvez me parler sur ce ton au nom de l'association, vous faites erreur ! J'ignore quel est votre problème, mais je vous conseille de le régler, car je ne vais pas rester là à me laisser traiter de la sorte !

Sur ces mots, il retourna à sa voiture où il s'assit au volant.

Elle se mit à prier pour qu'il ne démarre pas.

— Je m'excuse ! cria-t-elle. Détestez-moi si vous voulez, mais ne partez pas, s'il vous plaît. On a besoin de cette photo pour le calendrier.

Elle le vit hésiter et l'observer de loin, au milieu de son équipement. Enfin, il ressortit de la voiture, les sourcils froncés.

— Finissons-en au plus vite, dit-il en retirant sa veste.

Elle ne répondit pas, mais elle lui était follement reconnaissante de n'être pas parti.

Elle l'aurait bien mérité. Pour une raison qui lui échappait, elle ne cessait d'agir avec lui de façon vexante. Ça n'était pas vraiment conscient, c'était juste ainsi qu'elle avait appris à garder les hommes à distance.

En silence, elle installa le trépied et le grand parapluie qui capturerait la lumière pour donner au corps sculpté de Pierce un ton doré, comme si le soleil levant lui embrasait la peau. Elle sortit son appareil du sac et fixa l'objectif, puis elle indiqua à son modèle où se positionner contre la barrière de bois, avant de retourner éteindre les phares de la voiture.

Elle plaça un posemètre tout près de Pierce pour vérifier la quantité de lumière et prit position derrière l'appareil.

— C'est presque parfait, commenta-t-elle tout en tirant de son sac fourre-tout un chapeau de cow-boy et un atomiseur.

Le soleil ne tarderait pas à pointer ses premiers rayons à l'horizon, il fallait faire vite.

Elle alla poser le chapeau sur les cheveux de Pierce et, sans crier gare, se mit à lui vaporiser le torse d'huile autobronzante.

— Vous êtes folle ? hurla-t-il en se débarrassant du chapeau. Je suis gelé, et vous, vous m'aspergez d'huile ? Qu'est-ce qui vous prend, nom de Dieu ?

Mais sitôt qu'elle commença à étaler le liquide gras sur ses muscles froids, il se tut, baissant les yeux sur la main qu'elle faisait glisser sur sa peau.

Soudain, il la saisit par le poignet et planta son magnifique regard dans le sien sans un mot, comme s'il attendait une réaction dont elle était incapable.

Alors, il l'attira contre lui et l'embrassa.

Quand ses lèvres se posèrent sur les siennes, elle se figea. Et puis, malgré elle, elle succomba à son baiser.

La colère que Pierce avait montrée quelques instants plus tôt semblait avoir totalement disparu, elle avait fondu dans un baiser tendre et passionné. C'était si bon d'être contre lui ! Le désir qu'ils épouvaient tous les deux était désormais indéniable, et elle n'avait pas envie que ça s'arrête.

Pourtant, il le fallait.

— Non… On ne peut pas.

Impossible d'en dire plus, alors qu'elle avait encore le goût de sa bouche sur la sienne et le cœur qui battait la chamade.

Pierce la relâcha sur-le-champ.

— Ce n'était qu'un baiser, je n'avais pas l'intention de vous jeter au sol pour vous prendre sauvagement dans l'herbe… Du moins pas encore.

Elle ne répondit pas tout de suite. Son cœur continuait de s'affoler, son ventre de se serrer, sa tête de tourner.

— Il vaut mieux que nous gardions une relation strictement professionnelle…

— Vous en êtes bien certaine ? demanda Pierce d'une voix rauque. Parce que ce baiser… Ça ne ressemblait pas à du travail.

Le souffle encore court, elle parvint à répliquer.

— Vous m'avez eue par surprise, mais ça ne doit pas se reproduire.

— Y a-t-il quelqu'un qui vous attend dans la Grosse Pomme, avec votre nom tatoué sur le torse ?

— Non, ce n'est pas ça, fit-elle en levant les yeux au ciel.

— Je n'aurai donc personne à provoquer en duel ?

Elle ferma les yeux une seconde.

Tu parles ! Aucun des hommes qu'elle avait connus ne se serait battu pour elle.

— Personne ne m'attend, reprit-elle enfin, mais ça n'est pas la question. On est là pour travailler. Et je ne mélange jamais travail et plaisir. C'est une règle. Oublions ce qui vient de se produire.

Evidemment, elle savait qu'elle n'oublierait pas ce baiser. Comment effacer de sa mémoire la tendresse exigeante des lèvres de Pierce Beaumont ?

— D'accord, on fait comme vous le souhaitez, dit-il.

Elle lui offrit un sourire crispé avant de filer retrouver son appareil.

— Ne touchez pas votre corps et remettez le chapeau, s'il vous plaît, lui demanda-t-elle, après une profonde inspiration destinée à recouvrer ses esprits. La brumisation donne l'impression que vous êtes en sueur. Croyez-moi, vous êtes superbe. Ne bougez plus.

Un sourire canaille accroché à ses lèvres si douces, Pierce se passa une main dans les cheveux puis reposa le chapeau sur sa tête.

Au même instant, le soleil apparut à l'horizon, répandant une multitude de couleurs sublimes sur les collines et la prairie, et il fut illuminé de rayons dorés et orangés. Elle l'avait positionné de façon qu'il ne devienne pas une simple silhouette à contre-jour mais un corps splendide baigné de chaleur, et ça fonctionnait à merveille.

Toujours perturbée par leur baiser, la tête lui tournant légèrement, elle contempla le tableau, suffoquée.

Rien ne pouvait supplanter en beauté ce qu'offrait la nature…

Bon sang, mais qu'est-ce qu'il lui arrivait ? Il fallait qu'elle se concentre sur le cliché ! La capture de cette scène magnifique !

Prenant sur elle pour surmonter le désir quasi irrépressible de se ruer vers cet homme et de poursuivre ce qu'ils avaient si bien commencé, elle se concentra sur sa mission. Elle appuyait sur le bouton de l'obturateur à la vitesse de l'éclair, au rythme précipité des battements de son cœur.

Décembre serait sans aucun doute son mois préféré, dans ce calendrier. Uralla était superbe et Pierce l'homme le plus séduisant qu'elle ait jamais rencontré. Quant à son baiser…

Mais ce serait leur unique contact, elle ne permettrait pas que pareil rapprochement se reproduise.

Si elle ne se méfiait pas, elle risquait de se rapprocher un peu trop de l'homme appuyé à la barrière. Et ça ne pourrait que conduire à un désastre.

Pierce avait froid, elle le voyait serrer les dents pour les empêcher de claquer, et pourtant il obéissait stoïquement à ses instructions, s'accroupissant ou grimpant sur la barrière sans se départir de son sourire.

Tant mieux.

— Et voilà, c'est dans la boîte, « comme on dit », conclut-elle.

Une tentative de plaisanterie destinée à masquer son malaise tandis qu'elle se dirigeait vers la voiture pour ranger son appareil.

Elle se mordit la lèvre en voyant Pierce s'approcher.

A peine quelques minutes plus tôt, son corps était collé au torse dénudé qu'il exhibait encore, et à présent, elle ne bénéficiait plus de la protection de l'objectif.

— Tenez, fit-elle en lui tendant une serviette, essuyez-vous avant de vous rhabiller.

— Vous avez des projets pour le dîner ? demanda-t-il en se saisissant de la serviette. Juste le dîner, sans questions.

Il essayait de la rassurer.

Sa première réaction fut de refuser, ç'aurait été la voie de la raison. Mais une force plus puissante, quelque chose qu'elle n'avait pas ressenti depuis des années, lui dicta une autre conduite.

— O.K., marmonna-t-elle. Mais à une condition…

— Laquelle ?

— Ce qui vient de se passer ne se reproduira pas. Il s'agit d'un travail entre nous, point barre. Plus de baiser.

— Si c'est la règle, je l'accepte.

Mais, au vu de son air coquin et content de lui, elle n'était pas certaine de pouvoir lui faire confiance sur ce point.

Encore une fois, c'était son cœur qui avait parlé. Pour la seconde fois en deux jours. Qu'est-ce qui, chez Pierce Beaumont, la poussait à écouter son cœur plutôt que sa raison ?

Il remit sa chemise et la reboutonna tranquillement avant d'enfiler sa veste.

— O.K., si on en a terminé ici, je vais retourner au

cabinet. On se retrouve pour la deuxième séance vers 17 heures ?

— Parfait, répondit-elle en commençant à démonter posément son matériel malgré les alarmes qui résonnaient avec fureur dans sa tête. Vous pourriez apporter un jean ? J'aimerais vous photographier en jean délavé. Peu importe s'il est troué, ce serait même encore mieux. La grange où nous allons shooter a un côté rustique qui se marierait bien avec ce look.

— Très bien, dit-il en l'aidant à porter son matériel dans le coffre de sa voiture.

Ils furent efficaces, et vite en mesure de reprendre la route. Il était encore tôt, et la maison des McKenzy était toujours plongée dans l'obscurité.

Elle aimait autant : au moins ils ne les auraient pas vus.

Pierce monta dans sa voiture, attendit qu'elle démarre en premier et la suivit.

Elle retourna au motel sans cesser de penser à lui.

Il s'était montré plus accommodant, aujourd'hui.

Posant les doigts sur ses lèvres, elle revécut leur baiser et la façon dont elle y avait réagi.

La simple idée d'aller plus loin lui donnait des frissons de désir. Dans son cœur, elle aurait aimé que les choses soient différentes, mais elle devait écouter sa raison. Elle ne pouvait pas risquer de s'attacher à quelqu'un, à Uralla encore moins qu'ailleurs.

Il lui restait un shooting ce soir, et un autre tôt le lendemain, qui n'impliquait pas Pierce mais l'un des sponsors du projet. Et puis, elle repartirait. Elle irait retrouver sa vraie vie à New York.

Elle prit une longue inspiration.

Le soleil était complètement levé désormais, mais la circulation restait raisonnable. Le conducteur d'un petit fourgon de livraison lui fit signe en la croisant, et elle répondit à son salut. Rien à voir avec l'atmosphère stressante et endiablée de New York, où l'on se pressait dans les taxis et sur les trottoirs, un café fumant à la main pour se réchauffer, trop pressé pour prendre le temps de faire attention à ses voisins. La vie dans une grande ville était agitée, stressante et pour beaucoup solitaire.

Elle ne put réprimer un soupir en songeant à ce qu'elle avait laissé derrière elle et accepté en échange.

Chez elle, c'était Manhattan, désormais. Pourtant, Uralla occupait toujours une place dans son cœur. Ainsi qu'un certain médecin de campagne, qui embrassait comme un dieu et qui avait le don de bouleverser ses certitudes.

4.

— Trevor Jacobs ? appela Pierce en passant la tête dans la petite salle d'attente. Entrez, je vous prie.

Le vieil homme se leva lentement, replia son journal qu'il coinça sous son bras et traversa la pièce.

— B'jour, docteur, fit-il en pénétrant dans la salle d'examen.

— Alors, Trevor, qu'est-ce qui vous amène aujourd'hui ?

Trevor soupira profondément.

— C'est ma pendule. Elle fait encore des siennes. J'étais essoufflé hier soir, et ça continue ce matin. Betty m'a obligé à venir vous voir.

— Eh bien, je suis content que vous ayez écouté votre épouse, dit Pierce en souriant. Nous allons prendre votre tension, et ensuite j'écouterai votre cœur.

Il enroula le tensiomètre autour du bras de Trevor et le gonfla lentement avant de noter le résultat.

— Vous voulez bien déboutonner votre chemise, s'il vous plaît ? reprit-il. Voilà. Maintenant, prenez une profonde inspiration et retenez-la une seconde, puis vous pourrez relâcher tranquillement. Ainsi je repérerai d'éventuels bruits inhabituels dans votre poitrine ou du liquide dans les poumons.

Suite à cela, il posa son stéthoscope en divers endroits sur le dos du patient tout en répétant ses instructions. Il lui palpa l'abdomen et termina par un dernier examen de la poitrine au stéthoscope.

— Une dernière bricole, et nous en aurons fini,

annonça-t-il. Vous voulez bien retirer vos chaussures et vos chaussettes, s'il vous plaît ? Je vais regarder si vos pieds sont enflés.

Une fois l'examen complet terminé, il se lava les mains et revint s'installer au bureau.

— Alors ? C'est grave ? s'enquit Trevor en se rhabillant. Ne me mentez pas, docteur, je peux tout entendre.

— Ce n'est rien de nouveau, Trevor. Cependant, je voudrais que vous alliez voir un cardiologue à Armidale. Votre cœur souffre. Apparemment, il n'arrive pas à pomper assez de sang car il manque de force. Il s'affaiblit, c'est pourquoi vous éprouvez des difficultés à respirer. Vous êtes sans doute aussi plus fatigué, non ?

Le vieil homme opina du chef.

— A la fin de la journée, je suis épuisé, parfois même à midi. Ces dernières semaines, j'ai été obligé de faire la sieste l'après-midi.

— Je ne suis pas étonné. Votre cœur a du mal à pomper le sang en direction des poumons, là où il récupère son oxygène. C'est ce qui cause la léthargie dont vous me parlez — la fatigue, je veux dire, rectifia-t-il en constatant l'air ahuri de son patient. Et comme votre cœur est affaibli, il peut y avoir des caillots de sang ou des liquides au niveau des pieds, des chevilles ou des jambes. J'ai remarqué que vous êtes un peu enflé.

— Pourtant, j'ai fait tout ce que vous m'aviez conseillé, honnêtement, docteur ! Betty est un véritable tyran domestique, elle m'interdit les œufs au bacon, m'empêche de mettre du sel dans ma nourriture. On va marcher trente minutes chaque jour, et je n'ai plus fumé depuis presque un an.

— Je sais que vous faites ce que je vous ai recommandé, malheureusement le problème persiste, votre tension reste élevée. Il faut aller voir le spécialiste aussitôt que possible.

Trevor secoua la tête.

— Et ces céréales dégoûtantes, qu'elle m'oblige à manger au petit déjeuner, ça ne sert donc à rien ?

— Non, Trevor, je ne dirais pas ça. Tous vos efforts

ont aidé, mais j'aimerais quand même que vous alliez à Armidale passer des examens. Je vous prescris un ECG, poursuivit Pierce en tapant ses instructions à l'ordinateur. C'est destiné à mesurer le taux et la régularité de vos battements de cœur. Ça nous montrera aussi si les parois du cœur se sont épaissies. J'ajoute à ça une IRM pour vérifier si votre cœur a grossi et si vos poumons contiennent du liquide, deux signes d'une maladie cardiaque. Pour terminer, ils vous feront des tests sanguins pour mesurer le taux d'hormones, qui a tendance à augmenter en cas de défaillance du cœur.

— Eh bien ! Après tout ça, je vais me prendre pour un rat de laboratoire, pas vrai, docteur ?

Pierce imprima et signa les prescriptions, bien conscient que l'apparente mauvaise humeur de Trevor cachait en fait de l'inquiétude.

— Ce ne sont que des examens de routine, Trevor. Je trouve rassurant de vous envoyer voir un cardiologue de l'hôpital de district de Nouvelle-Galles du Sud. Ne vous tracassez pas inutilement, et si Betty a des questions, dites-lui de ne pas hésiter à m'appeler. Je vais demander à Tracy de vous prendre un rendez-vous à l'hôpital, ajouta-t-il en tapotant le vieil homme dans le dos.

Ce dernier opina du chef et esquissa un sourire teinté d'anxiété alors qu'ils se dirigeaient ensemble vers la réception.

— Betty va bien ? C'est rare de ne pas la voir avec vous.

— Elle est restée à la maison pour s'occuper de nos petites-filles, et je vous avoue que je n'étais pas fâché de sortir de là. Elles sont cinq, rien que des filles, docteur ! Et je peux vous dire qu'elles ont de la voix.

En souriant, Pierce caressa distraitement l'idée de fonder lui aussi une famille, un jour.

Hormis sa tante qu'il avait régulièrement au téléphone, il n'avait plus aucun parent encore en vie. Même si les deux dernières années dans cette ville le lui avaient presque fait oublier. Il s'était trouvé un groupe d'amis géniaux et faisait désormais partie de leur vie, était invité à leurs réunions de famille, à regarder les matchs à la télévision le vendredi soir, aux barbecues estivaux et même aux fêtes d'anniversaire de leurs enfants. Ils formaient une communauté étroitement liée, ce qui correspondait tout à fait à ce qu'il recherchait, et il était profondément heureux de se sentir chez lui à Uralla.

D'autant plus que ça ne ressemblait en rien à la vie qu'il avait vécue enfant.

Citoyen australien par naissance, il avait passé la majeure partie de son enfance à l'étranger où ses parents avaient beaucoup travaillé : Paris à quatre ans, Tokyo à six, New York jusqu'à douze ans, pour finir en pension dans une école privée très sélective en Allemagne après l'accident. Bien que ses parents aient toujours été là pour lui durant sa jeunesse et qu'il n'ait jamais manqué de rien d'un point de vue matériel, il aurait eu besoin de racines et de stabilité.

Préférant écarter ces vieux souvenirs, il se prit à s'interroger sur Layne.

Contrairement à lui qui ne verrait aucun inconvénient à ne plus jamais utiliser son passeport, elle semblait adorer voyager, se retrouver entourée d'étrangers lors de ses séances dans le monde entier.

Ils étaient très différents tous les deux, ils vivaient vraiment aux antipodes, au sens propre comme au figuré. Et pourtant, il ne parvenait pas à se la sortir de la tête. Elle ne ressemblait à personne d'autre, et le baiser qu'ils avaient échangé…

Un homme avait-il déjà réussi à briser sa carapace ?

Malheureusement, s'il voulait s'y essayer, il lui restait peu de temps. Trop peu pour faire dans la subtilité.

Leur dernière séance avait lieu à 17 heures, et il envisageait de l'emmener ensuite dîner à Armidale. Durant leur premier dîner, quelque chose avait perturbé Layne au point qu'elle s'était enfuie, alors pas question de réitérer ce désastre. Armidale n'était qu'à une quinzaine de minutes de voiture, mais si la belle acceptait de se laisser piloter, le trajet lui offrirait un peu de temps avec elle.

Baissant les yeux, il considéra le sac contenant son jean délavé, prêt pour la dernière séance photo — et pour ses derniers moments avec Layne Phillips.

De façon aussi étrange qu'inexplicable, un grand vide l'envahit à la pensée que d'ici quelques jours Layne serait repartie à l'autre bout du monde et qu'ils auraient alors bien peu de chances de se revoir.

Pour l'instant, la chaleur de son baiser lui donnait envie de plus, tant qu'elle était encore là.

Hormis le petit déjeuner que Layne avait pris au restaurant du motel en rentrant, elle avait passé la matinée assise sur son lit à visionner les clichés du dernier shooting.

Après être sortie dévorer un sandwich acheté à l'épicerie du coin, elle revint s'allonger dans sa chambre, les yeux fermés.

Elle avait longuement observé les clichés, et dans chacun, elle trouvait Pierce plus beau que dans le précédent. Elle n'aurait pas beaucoup de retouches à y apporter, comme elle s'en était doutée pendant le shooting. En revanche, elle allait avoir du mal à se décider sur une seule photo. Son visage magnifique, sa mâchoire carrée, ses abdominaux sculptés et ses bras puissants feraient fondre le cœur de n'importe quelle femme. Même si elles ne pourraient qu'imaginer la passion dont il était capable dans ses baisers…

Elle l'avait constatée, elle, et cela resterait son secret. Pourtant, la tendresse et la passion qu'elle avait ressenties ne seraient pas aisées à oublier.

Comment se faisait-il qu'il n'y ait pas de Mme Beaumont ?

Pierce était peut-être un célibataire endurci, ou bien il ne voulait pas s'engager pour l'instant. Elle avait lu sur sa fiche de renseignements qu'il avait trente-quatre ans : autant dire qu'il était assez jeune encore pour repousser le mariage de quelques années… Mais au fond, en quoi la vie de Pierce Beaumont la concernerait-elle ?

Se redressant, elle croisa les jambes et se noua les cheveux en un chignon haut, qu'elle retint avec un crayon. Avec un peu de chance, ce changement de position oxygénerait son cerveau, qui cesserait de se focaliser sur le même sujet. Rien ne servait de penser à Pierce Beaumont, l'amour, c'était bon pour les imbéciles.

— Dr Pierce Beaumont à l'appareil. Je souhaiterais parler au pédiatre de service au sujet de James Hollis, un nourrisson admis en début de journée avec une suspicion de *pertussis*.

Pierce attendit qu'on lui passe la pédiatrie.

— Myles Oliver à l'appareil, je suis le pédiatre du petit James.

— Bonjour, Myles. Pierce Beaumont, d'Uralla. Je suis le médecin de la famille Hollis. Je voulais juste m'enquérir de l'état de James.

— Vous avez bien fait de nous l'envoyer. Son état est stable. Nous l'avons isolé des autres patients et venons d'annoncer à sa mère qu'il allait devoir passer quelques semaines chez nous. La toux a empiré ces dernières heures, nous avons donc établi un planning afin qu'il soit sous la surveillance constante d'une infirmière durant les prochaines vingt-quatre heures. Nous monitorons son cœur et sa respiration.

— C'est donc bien le *pertussis* ?

— Oui, il y a une épidémie de coqueluche, en ce moment. Nous avons plusieurs cas en Nouvelle-Galles du Sud. Ça arrive quand les gens refusent la vaccination et que les défenses immunitaires baissent.

— Quel traitement prévoyez-vous ?

— Il reste sous monitoring et sous antibiotiques. Sa mère l'allaite encore, mais si nécessaire nous le nourrirons par perfusion. Je suis très attentif à sa dose d'oxygène.

— Merci de me tenir au courant, j'essaierai de passer demain voir sa mère. Elle doit avoir bien besoin d'un soutien psychologique.

— Vous avez raison. A demain, alors.

Préoccupé, Pierce raccrocha et alla dans la salle d'attente avertir Tracy de son absence prolongée à l'heure du déjeuner, le lendemain.

5.

Layne passa un peu plus tôt que prévu près de l'aéroport d'Armidale sur le trajet jusqu'à la ferme.

Elle adorait les environs de Saumarez et savait qu'il se passerait des mois, sinon des années, avant qu'elle se retrouve dans un environnement aussi serein.

Tandis qu'elle remontait le chemin de terre qui conduisait à la propriété, elle regarda défiler les prairies parsemées de petits troupeaux de vaches se protégeant du soleil sous les eucalyptus. La propriété, d'une dizaine d'hectares environ, comptait quinze bâtiments disséminés dans la verdure.

Elle n'avait pas de mal à comprendre que l'endroit soit aussi prisé pour les mariages. C'était si joli ! Ce qu'elle avait plus de mal à comprendre, en revanche, c'était ce qui poussait les gens à se marier.

Signer pour dépendre d'une personne jusqu'à la fin de ses jours, c'était de la folie pure ! A son avis, il n'existait qu'un être au monde qui ne la laisserait jamais tomber, et c'était elle-même. Douze ans plus tôt, elle s'était fait la seule promesse qu'elle ferait jamais, à savoir de ne jamais dépendre de quiconque.

La journée était belle, et elle voulait profiter de la sérénité de la région tant qu'elle le pouvait encore.

Tout était si calme !

Elle baissa la vitre et inspira l'air pur et chaud. Une sensation l'emplit qui la ramena à l'époque où c'était là tout ce qu'elle connaissait : pas de bruit, pas de gaz d'échappement, pas d'urgence, et surtout pas d'avion à prendre.

Elle avait vécu son premier vol à l'âge de dix-huit ans lors d'une petite mission qu'elle avait décrochée pour un magazine indépendant, où elle devait aller photographier un groupe de musique grunge à Melbourne. Jeune recrue, elle n'avait pas osé avouer à son patron qu'elle n'avait jamais pris l'avion, et elle mourait de peur.

Finalement, tout s'était bien passé après un décollage pour le moins stressant et un vol sans encombre, et cela avait été le premier d'une longue série de vols au cours des années suivantes. Mais malgré l'habitude, chaque fois que son avion décollait, elle redevenait Melanie Phillips l'espace de quelques minutes, et elle regrettait amèrement de ne pas avoir une main pour tenir la sienne.

Elle s'arrêta au bout de l'allée de gravier et se gara près d'une des granges imposantes.

Pour un jeudi, il y avait pas mal de monde : des touristes, et sans doute parmi eux quelques locaux, s'embarquaient dans la visite guidée des trente pièces du manoir de style edwardien. D'autres profitaient d'une promenade dans les jardins pittoresques entourant les cottages.

Pour elle, c'étaient les hangars remplis d'outils et de machines agricoles qui revêtaient le plus d'intérêt. Ils constituaient un témoignage de la vie pastorale à l'ancienne et feraient un cadre parfait pour le dernier cliché avec Pierce.

Elle signala son arrivée au gardien puis s'attela au déchargement et à l'installation de son matériel dans la grange.

Sur le côté, l'imposante porte était grande ouverte sur un paysage à couper le souffle. Une fois le matériel stocké dans une petite pièce à l'intérieur de la grange et sa voiture refermée, elle alla se planter dans l'encadrement de la porte pour contempler les prés.

La dernière fois qu'elle s'était tenue à cet endroit, elle avait quatorze ans. C'était lors d'un mariage, dont elle se rappelait surtout les rires de ses parents. Toute la soirée ils avaient dansé…

D'un revers de la main, elle essuya une larme qui venait de se former au coin de son œil.

— On peut savoir à quoi vous pensez ?

Cette voix. Apparemment, le Dr Décembre était arrivé en avance à Saumarez, lui aussi. Ses questions devenaient une habitude, ce qu'elle n'appréciait pas beaucoup.

Pas question qu'elle laisse percevoir son trouble à Pierce. Elle préféra ne pas se retourner.

— Je suis venue à un mariage ici, il y a de nombreuses années. La mariée était du coin et le marié un musicien à Tamworth. J'en garde un excellent souvenir. Mais c'était il y a si longtemps que je me souviens seulement de quelques détails, conclut-elle dans un souffle.

Pierce ne fit pas de commentaire, mais elle sentait toujours sa présence dans son dos.

Parvenant à contrôler ses émotions, elle pivota sur ses talons bas.

— Mais, dites-moi, qu'est-ce qui vous amène si tôt ?

— Je pourrais vous poser la même question, répliqua-t-il.

— Eh bien, je devais installer le matériel pour notre séance.

Il balaya du regard la grange poussiéreuse, aux poutres couvertes de toiles d'araignées, et sourit.

— En effet. D'ailleurs, je vois du matériel partout, j'ai même failli m'entraver avec des fils, la taquina-t-il.

Zut, il l'avait percée à jour. Mieux valait détourner la conversation.

— Saviez-vous que la propriété tient son nom de la famille Dumaresq à Jersey, l'une des îles Anglo-Normandes, et que c'était le dernier point de ravitaillement des colons qui montaient vers le nord ?

— Oui, répondit Pierce d'une voix neutre. Et saviez-vous qu'à la mort de Dumaresq, la propriété fut vendue à un gentilhomme du nom de Thomas, dont la famille habitait la ferme qui surplombe Saumarez Creek ?

— O.K., monsieur Je-sais-tout, de quand date sa construction ?

En toute honnêteté, elle ignorait elle-même la réponse, et elle serait donc bien incapable de la vérifier.

— Du début des années 1900, mais aucun document officiel ne l'établit de façon certaine.

Intelligent, en plus d'être bel homme. Un mélange dangereusement tentant.

— Je suppose que nous ne pouvons pas shooter avec tous ces visiteurs ? poursuivit-il. Que diriez-vous de prendre un café au bar de la ferme-auberge ? Ils font les meilleurs scones que je connaisse. Avec confiture et crème à volonté.

Voilà qui était plus qu'alléchant. La crème serait riche, la confiture faite maison et les scones tout juste sortis du four. Rien que d'y penser, elle en avait l'eau à la bouche — même si ça allait à l'encontre des préconisations de son coach sportif.

— Vous pensez qu'ils ont de la confiture de mûres ?

— Il n'y a qu'une façon de le savoir, rétorqua Pierce en lui désignant du menton le bâtiment principal.

A l'auberge, le temps passa vite. Pierce ne lui posa aucune question sur son passé, dirigeant plutôt la conversation vers leur profession à tous les deux.

— Il y a combien d'habitants, maintenant ? s'enquit-elle en avalant la dernière bouchée de son délicieux en-cas.

— Environ deux mille sept cents.

C'était surprenant. La ville en comptait bien moins, à son époque. Mais si l'endroit avait grandi, elle savait que rien n'avait changé en profondeur.

Contrairement à elle, et c'était bien ça, le problème.

— Bien, je ferais mieux d'aller installer mon matériel, et vous d'enfiler une tenue un peu moins soignée.

— Le jean troué m'attend dans ma voiture, fit-il avec une grandiloquence exagérée.

Dans un monde différent, tout pourrait finir autrement. Ce bel homme charismatique et disponible assis face à elle l'inviterait peut-être à sortir, à quoi elle répondrait « oui » sans hésiter, et dans quelques heures ils s'embrasseraient au clair de lune. Au minimum.

Sauf que dans ce monde-ci, ils en resteraient à une poignée de main après le dîner.

Pas de « si », pas de « mais ». Pierce Beaumont était charmant, il avait bon cœur, et pourtant ça ne fonctionnerait jamais entre eux. Ils étaient trop différents — bien qu'elle ait remarqué durant leur conversation qu'il était tout aussi réticent qu'elle à évoquer son passé.

C'était comme s'il n'avait pas eu de vie avant son arrivée à Uralla. En tout cas, rien dont il ait envie de parler avec elle. Quoi qu'il en soit, ça ne pouvait être ni trop grave ni trop choquant, sinon il ne serait pas autorisé à exercer. En plus, il ne semblait pas blessé ou amer, contrairement à elle.

Pourtant, il cachait quelque chose, elle en était certaine.

— Parfait, commenta Layne en prenant un autre cliché. Maintenant, levez un peu le menton et appuyez-vous contre l'encadrement de la porte.

Pierce suivait ses instructions à la lettre, impatient d'en finir pour l'emmener dîner.

— Dernière photo avant que le soleil disparaisse complètement, annonça-t-elle en s'allongeant à terre pour mieux prendre son torse luisant. Vous pouvez tendre les deux bras et les poser de chaque côté de la porte, légèrement levés ? C'est magnifique, vu d'ici.

En admirant Layne allongée à ses pieds, il ne pouvait qu'être d'accord sur ce point.

Avec ses cheveux retombant en cascade sur le sol pavé, ses longues jambes étroitement moulées dans son jean, son T-shirt blanc légèrement poussiéreux au décolleté révélant un peu de la dentelle de son soutien-gorge, elle était tout ce qu'il y avait d'appétissant. Il lui fallait mettre en jeu toute sa volonté pour ne pas se jeter à terre, la prendre dans ses bras et l'embrasser de nouveau. Et bien plus que ça.

Le désir que cette femme éveillait en lui le rendait fou, mais il avait accepté de se comporter selon ses règles à elle, et il respecterait sa parole, même si ça le tuait.

— Super boulot, déclara Layne en se remettant debout avant de s'épousseter. Ça valait la peine de se salir un peu.

Il prit une longue inspiration pour tenter de calmer les pulsions qui l'attiraient vers elle.

— Je me disais que nous pourrions essayer un authentique restaurant italien à Armidale. Ils ont des pâtes à tomber, les meilleurs vins, et des glaces aussi succulentes qu'à Naples.

Layne s'étira quelques secondes, avant de rentrer son T-shirt poussiéreux dans son pantalon.

— Ça m'a l'air appétissant, mais au vu de ma tenue, on ferait peut-être mieux de se contenter d'un fast-food à emporter, non ?

— Il est encore tôt, nous avons le temps de nous changer…

— Le temps, peut-être, l'interrompit-elle. Mais je suis épuisée, je n'ai pas l'énergie de fouiller au fond de ma valise pour en extraire une autre tenue. J'ai eu de longues journées, depuis mon arrivée en Australie. J'apprécierais de me coucher tôt après un bon bain.

Il n'allait pas se laisser abattre aussi facilement.

— Et si l'on mangeait chinois, dans ce cas ? Je connais un restaurant près du Waldorf où ils ne s'offusqueront pas de votre tenue. Et si ça peut vous réconforter, je garde mon jean déchiré.

Layne esquissa un sourire.

— O.K., faisons comme ça.

Visiblement, il venait de marquer un point !

— Super, je vais vous aider à remballer.

— Je crois que je vais m'écrouler, ce soir, et dormir au moins dix heures d'affilée ! s'exclama-t-elle alors qu'ils chargeaient son coffre de voiture.

Ils travaillèrent en bonne coordination, et il veilla à manipuler le matériel fragile avec grand soin, remarquant que Layne semblait apprécier ses précautions.

— Bien, dit-elle quand ils eurent fini, je vous suis.

En chemin, il regarda plus d'une fois sa voiture de

location dans le rétroviseur, regrettant que sa conductrice ne reste pas dans les parages un peu plus longtemps.

Quinze minutes plus tard, leurs deux véhicules se garaient sur le parking du restaurant. Layne sauta du sien et se dirigea vers le coffre, dont elle tira une écharpe qu'elle jeta sur ses épaules.

— Laissez-moi prendre votre sac à dos, mieux vaut ne pas laisser votre ordinateur portable dans la voiture.

Une main délicatement posée au bas du dos de Layne et son sac sur l'épaule, il la guida dans le bar et monta avec elle les marches qui conduisaient au restaurant de l'étage.

C'était si agréable de sentir la chaleur de son corps à travers le tissu léger ! Bien sûr, malheureusement, il ne devait pas laisser ses doigts s'attarder là trop longtemps, mais il voulait en profiter encore un peu.

Il y avait du monde dans le restaurant, pour un jeudi soir. Ils s'installèrent au bout d'une longue table. Plusieurs clients lui firent un signe amical, auquel il répondit en souriant.

— Que prendrez-vous comme boisson ? Du vin blanc, ou quelque chose de plus fort, après la journée que vous avez eue ? s'enquit-il avec un clin d'œil taquin.

— J'ai passé une journée très agréable, plutôt facile, même, répondit Layne avec légèreté. Je vais m'en tenir à un verre d'eau pétillante glacée avec un zeste de citron.

Il gagna le bar où il commanda leurs boissons, la laissant prendre connaissance du menu. Quelques instants plus tard, il déposait devant elle un grand verre d'eau pétillante, un quartier de citron vert perché sur le bord.

— Vous avez repéré quelque chose d'appétissant ? demanda-t-il.

— Poulet au citron et riz sauté, ça m'ira parfaitement.

— D'accord. Et moi, je suis fan de leur bœuf aux haricots noirs. Ne bougez pas, je vais aller commander, dit-il en s'empressant de passer à l'action.

Il ne manquerait plus qu'elle file de nouveau !

— Voilà, reprit-il en revenant, nous allons pouvoir discuter tranquillement. Mais pas du passé, j'ai bien compris, et je n'ai pas du tout envie que vous m'abandonniez encore. Parlons de l'avenir. Où est-ce que vous vous voyez, dans cinq ans, Layne ?

Elle sirota rêveusement quelques gorgées de sa boisson avant de répondre.

— Vraiment, je n'en sais rien. Je ne suis pas du genre à faire des projets sur le long terme, mais je dirais que je ferai sans doute plus ou moins la même chose. J'aimerais augmenter mes contributions aux associations caritatives, cela dit. Je crois en certaines causes qui ne reçoivent pas l'attention qu'elles méritent. Alors, si je peux aider…

Il répondit à son sourire.

Décidément, la femme qui partageait sa table était un mélange de contradictions. Elle avait une opinion bien arrêtée sur à peu près tout, mais elle aimait écouter les autres. Sous ses airs froids et distants, elle donnait de son temps pour des œuvres caritatives peu connues. Elle avait choisi de passer derrière l'objectif alors qu'elle-même était assez belle pour figurer en couverture des magazines. Elle appréciait réellement les paysages d'une petite ville australienne perdue au milieu de nulle part, mais elle préférait vivre dans un appartement en haut d'un gratte-ciel dans l'une des plus grandes villes du monde.

Il était à la fois intrigué, curieux et très attiré par Layne. Elle était fascinante à bien des titres, et chaque minute qu'il passait en sa compagnie lui donnait un peu plus envie d'elle.

Mais il ne pouvait pas le lui avouer, de peur qu'elle s'enfuie avant même qu'arrive son assiette de riz.

6.

Layne appuya la tête contre le dossier du siège et ferma les yeux.

— C'était aussi bon pour vous que pour moi ? lui demanda Pierce à voix basse pour la laisser savourer son plaisir.

— Mieux encore, je pense.

— La prochaine fois, je me laisserai tenter par le poulet, dans ce cas. Mais mon plat était délicieux aussi.

Elle rouvrit les yeux.

— Merci de m'avoir convaincue de vous accompagner ici, Pierce. Avec le ventre plein que j'ai à présent, je vais me rouler dans la fange comme un petit cochon.

— J'espère que vous n'utilisez pas trop souvent ce genre d'expressions avec vos amis de Manhattan, répliqua-t-il en riant. Ils ne comprendraient pas ce que…

Il fut interrompu par la voix d'un homme qui hurlait au rez-de-chaussée :

— Je vais tordre le cou aux salopards qui ont fait ça !

Il se leva pour aller voir en bas ce qu'il se passait. Il suivit les voix de ceux qui s'insurgeaient et comprit vite ce qui causait leur colère.

Le parking ressemblait à un chantier de démolition. Quasiment aucun véhicule n'avait été épargné — vitres explosées, carrosseries défoncées… Et pour tout indice, des traces de pneus sur le bitume conduisaient vers la rue. Apparemment, les coupables n'avaient pas jugé bon de laisser leur adresse en partant.

Il constata que la portière côté conducteur de son 4x4

avait été abîmée, mais a priori les vandales avaient été dérangés avant de terminer leur travail.

Immédiatement, il chercha des yeux la voiture de Layne.

Le rétroviseur pendait au bout de son câble, le pare-brise et la vitre arrière avaient été brisés.

Il se précipita, redoutant le pire…

Qui se trouva rapidement confirmé.

Tout le matériel photographique avait disparu. Les maraudeurs avaient tout pris.

Il fouilla le sol du regard et découvrit, éparpillé parmi les débris, le contenu de deux des sacs de matériel. Les fragments de flashes et de phares gisaient au sol, mêlés au verre des vitres.

Il se prit le visage entre les mains, accablé.

Layne allait être dévastée. Il savait combien ce matériel lui était précieux, la valeur qu'elle lui accordait. A ses yeux, ces objets étaient plus que des outils de travail, elle les aimait.

Bientôt, le parking fut envahi par les clients sortis pour estimer les dégâts. Rien de semblable ne s'était jamais produit à Uralla, tout le monde était sous le choc.

— Quelqu'un a vu quelque chose ? demanda une femme, que Pierce reconnut comme l'institutrice et dont la voiture avait été sauvagement saccagée. Qui ferait une chose pareille ? Sans raison ?

— Je les ai vus déguerpir, mais trop vite pour que j'aie le temps de relever leur numéro d'immatriculation, répondit quelqu'un. En tout cas, ils ne sont pas d'ici, je ne les avais jamais vus.

— Il y avait au moins trois voitures, ajouta un vieil homme. C'est ce qui leur a permis de faire autant de dégâts en si peu de temps. Ces vandales devaient être désœuvrés.

Au vu du nombre de canettes de bière vides qui jonchaient le sol, l'expédition avait dû être fomentée par des esprits largement alcoolisés.

— Oh ! mon Dieu ! Mais qu'est-ce qui s'est passé ?

Layne venait d'arriver parmi les derniers clients du

restaurant. Elle poussa un petit cri étouffé en découvrant sa voiture.

— Oh non, pas mon matériel ! Dites-moi qu'il n'a pas disparu.

Et elle posa sur Pierce un regard horrifié, attendant manifestement une assurance qu'il n'était pas en mesure de lui offrir.

Il ne voulait pas qu'elle s'approche et constate de visu l'état de ce qu'il restait de ses affaires.

— Je suis vraiment désolé, dit-il en se dirigeant vers elle.

Instinctivement, il l'enveloppa de ses bras et la serra fort contre lui.

Elle se laissa aller à son étreinte, comme si celle-ci lui procurait d'une certaine façon une forme de réconfort, ce dont il ne put s'empêcher de se réjouir. Puis elle se dégagea résolument et inspecta la zone.

— Ces enfoirés ont volé mes appareils photo et cassé tout ce qui ne les intéressait pas.

Comme il observait la scène, désolé, un crissement de pneus attira son attention : un bruit qui ne provenait pas de très loin, bientôt suivi d'un autre, métallique.

Il se précipita dans la rue et vit une voiture qui venait d'emboutir un poteau électrique dans la rue principale.

Trois autres hommes le rejoignirent.

— C'est une des voitures des vandales ! s'exclama l'un d'entre eux.

L'impact avait été si violent que le véhicule était plié en deux.

Après s'être assuré qu'aucun véhicule n'arrivait, Pierce se précipita vers l'accident.

— Attention ! cria quelqu'un. L'essence fuit sur la route.

Il aperçut le petit ruisseau qui s'écoulait de sous la voiture en direction du moteur, et donc de la source de chaleur. Il vit aussi le conducteur affalé sur le volant.

Sans tergiverser, il s'approcha de la portière.

— Reculez, docteur ! lui cria-t-on. Ça va exploser !

Le conducteur n'avait pas beaucoup plus de seize ans,

et il était inconscient. S'il ne le tirait pas de la carcasse de cette voiture, ce gamin était voué à une mort certaine. Impossible de l'abandonner là.

Il s'acharna un moment sur la portière avant de réussir à l'ouvrir, au moment où des flammes s'élevaient de l'autre côté. En quelques secondes, il avait extrait le jeune homme du véhicule. A l'instant où les pieds de celui-ci heurtaient le bitume, l'intérieur de la voiture s'emplit des flammes tapies sous le châssis.

Les hommes qui observaient la scène de l'autre côté de la rue se précipitèrent à la rescousse et prirent l'accidenté par les jambes, aidant Pierce à le porter à l'abri.

— Vous êtes dingue, commenta un homme. C'est un de ces fichus vandales.

Sans un mot, Pierce avisa le véhicule à présent dévoré par les flammes. Le souffle court, il resta un instant incapable d'en détacher le regard, en proie à une horreur venue du tréfonds de son être, puis il s'arracha au spectacle nauséabond et reporta son attention sur le garçon inconscient.

Il s'agenouilla à son côté pour vérifier ses constantes.

— Quelqu'un peut-il appeler une ambulance et les pompiers, si ça n'est pas déjà fait ? Espérons que sa colonne vertébrale ne soit pas touchée, parce que je n'ai pas eu le temps de l'immobiliser avant de le déplacer.

Ayant vérifié que les voies aériennes n'étaient pas obstruées, il entama la réanimation.

Vu l'odeur d'alcool qui se dégageait de l'haleine de cet idiot, pas étonnant qu'il ait perdu le contrôle de son véhicule. Mais peu importait pour le moment la bêtise qu'il avait commise, sa vie était en danger.

Pierce continua la réanimation jusqu'à l'arrivée des urgentistes, qui prirent le relais.

7.

Le brouhaha et l'agitation avaient enfin cessé. Les pompiers et la police locaux étaient arrivés sur les lieux en même temps. Le feu avait été rapidement maîtrisé, et l'hélicoptère avait emporté le jeune homme à l'hôpital avec des blessures à la tête et sans doute aussi des lésions internes. La police espérait être en mesure de localiser les autres coupables dans les jours à venir grâce au témoignage et à l'assistance du jeune blessé.

Debout à côté de Pierce au milieu du parking désormais calme, Layne considéra piteusement ce qu'il restait de sa petite voiture de location.

Le verre brisé qui entourait le véhicule avait été balayé à l'instar du reste du parking, grossièrement nettoyé par les propriétaires du restaurant aidés des clients présents. Ses sacs déchirés et son matériel brisé avaient été délicatement déposés sur le siège arrière.

Elle avait oublié à quel point les gens d'ici pouvaient se serrer les coudes…

— Vous avez un pneu crevé, dit Pierce. Laissez-moi au moins vous conduire au motel, nous pourrons joindre l'agence de location afin qu'ils viennent chercher la voiture demain.

— Merci, Pierce. Oui, ce serait très gentil, répondit-elle avec lassitude. Je m'en occuperai demain matin. De toute façon, il n'y a plus rien à voler, à présent que tout est cassé.

Voilà qui ne ressemblait pas à la soirée qu'elle avait imaginée.

Bon sang, et le shooting prévu le lendemain dans la succursale locale d'une banque nationale ? Son appareil, ses flashes… Elle en avait besoin pour demain !

Elle leva les yeux vers Pierce.

— Heureusement, vos photos sont sur une clé USB dans mon sac. En revanche, tout ce dont j'ai besoin pour le shooting de demain a disparu.

— Et si vous achetiez du matériel de remplacement au magasin d'Armidale ?

— Je peux aller jeter un œil, mais ils n'auront pas tout ce qu'il me faut. Presque tout mon matériel est directement importé d'un fournisseur à l'étranger. Je peux m'en faire envoyer, mais ça va prendre quelques jours, et la banque sera fermée jusqu'à lundi…

— Mardi, en fait, corrigea doucement Pierce. Lundi est férié, ici en Australie.

Voilà qui n'arrangeait pas ses affaires.

— Sauf que je devrais être rentrée à New York.

— Dans ce cas, vous allez devoir faire une croix sur la séance de la banque à Armidale. Ce n'est pas très grave, si ? C'est juste une petite banque de province.

— Ne dites pas ça. J'ai donné ma parole au sponsor, et je ne romps jamais une promesse. Qu'il s'agisse d'une banque de Wall Street ou d'Armidale n'y change rien. Il faut que je modifie mes horaires de vol et que je trouve un maximum de matériel à Armidale. Je vais avertir la banque que la séance est repoussée, voilà tout.

— Bien. Dans ce cas, allons-y, que vous puissiez passer vos coups de fil et envoyer vos mails au plus vite.

Sur le trajet de retour au motel, Layne consulta internet sur son téléphone en silence, sans pouvoir s'empêcher de repenser à la façon dont Pierce avait réagi devant le véhicule en flammes.

Elle n'était pas sûre d'avoir le droit de le questionner à ce sujet, mais quelque chose la poussait à vouloir mieux connaître l'homme qui ce soir, par ses actes héroïques, s'était révélé si différent de celui qu'elle imaginait.

— Qu'est-ce qui s'est passé, là-bas ? demanda-t-elle tout à trac, alors que Pierce coupait le moteur devant sa chambre.

— Les véhicules garés sur le parking ont été saccagés par un groupe d'adolescents soûls, puis l'un d'eux a embouti un poteau, et sa voiture a pris feu. Voilà.

— Ce n'est pas ce que je voulais dire, insista-t-elle en détachant sa ceinture de sécurité pour pivoter vers lui. Je parlais de vous. J'ai vu votre regard, quand vous observiez les flammes. Ça n'était pas de la peur, mais il y avait quelque chose. J'ai raison ? Si vous ne désirez pas en parler, je comprendrai.

Pierce tourna à son tour la tête vers elle. Il l'observa quelques secondes en silence. Puis, après une profonde inspiration, il sembla se décider à répondre.

— Non, ça va. Je n'en ai jamais parlé, mais je pense que je le devrais. Tout ça remonte à bien longtemps en arrière. J'avais douze ans, j'étais à New York avec mes parents. On était en novembre. Mon père aimait y passer Thanksgiving chaque année. Nous étions dans notre appartement quand il y a eu une explosion dans la cuisine — on nous a appris plus tard qu'elle était due à une fuite de gaz —, et mes parents… Ils sont morts sur le coup, mais je ne l'ai su que plus tard, termina-t-il.

— Oh ! mon Dieu ! murmura-t-elle, se couvrant d'instinct la bouche de ses deux mains.

— Le feu s'est propagé très rapidement, poursuivit Pierce d'un ton neutre, sans plus la regarder. J'ai dû me réfugier sur le balcon. Les pompiers m'ont crié de sauter, car leurs échelles étaient trop courtes pour m'atteindre. Nous étions au quinzième étage, et je n'avais pas le choix.

— Vous étiez seul sur le balcon ?

— Non. Nous gardions le chien du voisin, Jackson. Il avait traversé la fumée pour me retrouver. Je le tenais dans mes bras quand je me suis décidé à enjamber la rambarde — les rideaux du salon venaient de prendre feu. En contrebas, je voyais le camion des pompiers et le filet de sécurité. J'étais pétrifié. Je me souviendrai toujours de la sensation de peur qui me plombait les jambes. Par ailleurs, je ne savais pas où étaient mes parents. Au fond, je crois que j'attendais qu'ils viennent me chercher. Ne les voyant pas, j'ai pensé qu'ils s'étaient enfuis par la porte d'entrée. J'ai soudain compris que si je ne sautais pas, Jackson et moi allions mourir. Peu importait la terreur, je devais y aller.

Layne replia les jambes sur son siège, sidérée.

Pierce avait traversé un véritable drame. Ses paroles la transperçaient telle une lame. Et dire qu'elle lui avait imaginé une enfance de rêve ! Comment avait-elle pu le juger aussi vite ?

Il n'avait pas émis de jugement sur ce jeune vandale, ce soir. Il lui avait sauvé la vie sans la moindre hésitation. Cela demandait du courage de savoir se montrer vulnérable, et rien que pour cette raison elle se sentait proche de lui. Elle n'avait pas rencontré quelqu'un d'aussi honnête depuis des années, et elle s'incluait dans le lot. Décidément, ce médecin recelait beaucoup plus qu'elle ne l'avait cru.

— Je suis désolée de vous avoir fait la leçon, hier, sur l'échelle.

— Bien. Ainsi, vous ne repartirez pas en gardant de moi le souvenir d'un enquiquineur pur et dur ?

— Loin de là, confirma-t-elle en souriant.

Sans trop savoir pourquoi, elle se pencha et fit une chose qu'elle n'avait jamais faite : elle l'embrassa tendrement sur la joue. Puis elle descendit de voiture.

L'idée traversa Pierce aux petites heures du matin, alors qu'il était allongé dans le noir, les yeux rivés au plafond.

Il ne pouvait pas laisser Layne Phillips lui filer entre les doigts. Le baiser qu'elle lui avait déposé sur la joue n'était qu'un petit pas vers lui, mais c'était un pas, néanmoins. Derrière son apparence glaciale se cachait un cœur chaleureux, il en était persuadé.

Il devait bien admettre qu'elle lui faisait de l'effet. Pire, même, il n'avait jamais rien ressenti de pareil. Alors, pas question de la laisser partir. Pas sans essayer de percer un peu plus sa magnifique armure.

Un peu avant 5 heures, il songea qu'ils pourraient prendre un avion pour Sydney le lendemain afin de dégoter le matériel dont elle avait besoin. Un samedi matin, les magasins seraient ouverts. Puis ils loueraient une voiture et se rendraient à Toowoon Bay, où il leur louerait à chacun un joli bungalow sur la plage pour le week-end, dans un complexe cinq étoiles doté d'une vue magnifique sur l'océan Pacifique.

Ce serait parfait. Ils pourraient y rester jusqu'à lundi. Le cabinet étant fermé de samedi à mardi matin et James entre d'excellentes mains à l'hôpital, Uralla n'avait pas besoin de lui.

Et Layne allait pouvoir se relaxer. Avec lui. Ils auraient le temps de décompresser, et peut-être qu'elle accepterait enfin de laisser tomber ses défenses. Ils allaient apprendre à se connaître un peu mieux, et qui sait où ça les mènerait ?

Cette femme occupait la plupart de ses moments de veille et perturbait en plus son sommeil. Son magnifique visage, ses lèvres douces et ses yeux d'un vert profond comme des émeraudes, tristes mais fascinants à la fois, tout cela le hantait. Elle en savait un peu plus sur lui désormais — pas tout, mais suffisamment —, alors que lui ignorait tout d'elle.

Or, elle le captivait à un point qu'il n'aurait jamais cru possible. Il était sorti avec pas mal de femmes, certaines relations avaient duré plus que d'autres, mais aucune ne lui avait inspiré un désir d'une telle intensité. Il en retirait de plaisants souvenirs, mais il lui avait toujours manqué quelque chose. Et voilà que cette femme insupportable l'avait forcé à grimper à une échelle, l'avait aspergé d'huile par un petit matin glacial et surtout avait répondu à son baiser avec une passion aussi intense que la sienne…

Il ne l'oublierait pas, et il mourait d'envie de découvrir

ce que cachait son apparente froideur. Bref, s'il ne voulait pas vivre avec des regrets, il était temps qu'il tente sa chance. Au pire, il profiterait d'une compagne aussi belle que fascinante pour un week-end.

— Je ne sais pas trop, répondit Layne, plantée dans l'encadrement de sa porte en short en jean et haut blanc, après avoir écouté Pierce lui exposer son idée pour le week-end.

Le moins que l'on puisse dire, c'est qu'elle semblait sceptique à l'idée de s'envoler avec lui pour Sydney.

— Si vous avez une meilleure solution, je vous en prie, répliqua-t-il. Mais si vous comptez sur une livraison, vous courez le risque que le matériel n'arrive que tard dans la journée de mardi. Peut-être même mercredi…

— Vous avez sans doute raison, admit Layne après quelques secondes de réflexion. C'est le seul moyen pour que je tienne mes délais afin de rentrer à New York la semaine prochaine.

Il se surprit à relâcher son souffle.

Ils venaient tout juste de se rencontrer, et il nourrissait déjà des sentiments pour cette femme complexe et parfois exaspérante. Il soupçonnait chez elle un cœur en or mais moult fois brisé. Au fond, ils n'étaient pas si différents : tous deux avaient vécu par le passé quelque chose qu'ils désiraient laisser derrière eux.

Quoi que ce soit qu'elle cache ou qu'elle fuie, cela poussait Layne Phillips à vivre sa vie à cent à l'heure. Quant à lui, il avait tourné le dos à la vitesse pour venir s'enterrer dans une petite ville de campagne. N'empêche, chacun d'eux cherchait à oublier quelque chose.

Peut-être y parviendraient-ils ensemble ?

— On pourrait acheter le matériel et rester un jour ou deux sur la côte, histoire de se délasser ? Je suis sûr que, après le travail que vous a donné ce calendrier, ce ne serait pas une mauvaise idée. Et d'un point de vue purement médical, je vous recommande du repos, histoire de recharger les accus. Vous pouvez faire votre séance à la banque très tôt mardi matin et être de retour aux Etats-Unis le lendemain pour le déjeuner, la rassura-t-il.

Layne le considéra un long moment, l'air hésitant. Perplexe, même. Comme déchirée entre deux envies.

— O.K., fit-il pour rompre un silence qui s'éternisait. J'ai l'impression que vous avez besoin de temps pour y réfléchir. Si nous allions à l'agence de location de voitures faire constater le problème ? Ensuite, nous pourrions aller au magasin d'Armidale, afin de voir s'ils peuvent commander du matériel et combien de temps prendrait la livraison ? Ça vous sera plus facile de prendre la décision avec ces informations en tête. Si nous avons besoin d'aller à Sydney, je chargerai mon agent de voyages de tout organiser cet après-midi…

Il avait vu juste, elle commençait à se détendre.

— Dès que vous aurez récupéré vos affaires, nous pourrons nous mettre en route, conclut-il avec un sourire.

— O.K., fit Layne en opinant du chef. Je vais chercher mon sac à main.

Pierce avait deux heures devant lui avant son premier rendez-vous de l'après-midi au cabinet. Préférant mettre en sourdine son idée de week-end à Sydney, il opta pour un compte rendu de l'état de santé du jeune vandale hospitalisé à Tamworth.

— Il a survécu à la nuit, et les médecins évaluent ses chances de rétablissement complet à soixante-dix pour cent. L'autre problème, c'est qu'il conduisait sans permis, sous l'influence d'alcool, et qu'il n'a que seize ans. Les services d'aide à l'enfance ont été contactés. En fait, il est en famille d'accueil, et ses parents d'adoption ont demandé de l'aide.

— Alors, ils ne vont pas l'abandonner ? s'étonna Layne.

— Non. Apparemment, ils veulent lui offrir les services d'un conseiller afin qu'il revienne sur le droit chemin. Cela ne fait que quelques mois qu'il est avec eux, son dernier placement à Sydney ayant mal tourné : la famille l'avait laissé faire n'importe quoi. D'après ce que m'ont dit ses médecins, il n'a pas eu de chance avec ses derniers placements. Sa nouvelle famille d'accueil a donc à cœur de l'aider.

Layne appuya la tête contre le siège, un sourire aux lèvres.

— Eh bien, voilà une bonne nouvelle ! Au moins, il a trouvé des gens qui s'intéressent suffisamment à lui pour ne pas baisser les bras à la première anicroche. Il a de la chance, j'espère seulement qu'il s'en rend compte. Il doit oublier le passé et les laisser l'aider.

Pierce ne put s'empêcher de noter la pointe d'émotion dans sa voix.

Le travail que Layne faisait pour l'association d'aide aux orphelins n'avait rien de superficiel. C'était manifestement une femme de cœur, avec un faible tout particulier pour les enfants. Elle était sans aucun doute seule dans sa vie par choix, cependant les raisons de ce choix le laissaient perplexe. Et l'intriguaient.

— Vous envisagez de fonder une famille un jour ? lui demanda-t-elle tout à trac.

— Je suppose que oui, répondit-il, les yeux rivés à la route. Mais je ne suis pas pressé. Et vous ?

— Non, dit-elle en soupirant, tournant la tête vers sa vitre comme pour cacher ses véritables pensées. Ce n'est pas pour moi. En revanche, je vous imagine très bien dans ce rôle.

Derrière l'apparente désinvolture de sa réponse transparaissait une touche de tristesse indéniable. Cela dit, elle avait sans doute raison en ce qui le concernait. Il n'avait pas de projets précis mais, tout au fond de lui, l'idée de fonder une famille et de rentrer chaque soir dans un foyer plein d'amour lui plaisait. Sa maison jouissait d'une cour suffisamment grande pour accueillir une balançoire, une cabane de jeux, et même un chien.

Malheureusement, il n'avait pas rencontré la femme dont il souhaiterait faire sa femme et la mère de ses enfants.

Ils passèrent d'abord par l'agence de location, où ils expliquèrent l'incident et organisèrent la livraison d'un véhicule de remplacement au motel où était descendue Layne. Il prévoyait de la déposer ensuite au magasin pendant qu'il passerait rendre visite au petit James à l'hôpital, non loin de là.

— Vous avez mon numéro de téléphone, mais je n'ai pas le vôtre, dit-il en lui tendant son portable. Pouvez-vous me l'enregistrer, au cas où je serais retenu ?

— Bien sûr, répondit-elle.

Et elle s'exécuta rapidement.

Il se gara près du magasin, annonçant qu'il pensait être de retour dans une heure.

A la boutique, Layne trouva une partie du matériel dont elle avait besoin, et les employés se montrèrent particulièrement accommodants. Ils passèrent des coups de fil et l'informèrent que si elle n'allait pas elle-même à Sydney, ils pouvaient recevoir les objectifs dans la journée de mardi.

Leur carte en main, elle ressortit dans la rue sans trop savoir comment procéder.

Elle voulait vraiment effectuer cette séance mardi à la première heure pour repartir à midi, mais cela impliquait d'aller à Sydney avec Pierce.

Indécise quant à la décision à prendre, elle inspecta distraitement les vitrines.

Elle avait visité Armidale adolescente et en gardait le souvenir émerveillé d'une ville pareille à la caverne d'Ali Baba. Evidemment, aujourd'hui, en comparaison avec New York, la ville lui paraissait bien petite. C'était joli, cependant, très propre et calme, un détail qu'elle appréciait particulièrement. Pas trop de circulation, pas de Klaxon, on pouvait arpenter tranquillement les trottoirs sans avoir à jouer des coudes.

Elle entra dans un café où elle s'installa un peu à l'écart pour réfléchir posément.

C'était étonnant, le bien-être qu'elle ressentait à siroter sa boisson dans la chaleur agréable de cette journée d'été. Elle se trouvait à douze mille kilomètres de chez elle, et pourtant sa ville ne lui manquait pas.

Fouillant dans son sac, elle en tira la carte du magasin et son téléphone portable.

— Inutile de commander les objectifs, leur indiqua-t-elle. Je vais aller à Sydney.

Voilà, c'était décidé. Trop tard pour revenir en arrière.

Les objectifs auraient pu arriver à temps, elle le savait. En fait, elle venait de décider de passer du temps avec un homme qu'elle appréciait et admirait.

La situation à l'hôpital s'avéra plus compliquée que Pierce ne l'avait imaginé. A son arrivée, il apprit que James venait d'être transféré aux soins intensifs du service pédiatrique.

— Malheureusement, nous avons dû le placer sous ventilateur ce matin, lui annonça le Dr Myles Oliver. L'oxygène qu'on lui administrait ne suffisait plus, et son pouls faiblissait. En plus de cela, il ne se nourrissait quasiment plus. Nous l'avons donc mis sous perfusion.

— La bradycardie était sévère ?

— Il était tombé à environ cinquante battements à la minute pendant son sommeil, répondit Myles en vérifiant l'écran du moniteur placé près du bébé. L'autre problème, c'est que sa toux gêne les effets du ventilateur.

— Sa mère est au courant des dernières complications ? s'enquit Pierce, les yeux rivés sur le pauvre enfant qui combattait sans le savoir les bénéfices de la machine qui le maintenait en vie.

— Carla est au courant, et elle a très bien réagi. Elle a passé la nuit dernière sur un brancard dans la chambre de James. Mais à présent qu'il est en soins intensifs, elle ne pourra pas dormir avec lui.

— Si elle dort.

— Nous allons la convaincre de rentrer se reposer, ne

serait-ce que quelques heures. En ce moment, une de nos infirmières l'a emmenée prendre un café. Elle ne peut pas rester à son chevet non-stop, ce ne serait bon ni pour elle ni pour son enfant qu'elle s'épuise.

Pierce considéra l'infirmière qui caressait doucement la main du petit patient tout en vérifiant sa perfusion.

— Quel est votre pronostic, honnêtement ?

— James est un bébé en bonne santé, nonobstant ses soucis respiratoires actuels. Il devrait s'en sortir. Nous avons vu des bébés plus jeunes et donc moins robustes se remettre. Alors, s'il n'y a pas d'autre complication, il va se rétablir. Cela dit, il risque de passer un bon mois avec nous.

— Et vous lui ferez passer un scanner du cerveau avant de le laisser sortir.

— Bien sûr, répondit Myles alors qu'ils ressortaient dans le couloir. Nous nous assurerons que le cerveau n'a subi aucun dommage à cause des fréquents manques d'oxygène. Mais j'ai bon espoir si nous parvenons à maintenir la ventilation. Au fait, bravo pour votre diagnostic, Pierce ! La famille est consciente de ce qu'elle doit à votre prompte réaction.

Une fois seul, Pierce alla s'enquérir de l'éventuelle admission d'autres accidentés en état d'ébriété aux urgences.

Rien. Apparemment, les comparses de son jeune patient avaient eu plus de chance que lui.

Après être resté sur place un peu plus d'une heure, il appela Layne pour passer la prendre afin de retourner à Uralla.

— Il n'y a pas grand-chose que je puisse faire, enfermée dans ma chambre, en attendant que me soit livré du matériel qui risque de ne pas convenir ou de ne pas arriver à temps, ce qui compromettrait ma prochaine mission à Rome, lui dit-elle avec pragmatisme.

— Vous acceptez donc mon invitation ?

— Bien sûr. Pourquoi ne pas l'accepter ?

Après sa visite à l'hôpital, cette nouvelle lui remontait le moral. Certes, il ne devait pas se réjouir trop vite,

Layne avait encore toute la nuit pour changer d'avis, mais il pouvait espérer qu'elle n'en ferait rien. Ils profiteraient alors de trois jours complets ensemble, au bord de la mer. Et il aurait le plaisir de la compagnie de cette femme aussi belle que captivante.

— Mais j'insiste pour payer mon billet, reprit Layne sur un ton sans appel. Je vais vous faire un chèque, ou retirer du liquide si vous préférez.

Cela le fit sourire.

Elle l'ignorait, mais il avait largement les moyens de l'inviter. Et il n'était pas question qu'il accepte son argent.

— Et si vous me laissiez régler les vols et l'hébergement ? Vous pourriez vous charger des repas sur place, d'accord ? Vu mon appétit, je risque même d'être gagnant dans l'affaire. Je passe vous prendre vers 9 heures demain matin, annonça-t-il en déposant Layne devant son motel.

Il la vit hésiter, une lueur presque effrayée dans les yeux.

— Ou plutôt 10 heures, si vous préférez ?

— Non non, 9 heures, c'est parfait.

Elle était manifestement mal à l'aise.

— Vous verrez, dit-il pour la rassurer, c'est un endroit génial : soleil, plage et peut-être quelques margaritas. Ça va vous plaire.

De nouveau, Layne prit un moment avant de répondre, comme si quantité de sentiments contradictoires se disputaient dans sa tête.

— O.K., demain à 9 heures sauf contre-ordre, répondit-elle enfin, avant de faire volte-face.

Au moins, elle ne lui avait pas opposé un refus catégorique. En revanche, elle avait clairement laissé la porte ouverte à une fuite de dernière minute.

Le lendemain à 8 h 55, Layne était assise sur son lit en short à motif camouflage et T-shirt blanc, les cheveux noués en une tresse lâche.

Son sac de voyage l'attendait près de la porte. Elle l'avait choisi petit, car au bord de la mer elle n'aurait guère besoin que d'un maillot de bain, d'un sarong, d'un short, de deux robes légères et de sandales. Ce qui rentrait aisément dans le sac qu'elle avait préparé la veille de peur de changer d'avis entre-temps.

Pourquoi, mais pourquoi avait-elle accepté de partir à Sydney avec Pierce ? C'était un homme charmant, mais elle ne voulait pas de lui dans sa vie. Il ne ferait que la compliquer…

Quand elle entendit la voiture de Pierce se garer devant sa porte, elle se prit le visage à deux mains et inspira profondément.

C'était sans doute une énorme erreur. La troisième en peu de temps — la première ayant été de revenir à Uralla, la deuxième de laisser son matériel dans la voiture au restaurant. Alors, qu'en serait-il de ce voyage ?

Un coup discret à sa porte la tirant de ses pensées, elle se leva et se dirigea pieds nus vers la porte.

— Eh bien, vous au moins, vous êtes ponctuel, marmonna-t-elle en ouvrant à Pierce.

— Mieux que le train, répliqua-t-il en affichant une feinte autosatisfaction. J'espérais un accueil un peu plus enthousiaste, cela dit.

— Jolie chemise, ajouta-t-elle nerveusement.

Bon Dieu, mais qu'est-ce qu'elle avait fait ? Ce voyage était une mauvaise idée. Pas à cause de lui, mais à cause d'elle. Car elle ne se faisait aucunement confiance.

— Merci, répondit Pierce en baissant les yeux vers la chemise bleu marine qu'il portait avec un short beige et des espadrilles en cuir. Cadeau de Noël de Tracy, ma réceptionniste. En fait, je soupçonne son fils Ben de l'avoir choisie, c'est le prescripteur de tendances de la ville.

Elle essayait de l'écouter, mais son esprit était trop embrouillé pour qu'elle puisse se concentrer sur ce qu'il disait.

Si seulement elle pouvait trouver une excuse pour annuler, n'importe laquelle… Mais elle était incapable de formuler quoi que ce soit. Elle avait beau se forcer, rien ne sortait. En plus, tout au fond d'elle, une petite voix la suppliait de ne pas annuler car elle avait envie de passer ce temps-là avec cet homme séduisant, charismatique et même parfois très spirituel. Il lui plaisait de plus en plus, ce qui l'agaçait prodigieusement. Pourquoi ne parvenait-elle pas à faire taire cette petite voix ? Rien de positif ne pouvait ressortir de tout ça. Tôt ou tard elle se laisserait aller à ses sentiments, et elle souffrirait, c'était certain.

— Bon, je suis prête, annonça-t-elle d'un ton qu'elle espérait neutre.

— Si vous n'avez plus envie de partir, vous n'avez qu'un mot à dire, Layne. Je peux très bien faire un aller-retour, récupérer votre matériel et le rapporter avec moi.

Sur ces mots, Pierce retourna vers sa voiture.

Zut. Il devait trouver que son attitude était tout sauf polie.

Après tout, il se montrait aimable alors qu'elle le rembarrait sans cesse. Elle ne devait pas reporter ses problèmes sur lui. Il ne demandait rien de plus que de passer un week-end en sa compagnie. Pour elle, ce serait l'occasion de se reposer un peu, sans délais à tenir, sans clients, sans mannequins insupportables, et apparemment sans attaches sentimentales non plus. Elle se faisait une montagne pour rien. Tout était dans sa tête. Ou plutôt dans son cœur.

— Je suis désolée, lança-t-elle. Avec ce vol de matériel et ce changement de planning, j'ai un peu les nerfs à vif. Mais ce n'est pas une excuse pour me montrer désagréable avec vous. Vous avez sans doute raison, une petite escapade en bord de mer me fera du bien.

Pierce s'immobilisa, l'air circonspect.

— Inutile de vous excuser. Vous venez de passer quelques jours difficiles, je ne vous en voudrai pas si vous préférez rester seule dans votre chambre, à retoucher vos photos tranquillement.

Songeant que peu de femmes refuseraient un week-end

avec un homme aussi charmant, elle ne put réprimer un sourire.

— Non non, c'est vous qui avez raison, Pierce ! Et j'avoue que l'idée d'une margarita ou deux me plaît beaucoup.

Il l'observa longuement, l'air mi-surpris, mi-ravi.

— Dans ce cas, en route pour l'aéroport ! Notre avion décolle dans une cinquantaine de minutes.

Il revint et se pencha pour ramasser son sac, si près que leurs visages s'effleurèrent presque et qu'elle sentit l'odeur de son eau de toilette boisée.

Son pouls s'accéléra alors que ses sens s'emplissaient de sa masculinité si proche. Il avait les lèvres entrouvertes en un sourire, et elle ne put s'empêcher de repenser à leur baiser.

Elle toussota nerveusement pour se donner une contenance.

Décidément, Pierce lui faisait un effet incroyable. Mais il n'était pas la seule raison de son trouble. Elle avait laissé tant d'émotions dans cette ville…

Oui, une bonne margarita s'imposait.

— Alors, combien de route allons-nous parcourir, après les courses à Sydney ?

— Environ une heure, cap au nord, répondit Pierce en déposant son sac sur le siège arrière. Le paysage sur le trajet est splendide, et la vue depuis le complexe où je vous emmène est spectaculaire.

— Voilà qui est alléchant, admit-elle sur un ton enjoué.

Ses sentiments étaient toujours partagés, mais elle n'allait pas s'en ouvrir à Pierce.

Elle s'assit dans la voiture, prit son sac à main et en sortit une paire de lunettes de soleil dont elle s'équipa.

S'étant assuré qu'elle était confortablement installée, Pierce referma sa portière et se mit au volant.

Une demi-heure plus tard, ils avaient rejoint l'aéroport, enregistré leurs bagages et pris place à bord d'un petit avion.

Elle attacha sa ceinture et tâcha de se mettre à l'aise

pour le vol qui n'excédait pas quarante-cinq minutes, puis elle se tourna vers Pierce.

— Vous pouvez me répondre de m'occuper de mes affaires, Pierce, mais qu'est-ce qui vous a fait choisir Uralla ? C'est quand même au milieu de nulle part, et d'après ce que vous m'avez dit, vous viviez à New York, ou du moins vous y avez passé du temps.

Elle n'avait aucune certitude qu'il accepte de lui raconter le reste de son histoire, mais elle espérait en apprendre assez pour se rappeler leurs différences. Ça l'aiderait peut-être à oublier ses ridicules accès de romantisme. Avec un peu de chance, le fait que Pierce évoque avec elle ses envies de fonder une famille dans une petite ville de campagne la ramènerait sur terre vite fait bien fait. A l'abri de son compagnon de voyage trop parfait. Car elle-même serait toujours une citadine. De cela, au moins, elle était certaine.

Pierce lui sourit.

— J'ai entendu dire qu'un poste se libérait dans un cabinet médical de campagne avec la possibilité de devenir associé dans une jolie bourgade australienne. Le médecin en activité partait à la retraite, je pouvais lui racheter sa clientèle. Alors, je me suis dit « pourquoi pas ? ». Plus d'embouteillages ni de pollution, et des œufs frais tous les jours. L'idée m'a plu. Enfant, j'ai passé pas mal de temps à voyager, mais j'ai toujours préféré cette partie du monde. Et puis, j'aime me concentrer sur l'avenir. On dit souvent que le pare-brise est plus vaste que le rétroviseur, je trouve l'analogie valide.

Elle hocha la tête.

— Je suis bien d'accord.

Ils se plongèrent tous deux dans la contemplation du paysage par le hublot.

L'avion décolla et atterrit à l'heure. Pierce loua une voiture à l'aéroport et les conduisit au magasin de matériel photographique au cœur de la ville.

Elle avait appelé auparavant pour informer qu'elle passait chercher sa commande elle-même, et celle-ci était prête à leur arrivée. Elle remarqua à peine le regard amusé que lui jeta Pierce alors qu'elle arpentait les rayonnages de la boutique, telle une enfant au paradis des bonbons. Il ne fit aucun commentaire désobligeant, au contraire il parut apprécier de la voir enfin détendue et souriante.

— Vous voilà bien contente, tout à coup, commenta-t-il d'un ton taquin tandis qu'elle sortait sa carte de crédit à la caisse.

— Je suis aux anges, en fait !

8.

— La margarita de Madame est servie. J'ai pris la liberté, au vu de la température extérieure, de la commander givrée.

Allongée sur un transat du magnifique complexe hôtelier où ils avaient élu domicile pour le week-end, Layne accepta en souriant le verre que Pierce lui tendait. Elle prit une gorgée de la délicieuse boisson légèrement salée tout en contemplant la plage.

— Hum, parfait ! commenta-t-elle.

Pierce avait tenu parole, il leur avait réservé des bungalows séparés. D'ailleurs, elle se sentait un peu coupable.

— Je ne peux pas vous laisser payer tout ça ! s'était-elle exclamée en découvrant le luxueux bungalow sur la plage avec spa privatif. C'est extravagant !

— J'insiste. C'était mon idée, j'avais besoin de partir en week-end. Cette virée à Sydney pour votre matériel m'a fourni une excuse parfaite, avait-il conclu avec un clin d'œil.

Elle avait fini par accepter, soulagée de constater que le bungalow de Pierce ne se trouvait pas trop près du sien. Pas de risque qu'il vienne frapper à sa porte au milieu de la nuit… Ou qu'elle fasse de même chez lui.

Elle avait donc défait son bagage, enfilé son maillot de bain une-pièce rouge et s'était noué un sarong couleur coucher-de-soleil autour des hanches avant de venir, pieds nus, retrouver Pierce au bar.

— Je suis d'accord, acquiesça-t-il en la couvant du regard. Absolument parfaite.

Pourquoi avait-elle l'impression qu'il ne faisait pas seulement référence à la boisson ?

— Je n'en croyais pas mes yeux en découvrant que j'avais un spa rien que pour moi, lui confia-t-elle pour masquer son trouble. Vous ne trouvez pas que c'est un peu trop, quand même ?

— Pas du tout. Vous avez besoin de repos, vous le méritez. De plus, vous pourrez toujours me demander de vous tenir compagnie, si vous n'aimez pas vous baigner seule.

Elle ne put réprimer un sourire.

Profiter du bain bouillonnant n'était pas la seule activité agréable qu'ils pourraient partager dans le bungalow. Mais elle préférait ne pas s'éterniser sur cette pensée.

— Est-ce que vous faites du surf ? demanda-t-elle sans transition.

— Un peu. Mais je ne me qualifierais pas de surfeur.

— Dans ce cas, peut-être pourrions-nous aller barboter dans la mer ?

L'eau turquoise était particulièrement attrayante, et l'idée de nager aux côtés de Pierce mais parmi d'autres vacanciers la rassurait.

— Bonne idée, dit-il après avoir avalé une gorgée de margarita. Je ne suis pas un surfeur émérite, mais je me sens capable de vous venir en aide en plein océan. Je ne vous laisserai pas vous noyer, Layne, vous pouvez compter sur moi.

Elle se contenta de lui sourire.

Elle n'avait aucun doute là-dessus. Cependant, jamais elle ne s'autoriserait à compter sur Pierce ni sur qui que ce soit d'autre.

L'eau était excellente, d'abord un peu fraîche sur leur peau chaude, mais au final agréablement rafraîchissante. Les heures suivantes se passèrent en baignade, grignotage, échanges légers sur les beautés de la côte et sur leurs goûts respectifs. Ils se découvrirent un amour partagé pour la musique country, chacun affirmant en être fan depuis plus longtemps que l'autre. Au bout de quelques éclats de rire, ils se tutoyaient comme de vieux amis.

Enfin, presque…

Layne s'attarda dans l'eau derrière Pierce et en profita honteusement pour le dévorer des yeux alors qu'il remontait sur la plage.

Son corps musclé luisait, ses larges épaules étaient bronzées, sa silhouette se dessinait à la parfection sur le bleu du ciel. Cela paraissait impossible, mais dégoulinant d'eau salée, il était encore plus beau.

Elle le regarda passer ses doigts fins dans sa chevelure noire et, troublée, le suivit des yeux jusqu'à ce qu'il se rallonge sur son transat.

Mieux que ça ! Il était à tomber.

— Tu me caches le soleil, plaisanta Pierce alors que Layne renouait son sarong près de son transat.

— Oh ! Je te demande pardon, répondit-elle sur le même ton taquin. Je ne voudrais pas être la cause de marques de bronzage disgracieuses sur ton corps de rêve.

Plus que tout, il rêvait d'attirer le corps mouillé de sa voisine contre le sien. Goûter la douceur de sa bouche et l'emporter jusqu'à son bungalow pour lui faire l'amour tout le jour et la nuit qui suivrait.

Malheureusement, ça ne se produirait pas, elle avait été bien claire sur ce point. Mieux valait donc se sortir ces images de l'esprit. Cela ne l'empêcherait pas de profiter des moments qu'il partageait avec sa magnifique compagne, même si ça restait platonique.

— Bon, si tu acceptes de dîner avec moi, je suis prêt à te pardonner.

En riant, elle s'allongea sur son transat et coiffa un chapeau de paille.

— Je pense pouvoir me libérer. Mais pas tout de suite.

La journée est superbe, je n'ai aucune intention de bouger d'ici avant un moment. Dans une semaine, j'aurai de la neige jusqu'aux genoux, Pierce ! Tu arrives à l'imaginer ? Alors, permets-moi de profiter du soleil tant que je le peux.

— Aucun problème. Fais-moi savoir quand tu auras faim. D'ici là, je vais m'octroyer une petite sieste.

Du coin de l'œil, il la vit sortir un tube de crème solaire et s'en étaler sur les jambes et le décolleté.

— Avant que je m'endorme et que tu rôtisses, pourquoi ne pas me laisser t'enduire les épaules et le dos ? proposa-t-il en tendant la main.

Layne lui offrit un sourire nerveux, mais elle ne protesta pas quand il lui prit doucement le tube des mains.

Prenant cela pour un accord, il se releva pour venir s'asseoir au bord de son transat.

Dès qu'elle se fut couchée à plat ventre, il commença par les épaules, qu'elle avait fraîches et douces. A l'unisson, tels deux danseurs, ses deux mains glissèrent sur la peau de Layne, descendant lentement jusqu'aux bras. Sous ses doigts, il sentait des muscles fins et toniques, et il crut même percevoir une légère accélération du pouls.

Toujours aussi délicatement, il entreprit de lui masser le dos et la sentit sursauter légèrement quand il écarta le sarong pour étaler la crème sur l'arrière de ses jambes fuselées.

Il s'immobilisa un instant sur la peau fine à l'arrière des genoux, observant ses réactions.

Elle ne rouvrit pas les yeux, ne le repoussa pas. Elle semblait même apprécier son contact.

— Voilà, je crois que tu es parée, murmura-t-il, désolé de devoir s'arrêter.

Il n'avait pas envie de s'éloigner, mais il n'avait non plus aucune raison valable de s'attarder davantage. Aucune raison qui justifie de garder les mains sur son corps de rêve pour jouir encore de l'incroyable douceur de sa peau, de sa chaleur tout contre lui.

Elle se retourna sur le dos et leva des yeux très doux vers lui pour le remercier.

Il referma le tube de crème, la reposa près de son sac, puis retourna à son transat, envahi soudain tout entier par une sensation de manque. Les quelques centimètres qui les séparaient l'un de l'autre lui semblaient soudain un fossé infranchissable.

La tête bourdonnante, il resta allongé un long moment en silence.

Etant donné le mal qu'il avait à combattre le désir que lui inspirait Layne, il préférait rester à distance, ou du moins éviter de provoquer de nouveau une telle proximité.

L'après-midi se poursuivit donc en un long bain de soleil entrecoupé d'une remarque ou deux.

— Je crois que je vais aller prendre une douche avant le dîner, annonça-t-il après un silence.

Et, sans tarder, il se leva et ramassa ses affaires.

— Il fait trop beau pour partir, lui répondit Layne d'une voix ensommeillée. Je vais rester encore un peu. Je te rejoins plus tard. A quelle heure souhaites-tu dîner ?

Il la contempla quelques secondes et prit une longue inspiration avant de répondre. La frustration était telle que le ton qu'il employa fut sans doute plus abrupt qu'il ne l'aurait voulu.

— Peu importe. Je redescendrai ici une fois prêt. Après tout, rien ne t'empêche de dîner en maillot de bain.

— Dans ce cas, pourquoi ne resterais-tu pas un peu plus longtemps, toi aussi ?

Si elle savait !

Se trouver ainsi près d'elle le rendait fou. Il devait s'éloigner d'elle, sinon il risquait de faire quelque chose de stupide. Car ce qu'il éprouvait pour elle allait désormais au-delà de la simple attirance physique. Il devait absolument trouver une solution pour s'ôter ces sentiments ridicules de l'esprit et revenir sur terre. Rester allongé auprès de Layne dans son seul maillot de bain, ce n'était pas une solution, bien au contraire. Une bonne douche froide et son auteur de polar préféré l'aideraient peut-être à s'apaiser ?

— Je pense que j'ai pris assez de soleil pour aujourd'hui, déclara-t-il.

Il rentra à son bungalow et prit tout le temps qu'il lui fallait pour se remettre de ses émotions, à savoir deux bonnes heures. Il se doucha et s'allongea sur son lit, une serviette nouée à la taille et un policier à portée de main.

Cette femme était merveilleusement belle, mais il y avait autre chose qui le touchait chez elle. Quelque chose la hantait, quelque chose qu'elle avait vécu, quelque chose de trop douloureux pour qu'elle puisse l'oublier. Elle avait manifestement tourné la page, se construisant une vie très chargée et remplie de succès, mais ce qui l'avait fait souffrir restait tapi non loin de la surface, il le sentait. D'où sa solitude. Cela dit, elle restait pour lui une énigme qu'il n'était pas près de résoudre. Ni d'oublier.

Peut-être avaient-ils plus de points communs qu'elle ne le pensait. Tous deux avaient à cœur d'aller de l'avant sans se retourner. Cependant, Layne semblait avancer pas à pas et souhaiter effectuer sa progression seule…

L'idée de devoir rester près de l'objet de son désir à demi nu ne le ravissait pas, mais rester plus longtemps seul dans sa chambre devenait une vraie torture.

Ayant enfilé une chemise en coton blanc et un pantalon de toile légère beige, il alla s'installer au bar, où il commanda une boisson fraîche.

Le soleil était presque couché quand Layne fit son apparition, vêtue d'une robe légère en coton blanc qui lui descendait jusqu'aux chevilles et de sandales plates dorées.

— Tu t'es changée, tout compte fait, remarqua-t-il sur un ton approbateur, en la regardant s'approcher.

Elle avait relevé ses cheveux en une queue-de-cheval haute. Sa robe flottait autour d'elle, dévoilant sans ostentation à chacun de ses pas les courbes délicates de son corps. Grâce au décolleté plongeant, il parvenait à distinguer le contour de sa très jolie poitrine. Elle avait les seins petits, mais fermes et d'une rondeur parfaite. Et d'après ce qu'il voyait, rien ne venait s'interposer entre sa peau et le doux tissu.

Seigneur ! A chaque seconde qui passait, elle devenait plus désirable.

— Je me suis dit que ce serait un peu bizarre si tu t'étais habillé et que j'arrivais en maillot, répondit-elle, souriante.

Il ne put s'empêcher de penser que personne n'aurait sans doute songé à se plaindre si elle était entrée dans le bar vêtue uniquement d'un sarong transparent par-dessus son maillot de bain écarlate — et surtout pas lui.

— Bien, sommes-nous prêts pour le dîner ?

— Moi oui. Et toi ?

Il la guida jusqu'au restaurant, dont les baies vitrées offraient une vue grandiose sur la plage. Le soleil était en train de disparaître derrière l'horizon lorsque le maître d'hôtel les installa à la table un peu à l'écart qui leur était réservée. Ils étaient si près de la plage que le bruit des vagues leur parvenait en dépit des discussions feutrées qui emplissaient le restaurant. Des orchidées sauvages et des bougies ornaient la table, rendant l'atmosphère particulièrement intime.

Pierce écarta la chaise de Layne et, une fois qu'elle fut assise, contourna la table pour s'installer à son tour.

— C'est tellement beau, commenta-t-elle, les yeux perdus en direction de l'étendue de sable blanc qui glissait dans le crépuscule. C'est vraiment l'endroit parfait pour une escapade. On en viendrait à ne plus vouloir partir, avec toute cette beauté ainsi à notre portée !

Il ne pouvait qu'acquiescer. Car lui aussi, il avait tout ce qu'il pouvait souhaiter en face de lui. Layne était éblouissante, et il dut faire un effort sur lui-même pour ne pas s'abandonner à des envies que jamais elle ne partagerait.

— Puis-je vous proposer un apéritif ? demanda le serveur en leur tendant les menus.

— Je pense que je vais m'accorder ma deuxième

margarita, répondit Layne d'un air gourmand, avant d'ajouter à l'intention de Pierce : tu m'en as promis trois, et je n'en ai bu qu'une depuis notre arrivée, soit il y a près de sept heures.

— Deux margaritas, dans ce cas, commanda Pierce.

Puis ils se plongèrent dans l'examen de la carte, qui regorgeait de variétés de poissons et de fruits de mer.

Les margaritas arrivèrent alors qu'ils arrêtaient leur choix.

— Je vais prendre les queues de langoustines de Moreton Bay, annonça Layne avec un air de convoitise. Et toi ?

— Le homard, répondit-il. Et quelques tapas en entrée avec toi.

— On dirait que nous partageons le goût des fruits de mer, commenta-t-elle avec satisfaction, en prenant une gorgée de sa boisson.

Eclaboussé par le clair de lune, l'océan avait pris une teinte argentée.

— Merci de m'avoir invitée, reprit-elle après quelques secondes de silence où tous deux s'étaient plongés dans la contemplation du paysage.

— Je t'en prie, Layne ! C'est un plaisir.

Les tapas, les crustacés, tout était délicieux. La saveur acidulée de l'excellent vin d'Alsace qu'il avait choisi offrait un accompagnement parfait aux fruits de mer qu'ils avaient choisis tous les deux.

— Et si nous faisions une promenade sur la plage ? susurra Layne en reposant sa cuillère à dessert. Il est encore tôt, et la soirée est si belle…

Il était surpris qu'elle se risque à une pareille suggestion, mais trop heureux de l'obliger.

— Seulement, tu vas devoir remonter ton pantalon et abandonner tes chaussures, ajouta-t-elle, taquine.

Le sable était encore tiède quand ils rejoignirent la plage devant le restaurant. Des lanternes disposées çà et là leur permirent de s'approcher de l'eau sans danger.

Layne retroussa le bas de sa robe, qu'elle noua au niveau du genou afin de pouvoir patauger.

— Avec tout ce que j'ai avalé ce soir, il me faudrait au moins huit kilomètres de nage le long de la côte, déclara-t-elle en plongeant les pieds dans l'eau.

— Excellente idée ! Au bout d'un kilomètre tu commencerais à avoir des crampes, et ensuite tu te noierais.

Elle leva les yeux vers lui et il lui sourit.

— Mais tu es médecin, tu me sauverais.

S'éloignant un peu des premières vaguelettes, il s'assit dans le sable sec, ses chaussures posées à côté de lui.

— Je pourrais très bien ne pas te trouver, fit-il observer. Il fait sombre.

Layne vint le rejoindre et s'allongea près de lui. Dénouant le bas de sa robe, elle laissa le tissu flotter librement sur le sable doux.

— Moi, je crois que tu me trouverais.

Il ne pouvait qu'acquiescer à cela. Oui, il la trouverait. Il ne permettrait pas que quoi que ce soit arrive à Layne. La poupée de porcelaine la plus solide qu'il ait jamais vue, mais une poupée de porcelaine tout de même. Fragile et précieuse sous des dehors endurcis.

— Aimerais-tu prendre un dernier verre au bar ?

— Non, merci. J'ai eu mes deux margaritas, je pense que je vais en rester là pour le week-end, répondit-elle en levant les yeux vers la lune.

La nuit était agréable, l'air un peu frais, mais encore suffisamment tiède pour que rester assis au bord de l'eau soit confortable.

— D'accord, pas de verre, alors. Tu préfères une promenade, ou…

— Et si on regardait un film ? l'interrompit-elle. Ils ont forcément le câble ou des vidéos à la demande. On pourrait se choisir un vieux film, non ?

— Bonne idée, fit-il, décidé à lui être agréable.

Il ignorait où cela les mènerait, mais il n'allait pas repousser une occasion de passer du temps avec elle. Il avait essayé de rester à l'écart cet après-midi, mais maintenant, si près d'elle, il accepterait à peu près n'importe quelle proposition, du moment que ça lui permettait de prolonger le plaisir.

Il se leva et lui tendit la main pour l'aider à en faire autant.

— Allons voir s'ils ont quelque chose que ni toi ni moi n'avons vu, lança-t-elle en relevant de nouveau le bas de sa robe pour la protéger du sable.

Layne retira ses sandales et s'installa confortablement dans le large fauteuil.

Avec ses parents adoptifs, elle regardait souvent de vieux films. Pour la plupart des gens, cela pouvait sembler normal, mais dans bien des familles d'accueil cela se faisait peu, voire pas du tout. On l'envoyait dans sa chambre après le dîner pendant que le reste de la famille regardait la télévision sans elle. Et elle les entendait rire. Longtemps, elle avait rêvé d'une famille qui l'inclurait à ces soirées, et quand c'était enfin arrivé, elle avait connu une joie intense.

Un film en compagnie de gens qui l'aimaient, à manger du pop-corn…

Ce soir, elle avait envie de partager ça avec Pierce.

— Non non, la gronda Pierce en entrant dans la chambre, deux verres d'eau glacée dans les mains. Je prends le fauteuil. Tu vas t'allonger confortablement sur le lit.

— Tu es sûr ?

— J'insiste.

— Un vrai gentleman.

— Pas toujours, marmonna-t-il en attrapant la télécommande.

Il trouva la chaîne de cinéma et s'installa dans le fauteuil, jetant lui aussi ses chaussures.

Elle grimpa sur le lit, tapota les oreillers qu'elle arrangea derrière son dos. Au-dessus, le ventilateur agitait délicatement l'air du soir.

Tandis que Pierce passait la liste des films en revue, elle aperçut un film qu'elle voulait voir depuis longtemps.

— *Détour*, avec Ann Savage !

— Jamais entendu parler, dit Pierce.

— Super ! Ainsi, tu te rappelleras toujours cette soirée où toi et moi aurons vu ce film noir pour la première fois dans ta chambre.

— Tu sembles le connaître. Si tu l'as vu, on devrait en choisir un autre. Tu disais vouloir un film qu'aucun de nous deux n'aurions vu.

— Oui, en effet. Je n'ai pas vu ce film, j'en ai toujours eu envie. Il a été produit par un tout petit studio au milieu des années 1940, avec un budget restreint. Aujourd'hui, c'est devenu un classique…

Quand Layne s'éveilla, elle constata que Pierce l'avait recouverte d'une couverture.

Une délicate attention, car la température avait chuté pendant la nuit.

Elle avait dû s'endormir après une trentaine de minutes de film, et elle découvrit Pierce lui aussi endormi, toujours assis dans le fauteuil.

— Tu m'as laissé le lit, et toi, tu dors comme ça ? fit-elle en s'étirant pour lui tapoter sur l'épaule. J'ai un bungalow, et je te prends ton lit. Ça ne va pas !

Il leva vers elle un regard ensommeillé.

— Ça va, répondit-il, rendors-toi. Après tout, c'est toi qui as besoin de repos.

— C'est de la chevalerie poussée à l'extrême, Pierce, on frôle le ridicule, protesta-t-elle en se redressant. Je vais y aller. Toi aussi, tu as besoin de te reposer dans un vrai lit confortable.

A tâtons, elle trouva ses chaussures au pied du lit.

— Ton bungalow n'est pas tout à côté, fit-il remarquer. Tu es à l'autre bout du complexe. Reste jusqu'au matin, s'il te plaît. Si tu pars, je vais me sentir obligé de t'accompagner.

— Je suis une grande fille. Ne t'inquiète pas pour moi, je me débrouille. N'oublie pas que je vis à New York, je pense être capable d'effectuer une marche de trois minutes à... quelle que soit l'heure, conclut-elle, faute de trouver une pendule.

— Bien. Entête-toi si tu veux, mais je te raccompagne.

Plongeant une main dans son sac, elle se rendit compte que sa clé n'y était pas.

Zut, elle était restée dans son sac de plage !

— Non, ce n'est pas possible, grommela-t-elle.

— Quoi ?

— Ma clé... Je l'ai oubliée dans l'autre sac. Celui que j'avais cet après-midi. A cette heure de la nuit, la réception doit être fermée.

— Je pense que oui, en effet.

— Qu'est-ce que je vais faire ?

— Eh bien, je dirais que l'univers en a décidé pour toi.

Pierce avait raison. Et d'ailleurs, la plupart des femmes ne seraient pas fâchées à l'idée d'une nuit dans la même chambre qu'un célibataire doté d'un tel sex-appeal. Mais pour elle qui devait combattre une attirance grandissante pour lui, passer la nuit dans la même chambre que lui risquait de devenir un cauchemar.

Sauf que, là, elle n'avait pas le choix.

— Très bien, je reste. Mais tu ne peux pas dormir dans ce fauteuil, Pierce. Nous avons un très grand lit, je pense que l'on doit pouvoir le partager pour quelques heures, dit-elle en ravalant ses inquiétudes.

— Je t'assure que je suis très bien comme ça. Quand je t'ai proposé de passer la nuit ici, je n'insinuais pas que tu devais dormir avec moi, tu sais.

— Je le sais, Pierce. Et s'il en allait autrement, je ne resterais pas une minute de plus, même si ça m'obligeait à passer la nuit dans le hall. Tu as payé des sommes folles pour que nous jouissions d'un magnifique bungalow chacun, et tu n'y es pour rien si j'ai oublié ma clé. Il n'y a donc aucune raison pour que tu dormes dans ce fauteuil.

— L'invitation est si joliment formulée, comment pourrais-je refuser ? fit-il en souriant.

Sur ce, il s'approcha du lit, retira son pantalon et sa chemise et se glissa à son côté en boxer noir.

Elle n'allait pas admettre qu'elle l'avait regardé se déshabiller, ni surtout l'effet que lui procurait sa présence, quasi nu aussi près d'elle. D'autant qu'elle-même ne portait pas grand-chose sous sa robe légère…

Elle se mordilla les lèvres avant d'esquisser un sourire contrit.

— Je crois que je vais t'imiter. Histoire de ne pas ajouter à ma honte celle de me rendre à la réception demain matin dans une robe froissée !

9.

Pierce ouvrit les yeux au matin sur l'adorable spectacle de Layne quasi nue allongée sur son lit.

Il contempla avec émoi la courbe de son dos.

Son corps chaud était tout près du sien, pourtant il n'avait pas le droit de la toucher. Elle était restée parce qu'il le lui avait demandé, alors pas question de briser le lien de confiance qui commençait à se tisser entre eux.

Même si ça lui demandait un effort de volonté colossal de ne pas la prendre dans ses bras pour lui faire passionnément l'amour…

Quelques instants plus tard, il la vit ouvrir les yeux et balayer la pièce du regard. Elle parut se rappeler peu à peu où elle se trouvait, et immédiatement elle resserra le drap autour d'elle dans un geste protecteur.

Hélas, elle ne lui faisait donc pas encore totalement confiance.

Il se haussa sur un coude et l'observa.

Ils n'étaient qu'à quelques centimètres l'un de l'autre, et pendant une fraction de seconde, le souvenir de leur baiser fut très présent à son esprit, et il eut la sensation que Layne songeait à la même chose. Voire qu'elle n'aurait pas refusé qu'il recommence.

Mais il n'en ferait rien tant qu'il ne serait pas sûr.

— Bonjour, belle endormie, fit-il d'une voix rauque.

Elle toussota nerveusement.

— Bonjour.

— Que dirais-tu d'un petit plongeon dans l'océan pour bien commencer la journée ? suggéra-t-il.

Elle sembla se détendre un peu.

— Parfait, approuva-t-elle en se redressant, toujours étroitement enveloppée dans le drap.

— Je vais aller prendre une douche, indiqua-t-il avec un sourire désabusé. Cela te permettra de te débarrasser de ton emballage en toute tranquillité.

— Super, marmonna Layne. Et moi, je vais aller en faire autant chez moi. On se retrouve sur la plage dans quinze minutes ?

— Disons plutôt une demi-heure, sachant qu'il va déjà te falloir quinze minutes pour t'extirper de ta camisole de drap.

Sur ce, il sortit du lit en riant.

Environ trente minutes plus tard, Layne avait enfilé son maillot rouge, et elle attendait sur la plage, allongée sur sa serviette de bain.

Du coin de l'œil, elle vit arriver Pierce, ses larges épaules dorées par le soleil du matin, ses fesses magnifiquement fermes moulées dans le même maillot de bain bleu marine que la veille.

— Dis donc, tu n'as pas traîné à quitter ma chambre, ce matin. Une petite douche d'à peine cinq minutes, et hop ! Plus personne.

— Je ne voulais pas rater une minute de soleil, prétendit-elle.

En réalité, l'idée d'être toujours allongée sur le lit encore tiède quand Pierce ressortirait de la salle de bains, avec pour tout vêtement une serviette nouée autour de la taille… Non, ç'aurait été trop tentant.

Pourtant, à la lumière du jour, elle se demandait si elle n'aurait pas mieux fait de céder à ses désirs. Ses émotions fusaient, incontrôlables, et elle ignorait comment allait se terminer ce week-end.

Mais la journée était splendide, et elle avait la ferme intention d'en profiter au maximum.

Pierce étala sa serviette près de la sienne, puis il glissa dessous sa clé et son portefeuille.

— Tu comptes vraiment aller à l'eau, ou tu as l'intention de rester sur la plage à jouer les coquettes ?

— Alors là, tu vas le regretter…

Mais, sans lui laisser le temps d'en dire plus, il s'était détourné et courait déjà vers l'océan.

Elle bondit sur ses pieds et le poursuivit. Elle vit son corps disparaître dans les vagues avant qu'elle ait atteint l'eau, et, sans se poser plus de questions, elle plongea à sa suite.

L'eau était transparente. En ouvrant les yeux sous la surface, elle découvrit avec fascination l'étonnant monde sous-marin qu'elle recelait. Après une minute d'apnée, elle remonta à la surface pour reprendre souffle et replongea.

A sa seconde remontée, elle se retrouva face à face avec Pierce.

— Tu ne cesses pas de me surprendre, dit-il d'une voix rauque. Je ne t'imaginais pas comme ça. Je croyais que New York t'avait fait oublier la beauté des grands espaces. Eh bien, je vais devoir arrêter de te considérer comme une diva, à présent.

— Moi, une diva ? D'abord « jouer les coquettes sur la plage », et maintenant « une diva » ! Tu cherches la bagarre ?

Prenant de l'eau dans ses mains en coupe, elle lui éclaboussa le visage, avant de s'enfuir à la nage.

Mais les bras puissants de Pierce eurent tôt fait de le ramener à sa hauteur.

— Alors comme ça, on est d'humeur bagarreuse, ce matin ? la taquina-t-il en la rattrapant.

Elle éclata de rire, pleinement heureuse.

Le soleil, l'océan, l'homme qui nageait à son côté. La chaleur et la sécurité qu'elle avait ressenties en dormant près de lui dans son lit. La confiance qu'elle avait trouvée chez cet homme qu'elle connaissait à peine mais qui la comprenait et qu'elle comprenait. Tout cela commençait à dissoudre le ressentiment qu'elle éprouvait envers l'Australie.

Elle ne voulait pas se sentir aussi insouciante, mais elle n'avait pas le choix. Car, soudain, la Layne des douze dernières années émergeait de son cocon solitaire pour déployer ses ailes. Et tout ça grâce à Pierce Beaumont. Cet homme changeait tous ses plans, et elle se sentait bien incapable de l'en empêcher.

— Je nous ai réservé une table pour le petit déjeuner, annonça Pierce tandis qu'ils ressortaient de l'eau. Je me suis dit que nous risquions d'avoir faim, après notre baignade.

— Je suis affamée, confirma Layne en se frottant les cheveux avec sa serviette.

Il en profita pour l'observer à la dérobée.

Elle avait quelque chose de changé, elle semblait un peu moins à cran. Plus joueuse et plus détendue que la veille. Peut-être ses murs d'enceinte étaient-ils en train de s'effriter un peu ?

— Parfait, alors allons-y maintenant. Nous pouvons très bien manger en maillot de bain sous un parasol.

Souriante, Layne se laissa diriger vers la terrasse du restaurant, où elle installa leurs serviettes sur des chaises.

Il apprit bientôt que « être affamée », selon elle, cela n'impliquait pas les œufs au bacon, les tomates grillées sur des toasts et le cappuccino que lui-même se commanda. Non, elle se contenta d'un yaourt à la grecque avec une sélection de fruits exotiques, un grand verre d'eau gazeuse et un café noir allongé.

— Dans vingt ans, tu auras des artères de jeune fille, mais moi j'aurai largement plus apprécié mes brunchs. Cela dit, tu n'as manifestement pas besoin de surveiller ton alimentation. Ce doit être dans tes gènes ?

Il vit Layne se figer, et son expression perdit tout à coup sa jovialité. Elle ne répondit pas à sa tentative de flatterie. Ni sourire ni grimace, son visage n'exprimait rien.

Qu'avait-il donc dit de vexant, cette fois ?

— J'ignore comment je m'y prends, mais il semble que j'aie le chic pour te déplaire, constata-t-il. Crois-moi, c'était censé être un compliment. Pour moi, il ne fait aucun doute que ta mère était une femme magnifique.

Enfin, elle accepta de croiser son regard.

— Je n'ai jamais connu ma mère, expliqua-t-elle dans un soupir, en détournant les yeux vers l'horizon, là où l'océan se confondait avec le bleu du ciel.

Sans hésiter, il lui prit la main, désirant plus que tout la réconforter.

— Je suis désolé, Layne. Je ne voulais surtout pas te rendre triste. C'est même la dernière chose que je souhaite.

La bouche de Layne se retroussa en un sourire empreint de tristesse.

— Je sais, Pierce, commença-t-elle en baissant les yeux sur leurs mains jointes, sans pour autant rompre le contact. Tu ne pouvais pas savoir que ta compagne du week-end a été abandonnée à la naissance. Que mes parents biologiques n'aient pas voulu de moi ou qu'ils n'aient tout simplement pas pu me garder, ça, je ne le saurai jamais.

Il la scruta, s'attendant à voir dans son expression le traumatisme qu'elle portait en elle, mais elle ne semblait pas si triste que ça.

Tout à coup, les pièces du puzzle se mettaient en place.

— Tu as erré de familles d'accueil en foyers, c'est ça ? C'est pourquoi tu as autant d'affinités avec cette association.

— Oui, soupira Layne. Je ne garde pas un très bon souvenir de mes placements dans des familles qui se fichaient bien de moi. Je sais qu'il arrive que des orphelins tombent sur des foyers géniaux, malheureusement je ne faisais pas partie de ces chanceux. Du moins, pas jusqu'à Maisey et Arthur. C'étaient les personnes les plus aimantes au monde. C'est grâce à eux que je suis devenue qui je suis. Je suis allée vivre avec eux à Uralla à l'âge de douze ans, et ils m'ont appris ce que signifie le concept de foyer…

Voilà donc comment elle connaissait si bien Uralla.

Il la voyait sous un jour nouveau. Il commençait à comprendre le fonctionnement de cette femme, même s'il sentait encore chez elle beaucoup de souffrance et d'angoisse, fruits de son passé.

Sans retirer sa main de sur la sienne, il remarqua :

— Tu es une femme merveilleuse, Layne. Tu as accompli tant de choses, pour quelqu'un qui a tant souffert, enfant.

Mais Layne ne semblait plus l'écouter.

— Ils m'ont adoptée, murmura-t-elle. Je leur dois tout.

— Ils doivent être très fiers de toi, dit-il, ne souhaitant pas remuer le couteau plus longtemps dans une plaie encore douloureuse.

Elle leva les yeux vers lui, sembla hésiter, puis retira doucement sa main.

— Assez parlé de moi. Au moins, je n'ai pas été obligée de sauter au bas d'un immeuble pour sauver ma peau.

— Présenté comme ça, on pourrait croire que j'ai été un héros. Je pense plutôt que nous avons tous deux vécu des événements traumatisants. Et pourtant, regarde où nous en sommes. Nous ne nous en sommes pas si mal sortis, non ?

— Où es-tu allé, après ça ? Tu n'étais même pas adolescent, dit Layne en reprenant une cuillerée de son yaourt. Tu n'as pas pu rester seul.

— D'une certaine manière, je l'étais. Ma tante Mabel, qui ne s'était jamais mariée et n'avait pas d'enfants, la sœur aînée de mon père, avait ma garde par voie testamentaire. Je la connaissais à peine, et elle n'était plus très en forme. Bref, elle n'a pas fait un parent de substitution idéal. Elle m'a envoyé en pension à l'étranger. Avec le recul, c'était sans doute une décision frappée au coin du bon sens, mais à douze ans ça a été dur de me retrouver tout à coup à l'autre bout du monde après avoir brutalement perdu ma famille.

Layne secoua la tête.

— Ça a dû être terrible. Tu n'avais pas encore fait ton deuil… Dis donc, je ne sais pas qui de toi ou de moi remporte la palme de l'enfance la plus malheureuse. Le score est proche, je dirais.

Il la contempla longuement.

Il savait désormais d'où lui venait sa force inébranlable.

— On peut considérer que nous avons tous les deux survécu au pire et que, à présent, nous surmonterons toutes les épreuves que la vie nous enverra.

— Peut-être, dit-elle sombrement. A moins que nous ne soyons trop affaiblis pour survivre au prochain drame.

— Tu es une femme incroyablement résiliente, Layne. Qui sait, l'univers en a peut-être sa claque de nous tester, et si ça se trouve, il va nous laisser en paix pour les soixante ans à venir.

— Qui sait…

Elle vida son verre, et son regard se perdit sur l'océan.

Sa douleur était quasi palpable.

Pourvu qu'elle ne commence pas à refermer les barrières protectrices qu'elle venait juste d'entrouvrir ! Aujourd'hui, il avait compris son besoin de se protéger, mais il avait envie qu'elle se sente protégée avec lui. Qu'elle puisse cesser d'être sur la défensive pour profiter vraiment de leur week-end.

Il fallait qu'il trouve une idée pour lui remonter le moral. Et vite.

— Que dirais-tu de partir nous balader jusqu'à un endroit charmant dont m'a parlé le réceptionniste ? Il s'agit d'une réserve naturelle appelée Quietness Forest, « la forêt de la Tranquillité ». On y sera au frais sous les arbres.

Il se leva et lui tendit la main.

Layne regarda une seconde sa main tendue puis leva les yeux et, à son agréable surprise, y plaça la sienne tandis que ses lèvres esquissaient un sourire confiant.

Peut-être restait-il une chance, pour eux ?

Il n'était pas sûr de ce que cela signifiait, mais il allait explorer la question, quoi qu'il en soit.

— Est-ce que je dois me changer ? demanda-t-elle.

La journée s'annonçait chaude, mais un sarong par-dessus

un maillot de bain, ce n'était pas la tenue idéale pour l'endroit où ils se rendaient.

— Nous allons dans une forêt tropicale, lui rappela-t-il en lui tenant la porte. Moi, je vais enfiler une chemise et un pantalon long. Même par une journée caniculaire comme aujourd'hui, je pense qu'il ne faut pas tenter les moustiques.

Layne hocha la tête.

— D'accord. Et je vais prendre le nouvel appareil photo ultraléger que j'ai acheté à Sydney, pour l'essayer.

Le reste de la matinée se passa à admirer la végétation luxuriante de Quietness Forest. Ils déjeunèrent de sandwichs et de fruits sur un banc, dans la relative fraîcheur qui régnait à l'ombre des grands arbres, après quoi Pierce brandit une brochure colorée.

— Et maintenant, nous allons observer les oiseaux, lança-t-il joyeusement.

— Je n'ai jamais fait ça de ma vie, protesta Layne. Les seuls oiseaux que j'aie jamais observés — et encore, d'aussi loin que possible ! —, ce sont les pigeons de Times Square.

Il secoua la tête avec un air de commisération.

— Alors, tu vas être impressionnée ! Ils ont plus de cent vingt espèces différentes, dans cette réserve. Bien sûr, il faudrait passer des journées entières, voire des mois, à les observer pour les voir tous, expliqua-t-il en parcourant la brochure… Cent vingt-six, pour être précis.

Elle lui donna une tape amicale sur l'épaule.

— Tu es fou ! On croirait un de ces scientifiques timbrés qui ne jurent que par leurs recherches.

— J'ai peut-être raté ma vocation, répliqua Pierce. Je pourrais devenir observateur d'oiseaux professionnel. Il me faudrait juste une paire de jumelles et un ensemble style safari. Je trouve que c'est une tenue injustement décriée. Qu'en penses-tu ? Avec tes contacts dans le milieu, tu pourrais faire évoluer ça, non ?

En riant, elle étendit les jambes et leva la tête vers les frondaisons majestueuses toutes bruissantes de cris d'oiseaux.

Cet endroit était vraiment incroyable.

— Malheureusement, même ma bible préférée de la mode ne parviendrait pas à réhabiliter ce désastre oculaire. En plus, je ne suis pas certaine que tu aurais la patience d'attendre que cent vingt-six espèces d'oiseaux rentrent au bercail.

Elle vit un sourire énigmatique éclairer le visage de Pierce.

Ne souhaitant pas creuser plus avant son éventuelle signification, elle entreprit de tester le zoom de son nouvel appareil. Cela dit, elle restait consciente du regard de Pierce qui s'attardait sur elle.

A un moment, après s'être un peu éloignée, elle le chercha des yeux.

Il s'était appuyé contre un mur de roche. Sa chemise s'ouvrait sur son torse bronzé, son pantalon de toile porté bas sur les hanches dévoilait le haut de son maillot de bain et son ventre musclé. Son visage levé vers les frondaisons sonores rayonnait.

Elle ne put s'empêcher de prendre quelques clichés à la sauvette de cette vision idyllique.

C'était sans conteste le plus bel oiseau qu'elle avait mis dans la boîte aujourd'hui...

Peut-être que ce retour à Uralla n'était pas une erreur, après tout ? Peut-être sa rencontre avec le Dr Pierce Beaumont était-elle écrite ?

Comme le soir commençait à tomber, ils rentrèrent à l'hôtel en bavardant tranquillement, bien décidés à s'offrir un plongeon avant le dîner dans la piscine proche du bungalow de Pierce.

Quand le soleil se coucha, ils se retrouvèrent seuls dans la piscine désertée.

Layne, assise sur le bord du bassin, les pieds trempant

dans l'eau tandis qu'elle laissait la douce brise du soir lui sécher la peau, regarda Pierce qui nageait dans sa direction.

Elle s'en rendait compte, ces deux jours passés en sa compagnie étaient en train de faire fondre ses dernières réserves.

— Merci pour cette journée magnifique, Pierce, lança-t-elle comme il arrivait à portée de voix. Pour ces deux journées, en fait.

Pierce s'ébroua et sourit.

— Je t'en prie, c'est moi qui dois te remercier d'avoir accepté de me tenir compagnie !

En plongeant dans son regard chaleureux, tout à coup, elle ne put plus se retenir. Elle se laissa glisser dans l'eau, dans ses bras. Et, sans réfléchir, elle l'embrassa.

Très vite, elle s'écarta, effrayée par ce qu'elle venait de faire. Mais Pierce l'attira de nouveau contre son corps ferme pour lui donner un baiser passionné, et elle s'abandonna à son étreinte.

Il avait les lèvres brûlantes, les mains partout sur elle, titillant les bretelles de son maillot de bain.

— Je crois que nous ferions mieux de rentrer, lui chuchota-t-il à l'oreille, avant de déposer une ligne de baisers dans son cou.

Elle hocha la tête.

Elle aussi, elle le désirait.

La tenant fort par la taille, il la sortit de l'eau avec autant de facilité que si elle était une plume. Il l'assit sur le bord de la piscine et se hissa à son côté. Ses tendres baisers lui parcoururent les épaules, pour remonter dans le cou, jusqu'à revenir lui dévorer la bouche.

Quand il se mit debout et lui tendit la main, elle vit dans ses yeux la même chose que ce qu'elle ressentait au fond de son cœur : cette fois, ce n'était pas pour partir faire une promenade platonique.

Elle se laissa volontiers attirer dans ses bras.

Il était fort, il était chaud, et elle savait qu'il la serrerait ainsi toute la nuit.

La pièce n'était éclairée que par la lune, mais Pierce ne prit pas la peine d'allumer. Les yeux brillants, il fit lentement glisser son maillot de bain tout en embrassant chaque centimètre carré de sa peau. Bientôt, son propre maillot rejoignit le sien au sol. Alors, il remonta, sans cesser de l'embrasser en chemin, laissant dans le sillage de sa bouche une traînée brûlante.

Aucun des deux ne parla quand il la souleva pour la poser sur le lit, puis il se détourna pour attraper son portefeuille en quête d'un préservatif.

— Tu es sûre ? demanda-t-il d'une voix rauque, en suspendant son geste.

Elle ne put que gémir en guise de réponse, tant elle était pressée de le sentir tout au fond d'elle.

Oui, elle était sûre. Elle n'avait jamais été aussi sûre de sa vie.

10.

Layne et Pierce restèrent longtemps dans les bras l'un de l'autre.

Layne flottait dans des limbes qu'elle n'avait jamais connue jusque-là. Cela ressemblait au bonheur parfait. Absolu.

Elle se rendait vaguement compte qu'elle était en train de tomber amoureuse, bien qu'elle ne soit pas prête à se l'avouer à elle-même. Et encore moins à s'en ouvrir à Pierce.

— Tu es une femme incroyable, dit enfin celui-ci en lui prenant le visage entre les mains pour l'embrasser tendrement.

Elle lui rendit son baiser et se serra un peu plus contre sa chaleur.

Le contact de son corps nu était divin. Pierce Beaumont était sans l'ombre d'un doute le meilleur amant qu'elle ait jamais rencontré — doux, attentif, passionné à la fois... Et étonnamment inventif, se rappela-t-elle, souriant en elle-même au souvenir du bureau où il lui avait fait l'amour après avoir balayé d'un geste large tout ce qui se trouvait dessus.

— Il serait bien injuste de m'attribuer tout le crédit des dernières... combien d'heures ? répliqua-t-elle.

— Peu importe, dit Pierce.

Et il entreprit de caresser encore chaque parcelle de son corps, attentif au moindre halètement, au moindre gémissement, au moindre signe de plaisir chez elle.

— J'adorerais continuer ainsi toute la nuit, murmura-t-elle tandis qu'il lui déposait une ligne de baisers dans le cou. Mais je pense qu'il vaudrait mieux manger quelque chose. Autrement, on va tous les deux mourir d'épuisement.

Il s'adossa contre l'oreiller en souriant.

— Un point pour toi.

Elle roula sur le ventre pour lui faire face.

— J'aime assez notre tenue vestimentaire actuelle. Pourquoi ne pas commander au service de chambre ? Ainsi un seul de nous deux devra se lever.

— Et ce « seul », ce sera moi, je suppose ?

— Ça te dérange beaucoup ?

— Pas du tout, mais j'ai besoin de mon maillot de bain et d'un menu.

— Je crois qu'ils sont tous les deux par terre, répondit-elle, un large sourire aux lèvres. La carte était sur le bureau, mais je crains qu'elle n'y soit plus depuis que tu as entrepris de faire le grand ménage.

— Et le maillot était sur moi. Mais, visiblement, il n'y est plus non plus, ajouta Pierce, une lueur canaille au fond des pupilles.

Se penchant sur les draps froissés, il recommença à l'embrasser.

— Pour moi, ce sera une salade César, annonça-t-elle en le repoussant doucement.

Leur commande arriva peu de temps après. Pierce la déposait près du lit au moment où elle sortait de la douche. Elle s'assit à son côté, enveloppée d'un drap de bain et les cheveux relevés par une barrette.

— J'ai une faim de loup, avoua-t-elle en piquant dans un morceau de poulet grillé, laissant de côté la salade et les tomates.

— Je crois savoir pourquoi, répondit-il avec un sourire coquin tout en entamant son steak.

Elle ne releva pas la remarque, concentrée sur la nourriture. Quand elle reposa sa fourchette, l'assiette était vide.

— Tu as vu s'ils ont des fraises à la chantilly, sur la carte ?

Sans un mot, Pierce saisit le plateau et alla le poser devant la porte. Puis il revint vers elle, les yeux rivés sur elle et la démarche aussi fluide que celle d'un félin. Il détacha la barrette qui retenait ses cheveux et ouvrit lentement le drap de bain dont elle s'était enveloppée, révélant son corps nu.

— Oublions les fraises. J'ai un autre genre de dessert en tête…

Pierce s'éveilla à la lueur des rayons du soleil à travers les persiennes.

Layne était encore profondément endormie.

Pas étonnant, après la nuit qu'ils avaient passée. Ils s'étaient finalement endormis après minuit dans les bras l'un de l'autre, heureux et repus à bien des égards.

Il se jugeait l'homme le plus chanceux du monde. Décidément, ce voyage s'avérait la meilleure idée qu'il ait eue depuis longtemps.

Contemplant les motifs que le soleil dessinait sur le corps alangui de sa belle, il décida qu'il n'abandonnerait pas cette femme, aussi longtemps qu'il lui resterait un espoir. Avec des carrières basées sur deux continents différents, il n'avait aucune idée de la façon dont ils feraient fonctionner cette relation, mais ils y arriveraient.

Layne ouvrit les yeux.

Soulevant la masse de boucles brunes, il se pencha pour lui embrasser délicatement le cou, prenant soin de ne pas blesser sa peau délicate avec son début de barbe. Voyant qu'elle se rendait à ses caresses après une seconde d'hésitation, il la fit rouler sur le dos et plongea dans son regard.

— Layne, je veux te dire ce que je ressens…

Elle lui posa un doigt sur les lèvres, où elle ajouta un baiser.

Elle ne voulait pas l'entendre lui déclarer sa flamme ? Peut-être n'était-elle pas prête à l'entendre ?

— On peut faire en sorte que ça fonctionne, insista-t-il en s'écartant légèrement. Si tu veux bien nous donner une chance.

Layne ferma les yeux.

— S'il te plaît, ne…

La sonnerie d'un téléphone retentit, interrompant sa réponse.

— Zut ! marmonna-t-il, en empoignant l'objet. Bonjour, Tracy, répondit-il néanmoins en découvrant l'identité de l'appelant. Que se passe-t-il ?

Sa réceptionniste ne le dérangerait pas pendant son week-end de repos s'il ne s'agissait pas d'une urgence.

— Désolée de gâcher votre week-end, Pierce, mais Trevor Jacobs a fait une attaque cardiaque la nuit dernière. L'hôpital vient d'appeler. Sa femme l'a conduit là-bas hier pour les examens que vous aviez prescrits, et il a eu son attaque dans la salle d'attente. Ses enfants et petits-enfants sont arrivés à l'hôpital. On redoute que le choc soit fatal à Betty, et l'interne de garde demande s'il vous serait possible de les rejoindre dans la journée. Je me doutais que vous souhaiteriez y être, alors j'ai pris la liberté d'avancer votre vol. Vous devez vous présenter à l'aéroport de Sydney dans une heure et demie.

— Merci, Tracy, dit Pierce en levant. Betty doit être folle d'inquiétude, il faut en effet garder un œil sur elle. Dites au médecin que j'y serai pour midi, conclut-il avant de couper la communication.

— C'est un de tes patients ? s'enquit Layne en s'asseyant dans le lit.

Préoccupé par l'état de santé de Trevor, il décida de reporter leur conversation au soir. Il inviterait Layne à dîner chez lui et lui ferait sa déclaration devant un repas aux chandelles.

— Oui, et c'est sérieux. Je suis navré, Layne, mais nous allons devoir écourter notre séjour de quelques heures. Je dois être rentré aussi vite que possible.

— Je passe te prendre dès que j'ai vu mon patient, dit Pierce en déposant un baiser sur la joue de Layne.

— Ne traîne pas, répondit-elle, se penchant pour lui donner un dernier baiser.

Il fut tendre et chaud, tellement qu'elle en eut envie de pleurer.

— A ce soir, dit-il de sa voix grave quand leurs lèvres se descellèrent.

Elle hocha la tête, la gorge nouée. Et, debout devant sa porte, elle regarda s'éloigner l'homme qui lui avait volé son cœur.

Ce week-end avait été merveilleux, au-delà même de tout ce qu'elle aurait pu imaginer. Pierce était un homme incroyable… Sauf que c'était aussi un médecin de campagne qui aimait sa vie en Australie, alors qu'elle était photographe internationale.

Elle avait déjà brisé deux règles, chose qu'elle n'avait jamais faite auparavant, et le dîner qu'il lui avait proposé ce soir en briserait une troisième : « pas de second rendez-vous ». Si elle ne suivait pas ces sacro-saintes règles de conduite, à quoi pourrait-elle se raccrocher ? C'était tout ce qu'il lui restait pour se protéger.

Laisser cette aventure se changer en véritable relation était risqué. *Trop* risqué. Elle refusait de s'exposer de la sorte. Elle était heureuse d'avoir eu l'opportunité de mieux connaître Pierce, et vice versa, mais ce bonheur avait un arrière-goût amer. Pierce Beaumont était vraiment un homme bien, il rendrait une femme heureuse un jour. Il fonderait une famille et se construirait une vie formidable, mais pas avec elle. Déjà, elle se sentait quasi dépendante de cet homme. Or, elle ne voulait pas de ça. Il fallait que ça cesse. Tout de suite.

Ce week-end n'avait rien à voir avec la vraie vie, ce n'était qu'un rêve dont il fallait qu'elle se réveille. C'était vraiment stupide de sa part d'avoir laissé Pierce briser ses défenses en pensant qu'elle ne risquait rien. Maintenant, elle devait se prémunir contre lui pour se protéger. Car elle n'était pas assez forte pour aimer quelqu'un, cela reviendrait à laisser le sort jouer à la roulette russe avec son cœur. Et si elle passait la soirée et la nuit avec lui, elle n'aurait pas le courage de partir.

Il n'était pas encore midi. Avant qu'il revienne, elle serait partie. Elle allait se rendre à Armidale, faire sa séance à la banque et prendre l'avion dans la foulée. Certes, elle allait blesser Pierce en partant sans lui dire au revoir, mais elle n'avait pas le choix.

Pierce arriva à l'hôpital quinze minutes après avoir déposé Layne et rencontra la famille de Trevor rassemblée devant la porte du service de soins intensifs où celui-ci avait été transféré.

— Expliquez-nous ce qui se passe, doc, le supplia le fils aîné de Trevor. Je n'y comprends rien, à leur jargon médical. On n'était même pas au courant que mon père avait des problèmes cardiaques, il nous l'avait caché à tous. Est-ce qu'il va s'en sortir ?

— Laissez-moi parler au cardiologue, et je reviens vers vous, répondit Pierce, avant de s'interrompre pour chercher du regard Betty, qui n'était pas parmi eux. Comment va votre mère ?

— Ses petites-filles la distraient, mais on s'inquiète pour elle aussi. Ils sont inséparables, tous les deux. Quarante ans de mariage, et jamais un mot plus haut que l'autre, même si papa peut être grincheux parfois. Elle ne pourrait pas vivre sans lui.

— Espérons qu'elle n'aura pas à le faire. Gardez un œil sur elle, je vous tiens au courant dès que possible, dit Pierce en tapotant le jeune homme dans le dos.

Il se précipita à l'intérieur du service, où il vit l'interne de garde, Eric Milbrun, qu'il avait déjà rencontré.

— Bonjour, Pierce. La famille est très inquiète, vous avez dû vous en rendre compte.

— Oui, ils veulent que je leur explique la situation. Alors, quel est le pronostic ?

— Hier soir, je vous aurais dit « sombre », et c'est pourquoi nous avons appelé la famille, craignant qu'il ne passe pas la nuit. Mais il a réussi à remonter la pente. On n'en revient pas, pour être honnête. Mais c'est génial. On devrait pouvoir opérer.

Et Eric lui expliqua l'intervention chirurgicale envisagée.

— Il faut rester prudent, mais l'optimisme est de mise. Avertissez-les que M. Jacobs devra passer plusieurs semaines hospitalisé.

Pierce n'en fut ni surpris ni effrayé. En fait, c'était ni plus ni moins une intervention de routine.

Il remercia Eric et sortit parler à la famille.

Betty les avait rejoints, impatiente d'avoir des nouvelles.

— Les médecins doivent surveiller votre mari de près, suite à son attaque cardiaque, c'est la procédure habituelle de garder le patient aux soins intensifs dans ce genre de cas.

— Combien de temps vont-ils le garder ? demanda-t-elle, le visage soucieux.

— Cela dépendra de la façon dont ses artères coronaires fonctionnent. Ce sont les artères qui amènent le sang vers le cœur. Si elles ne font pas leur travail, alors le cœur ne peut pas fonctionner non plus. Les médecins vérifient aussi les dommages causés par l'attaque.

— Et alors ? C'est grave ? intervint le fils aîné.

— Heureusement, il se trouvait déjà à l'hôpital quand c'est arrivé, il a donc été pris en charge immédiatement. Ses chances de guérison sont bonnes, mais il va avoir besoin d'une intervention chirurgicale pour qu'on lui pose un stent. Cela permettra de garder les artères bien ouvertes pour que le sang circule sans problème.

— Ils comptent lui faire ça quand ?

— D'abord, ils s'assurent qu'il est stable. Ensuite, ils programmeront l'opération. Une fois que votre père sera complètement remis, il pourra rentrer à la maison, mais il lui faudra beaucoup de repos. Quant à vous, je sais quel choc vous avez subi. Je vous tiendrai au courant chaque fois que j'aurai des nouvelles, au fur et à mesure. Et je vous expliquerai en détail tout ce qui va se passer.

Ils le remercièrent chaleureusement d'avoir prescrit les examens à Trevor, ce qui lui avait probablement sauvé la vie.

Après les avoir quittés, Pierce passa voir le petit James, dont l'état se stabilisait. Myles espérait pouvoir lui retirer le respirateur d'ici quelques jours.

Satisfait de l'évolution de ses deux patients, Pierce reporta son attention sur Layne.

Sa merveilleuse Layne ! Il était temps qu'il lui dise tout le bien qu'il pensait d'elle.

L'avion de Layne devait atterrir à Sydney à l'heure où Pierce arriverait à son motel pour la chercher. La banque ayant accepté d'avancer le shooting, elle avait pu tout boucler en une heure. Sur la route de l'aéroport, elle s'était arrêtée pour poster une lettre à Pierce avant de rendre sa voiture de location et d'embarquer.

Le cœur lourd, elle s'installa dans l'avion qui allait l'emmener pour toujours loin de Pierce.

C'était mieux ainsi, elle devait se le répéter pour se convaincre. Ce n'était pas un hasard si elle était célibataire depuis si longtemps. L'idée qu'une autre personne compte pour elle la terrorisait. La nuit dernière, elle l'avait passée dans les bras de cet homme, mais au matin elle avait paniqué. La réalité l'avait rattrapée. En matière d'amour, elle devait bien avouer sa couardise. Même si elle le déplorait, c'était ainsi.

Pierce allait essayer de l'appeler, lui réclamer des explications. Il tenterait de la dissuader de mettre un terme à leur relation avant qu'elle ait vraiment commencé…

Eh bien, quand elle arriverait à Sydney, elle ne rallumerait pas son portable.

Aucun homme avant lui ne lui avait fait remettre en question son célibat, et elle ne se sentait pas en mesure de lui fournir des justifications plausibles. La lettre mettrait les choses en perspective, et au moins Pierce ne parviendrait pas à la faire douter.

Consciente qu'elle n'avait pas d'autre choix, elle boucla sa ceinture puis, les mains tremblantes, chaussa ses lunettes de soleil pour cacher ses larmes.

Tandis que l'avion prenait de la vitesse avant le décollage, elle se surprit à prier pour ne pas passer le reste de ses jours à regretter cette ville. Et cet homme.

Après son départ de l'hôpital, Pierce se rendit à la bijouterie où il espérait trouver quelque chose de spécial, et il repéra immédiatement une magnifique chaîne en platine terminée par un pendentif de diamant en forme de goutte.

Parfait.

La vendeuse lui emballa la pièce, et il prit la route pour rejoindre la femme qui avait gagné son cœur.

En arrivant au motel, étonné de ne pas voir la voiture de location de Layne sur le parking, il se gara et composa son numéro de téléphone.

Pas de réponse, il tombait directement sur sa messagerie.

Il se rendit à la réception.

— Mlle Phillips a réglé sa chambre cet après-midi après le déjeuner.

Il repartit alors à Armidale, pensant qu'elle avait peut-être modifié son horaire de shooting et rendu sa chambre pour passer la nuit avec lui. Dans ce cas, en effet, inutile de garder sa chambre au motel.

Quinze minutes plus tard, il se garait derrière la banque et longeait la rue, le sourire aux lèvres à la perspective des bons moments qui les attendaient.

Oui, il était amoureux. C'était arrivé plus vite qu'il ne l'avait cru possible, mais voilà, c'était arrivé. Cette femme indépendante et un peu folle venue de l'autre bout du monde lui avait pris son cœur. Et ce, malgré son caractère de cochon. Car si elle était sûre d'elle voire parfois arrogante, il l'avait aussi découverte mystérieuse et captivante. Bref, elle était faite pour lui !

Devant la banque, il perdit bien vite son sourire : pas d'éclairages, pas de matériel de photo, pas de Layne. Elle n'était pas là.

Elle était partie environ une heure auparavant, lui apprit le gardien. Elle avait avancé la séance, disant qu'elle avait un avion à prendre dans l'après-midi.

Le téléphone de Layne était toujours éteint, son départ soudain était donc forcément dû à une urgence. Autrement, il ne voyait pas pourquoi elle serait partie sans une explication.

Il fallait qu'il sache.

Il fila à l'aéroport.

Vingt minutes plus tard, lorsqu'il quitta l'aéroport, il était sidéré : Layne avait bien embarqué dans cet avion. Elle avait quitté la ville sans même un au revoir.

Allongé sur son lit, Pierce gardait les yeux rivés sur le pendentif de diamant posé sur la commode, désespéré.

Il savait désormais qu'il ne devait pas attendre de coup de fil. Sydney n'était qu'à une heure de vol, et aucune urgence n'aurait pu empêcher Layne de l'appeler pour l'avertir. Elle était donc partie comme elle était venue, en coup de vent, et il ne pouvait rien y faire.

Il ne *voulait* rien y faire.

Il était tombé amoureux d'une femme sublime qui menait de front sa vie et une carrière à succès à l'autre bout du monde. Comme un idiot, il avait cru qu'ils pourraient avoir un avenir. Quel imbécile ! Il était bien à Uralla, alors que Layne, il le savait, ne s'y plairait jamais. Elle n'avait aucun lien, et le monde à ses pieds. Une existence de citadine convenait bien mieux à son caractère et à son métier. Il pourrait l'appeler, bien sûr, mais il ne le ferait pas. Si elle avait éteint son portable, c'était pour une bonne raison. Il n'avait qu'à accepter l'évidence : un médecin de campagne ne faisait pas le poids aux yeux d'une femme telle que Layne Phillips.

Or, lui, il n'avait que faire de son ancienne vie, à New York ou ailleurs. Sa vie était désormais à Uralla.

Puisque Layne avait pris sa décision, il devait la laisser partir.

11.

L'invitation pour le gala à Sydney à l'occasion de la sortie du *Calendrier des médecins australiens* arriva par la poste un matin du début septembre.

Pierce sentit son cœur se serrer.

La colère avait passé, tout comme le déni. Il avait compris que Layne Phillips ne reviendrait pas. C'était d'ailleurs éloquemment — et froidement — expliqué dans la lettre qu'il avait reçue d'elle le lendemain de son départ. Elle y expliquait que malgré les instants merveilleux qu'ils avaient partagés, ça n'était rien de plus que ça : de merveilleux instants. Elle espérait qu'il n'y avait pas vu plus et s'excusait si elle l'avait conduit à penser différemment. Elle terminait en ajoutant qu'elle repenserait toujours à lui avec beaucoup d'affection.

La feuille de papier avait fini en boule contre le mur. Il y avait exactement sept mois et vingt-cinq jours.

Cela faisait donc presque huit mois que Layne était partie, et pas un jour ne s'était écoulé sans qu'il pense à elle.

Il savait que ça lui passerait avec le temps. Certains jours, il atteignait presque son but. Et puis, quelque chose lui rappelait la sublime brune qui s'était faufilée jusqu'à son cœur. Un ami qui évoquait Toowoon Bay, la mention de New York, la vue d'une échelle, d'un appareil photo…

Il n'avait pas eu d'autre choix que de la laisser s'envoler. Elle n'était manifestement pas intéressée par une relation avec un médecin de campagne. Or, il ne souhaitait pas retourner sous le feu des projecteurs. Ils n'avaient pas les mêmes priorités, voilà tout.

Il s'attendait à cette invitation, bien entendu. Sur ses instructions, son comptable avait contacté l'association pour leur offrir d'utiliser son hôtel le plus récent de Sydney, qui s'engageait à organiser l'événement gratuitement.

Cet hôtel était un investissement que son comptable lui avait conseillé six mois plus tôt, quand les investisseurs d'origine avaient dû vendre. Il était presque terminé à l'époque, et les financements s'étaient taris. Un bâtiment incomplet aurait offert une vue peu attrayante dans une aussi belle ville. Il avait donc accepté de le racheter, sans pour autant s'occuper de le gérer. Il pensait même ne jamais y mettre les pieds. Et puis, il avait fallu lui trouver un nom.

Il avait examiné les photos, y avait longuement réfléchi.

C'était un bâtiment imposant et élégant à la fois, rien à voir avec les autres bâtisses du port. Luxueux mais sans ostentation. Discret et hors du temps. Et jouissant d'un héliport pour une escapade en toute discrétion. Un seul nom lui était venu à l'esprit pour refléter toutes ces qualités : *Laynesway Hotel.*

— Non. Je ne suis pas intéressé, marmonna-t-il.

Il froissa rageusement l'invitation et la jeta au panier, avant de reporter son attention vers l'ordinateur où l'attendaient ses e-mails.

— Pas intéressé par quoi ?

Tracy venait d'entrer dans le bureau, interrompant le cours de ses pensées.

— Rien, rien du tout.

— Très bien, ne m'en parlez pas. Mais je crois que vous avez besoin de sortir un peu. Pourquoi ne viendriez-vous pas dîner chez nous, ce week-end ? Quand on commence à parler tout seul, c'est mauvais signe…

— Eh bien, dans ce cas, envoyez-moi le patient suivant. Ainsi, j'aurai quelqu'un à qui parler.

— Trevor a annulé.

— Pourquoi ? C'est important que je continue de le suivre. Je ne veux pas qu'il laisse passer ses rendez-vous.

— C'est ce que je lui ai dit. Il a reprogrammé pour demain matin. Apparemment, le magazine *New England Focus* est chez lui. Ils font un reportage photo sur deux maisons de poupée géantes qu'il a construites, une pour ses petites-filles et une autre au profit du gala caritatif de l'unité de soins cardiologiques. Ça lui a pris six bons mois, mais le résultat est magnifique.

— Super. Mais s'il annule de nouveau, avertissez-le que je me rends chez lui personnellement pour le ramener par le fond du pantalon.

— Je lui ai dit qu'on le surveillait, ne vous tracassez pas, répondit Tracy en riant. Mais revenons à vous. Qu'est-ce qui vous rend aussi grincheux ?

— C'est cette invitation au lancement du calendrier à Sydney. Pas question que j'y assiste.

— Et pourquoi pas ? Ça promet d'être une soirée tout ce qu'il y a de plus divertissant. Et puis, vous y croiserez peut-être une jolie femme, qui sait ?

Il y croiserait surtout une certaine photographe. Or, il n'avait pas la moindre envie de la voir.

— Je crois que vous devriez y aller, insista Tracy en se penchant pour récupérer l'invitation dans la corbeille. Oh ! et ça se passe au Laynesway Hotel ! C'est ce ravissant nouvel établissement qui donne sur le port de Sydney. J'en ai entendu parler dans le journal.

— Dites donc, mêlez-vous de vos affaires, grommela-t-il en lui arrachant l'invitation des mains.

— Allez, vous rencontrerez peut-être une gentille fille ? Il faut songer à vous marier et à avoir des enfants, et ce n'est pas par ici que vous trouverez.

— Je suis trop occupé, fit-il en faisant mine de tapoter sur son clavier.

— On ne devrait jamais être trop occupé pour l'amour, déclara Tracy avec un grand sourire.

De guerre lasse, il s'interrompit et se tourna vers sa réceptionniste.

— Je ne pense pas que me rendre jusqu'à Sydney pour y être humilié par une photo de moi torse nu m'assurera l'intérêt d'une partenaire de vie.

— Mais c'est pour la bonne cause !

— Et alors ?

— Les soirées caritatives attirent toutes sortes de personnes très bien, et l'une d'elles pourrait s'avérer assez charmante pour attirer votre attention à vous.

Il adorait Tracy et son bel optimisme. La voilà qui se transformait en Cupidon ! Mais il avait beau y songer, il ne se voyait pas retomber amoureux. Il croyait s'être remis de la déception provoquée par la fuite de Layne, mais manifestement ce n'était pas le cas. Certaines nuits, il manquait devenir fou, allongé dans son lit à repenser à leurs moments ensemble.

— C'était quoi, le nom de l'association, au fait ? reprit Tracy, qui venait de s'installer sur le siège réservé aux patients.

— Le Programme de transition pour les jeunes orphelins.

— C'est une merveilleuse cause, vous devriez la soutenir.

— Je l'ai fait, justement, répliqua-t-il. En posant pour ce ridicule calendrier. Vous vous rappelez ?

— Je savais que vous participiez, mais je n'ai pas eu l'occasion de rencontrer la photographe. Elle est partie si vite. Et vous ne sembliez pas avoir envie d'en parler, alors… N'empêche, c'est une cause qui mérite que l'on y consacre du temps. J'avais des amis qui ont accueilli une enfant, il y a longtemps. Les Phillips.

Il se figea à la mention de ce nom.

— Les Phillips ?

— Oui, Maisey et Arthur, poursuivit Tracy. Ils avaient accueilli une petite fille, qu'ils ont fini par adopter. Un vrai bonheur, cette petite. Ils ne pouvaient pas avoir d'enfant eux-mêmes, mais à la façon dont ils s'étaient attachés à elle, on aurait pu croire que c'était leur chair et leur sang.

Arthur, surtout, ne voyait que par elle. Il lui apprenait la photographie. C'était sa passion, il avait la plus importante collection d'appareils photo que j'aie jamais vue. La gamine passait son temps à prendre tout et tout le monde en photo en ville.

— Le monde est petit, commenta-t-il, le cœur battant. Ma photographe s'appelait Layne Phillips, justement. C'était elle, leur fille, conclut-il sur le ton le plus neutre qu'il parvint à produire.

— Comment dites-vous qu'elle s'appelait ?

— Layne, le diminutif de Melanie.

— Melanie Phillips est donc revenue à Uralla ?

— Eh oui. Mais elle ne souhaitait pas que ça se sache. Trop de souvenirs. Du moins, c'est ce qu'elle m'a laissé entendre.

Tracy soupira.

— C'est triste. Car tout le monde aurait été ravi de la revoir. Je suis étonnée qu'on ne l'ait pas reconnue.

— J'ignore à quoi elle ressemblait à l'époque, mais aujourd'hui, elle est…

Il s'interrompit au souvenir du visage de Layne, de son sourire, de la façon dont ses longs cheveux bruns s'étalaient sur son oreiller le dernier matin…

— Elle est devenue une femme splendide. Vous ne reconnaîtriez sûrement plus la petite fille que vous connaissiez.

— Pourquoi dites-vous ça ?

— Elle est très citadine. Je crois qu'elle snobe un peu Uralla. Apparemment, en quittant la région, elle a voulu s'installer dans une très grande ville afin de ne garder aucune attache ici.

— Melanie ne snobe pas cette ville, Pierce. Elle est partie à la mort de ses parents dans un accident de voiture voici une douzaine d'années. Elle n'avait que seize ans. Nous nous inquiétions tous pour elle et avons essayé de nous souder autour d'elle pour l'aider et la réconforter, mais rien n'y a fait. En peu de temps, elle a changé. La jeune fille joyeuse et ouverte qu'elle était s'est refermée sur elle-même pour devenir férocement indépendante. J'ai l'impression que son cœur s'est endurci, qu'elle ne laissait plus entrer personne. Ce fut une époque bien triste pour notre bourgade, d'autant plus qu'elle est partie quelques semaines après le drame. Personne n'a plus jamais entendu parler d'elle. Pas un mot. Comme si elle avait disparu de la surface de la planète.

Les paroles de Tracy frappèrent Pierce en plein cœur.

Ainsi, Layne avait fui son chagrin jadis, tout comme lui à New York ! C'était sa façon à elle de gérer sa peine. En fait, ils se ressemblaient plus qu'il ne l'aurait imaginé. Toutes les pièces du puzzle s'emboîtaient enfin, même si cela ne résolvait rien…

— Tracy, je vais peut-être me rendre à ce gala, finalement. Accepteriez-vous d'être ma cavalière ?

— Avec grand plaisir. Vous souhaitez donc que je réponde à l'invitation ?

— Non, je vais décliner en tant que mannequin. Cependant, j'aimerais que vous nous achetiez deux billets à titre d'invités. Je ne veux pas me faire trop remarquer, je préfère me fondre dans la foule des anonymes.

Au bout du compte, Pierce avait décidé de surprendre Tracy en l'invitant au Laynesway Hotel, où il leur réserva une suite à chacun. Sa réceptionniste était aux anges, et lui aussi de la voir ravie.

Elle méritait bien qu'il la gâte un peu !

Il lui laissa le temps de prendre possession de sa chambre puis alla frapper à sa porte.

— Puis-je vous parler une seconde ? J'aurais besoin que vous me rendiez un service, annonça-t-il quand elle ouvrit.

— Vous voulez que je vous repasse quelque chose ?

— Eternelle maman poule, hein ? la taquina-t-il. Mais non, je n'ai besoin de rien avant le gala. En revanche, j'aurais besoin de vous pendant la soirée.

— Ah oui ? dit-elle, étonnée, en s'asseyant sur le bord du lit où était soigneusement étalée sa robe de soirée.

— Je ne sais pas si vous êtes au courant, mais il va y avoir une vente aux enchères des douze photos du calendrier, ce soir. Les bénéfices reviennent à l'association, bien sûr.

— Je l'ignorais, mais c'est une bonne idée. La cause en vaut la peine. Quand je songe à Melanie et à tout ce qu'elle a dû traverser avant d'être adoptée, ça me brise le cœur.

Troublé, il alla se poster devant l'immense baie vitrée qui encadrait la vue sur l'opéra de Sydney se reflétant sur les eaux bleues du port.

Layne. Etait-elle déjà dans sa suite ? Contemplait-elle la même vue que lui en cet instant ? Repensait-elle à leurs moments partagés ? Elle pouvait se montrer indépendante, voire distante parfois, mais sous son armure c'était une femme aimante et fragile. Il devait juste lui faire comprendre que la vie et l'amour qu'ils pouvaient partager valaient largement de prendre le risque.

— Oui, oui, c'est une très bonne idée de marketing, acquiesça-t-il, se forçant à sortir de ses pensées. Bref, je souhaiterais que vous les achetiez pour moi.

— Toutes ?

— Oui, les douze.

— Et combien est-ce que ça va me coûter ? Vous me payez bien, mais à mon avis pas suffisamment.

Il éclata de rire.

— Non, je voulais dire « pour mon compte ». Je vous ferai un chèque du montant que je désire verser pour ces enchères, un montant qui dépasse largement ce à quoi ils s'attendent, à mon avis. Il ne devrait pas y avoir beaucoup de compétition.

L'expression de Tracy en disait long sur sa perplexité.

— Il y a une raison particulière pour que vous souhaitiez accrocher votre photo ainsi que celles de onze autres médecins dans votre bureau ?

— Je n'envisage pas de les garder, corrigea-t-il, hilare. Je les donnerai avec plaisir. Les infirmières de l'hôpital seraient sans doute ravies d'en avoir une — à l'exception de la mienne, cela dit. Celle-là, je vais la ranger et la cacher à tout jamais.

— Si vous n'en voulez pas, pourquoi les acheter ?

— Pour la bonne cause.

— Bon, je crois que je vais faire trempette, annonça-t-elle après l'avoir observé un moment en silence. Ce n'est pas si souvent que j'ai le temps de m'octroyer ce plaisir. Il reste une heure avant le début, lança-t-elle en se dirigeant vers la salle de bains. Vous n'avez qu'à laisser le chèque sur le bureau, je le prendrai en descendant.

— Je le pose près de votre sac, répondit-il en sortant le chèque déjà rempli de sa poche.

— Je vais le ranger tout de suite, histoire de ne pas oublier…

Tracy s'interrompit en lisant le montant inscrit et reprit d'une voix soudain suraiguë.

— Vous êtes fou ? Un million deux pour quelques photos ?

— Je sais que cela peut sembler beaucoup…

— Ça ne « semble » pas beaucoup, Pierce. C'est une pure folie, oui !

— Ecoutez, je n'ai pas le temps d'entrer dans les détails maintenant, vous devez vous préparer, et je ne veux pas vous obliger à vous presser. Vous avez le chèque, rendez-vous en bas dans une heure, d'accord ?

— Un million de dollars, vous êtes sûr ? insista Tracy.

— Oui, un million de dollars pour une cause qui en vaut la peine. Et ne vous inquiétez pas, j'en ai les moyens. J'ai de l'argent de côté.

— Je ne me tracasse pas pour l'argent, je sais que vous en avez les moyens. Non, ce qui m'inquiète, c'est la raison qui sous-tend ce choix.

Il ne s'attendait pas à cela.

— Comment ça, vous savez que j'en ai les moyens ?

Tracy revint s'asseoir sur le bord du lit, les mains croisées sur les genoux.

— Pierce, pensez-vous honnêtement que mon mari vous aurait vendu son cher cabinet et laissé prendre en charge ses patients sans avoir au préalable effectué quelques recherches à votre sujet ? Il adore les gens de sa ville, il voulait les confier à quelqu'un de fiable. Il devait s'assurer que vous le seriez.

— Pourtant, vous ne m'avez jamais questionné sur mon passé ni sur mon argent.

— On n'avait pas besoin de le faire, Gregory avait mené sa petite enquête avant votre arrivée. On est peut-être des campagnards, mais on n'en est pas pour autant des imbéciles. Vous étiez le fils de parents très riches, morts alors que vous étiez enfant, vous aviez fréquenté un pensionnat privé en Allemagne jusqu'à l'âge de dix-sept ans et étiez revenu à Sydney étudier la médecine. Vous étiez respecté de vos pairs, et vos notes étaient exemplaires. En arrivant à Uralla voici deux ans, vous n'avez jamais mentionné ni votre famille ni votre passé, alors nous non plus. Mon mari pense qu'il faut juger un homme sur ses mérites, pas sur son argent. Vous vous êtes révélé un excellent médecin, exactement ce dont avaient besoin les habitants de la ville. Pour être honnête, on ne savait pas trop ce que vous faisiez de votre fortune, vu votre vie tranquille et modeste. Enfin, on a tout de même remarqué plusieurs dons anonymes aux écoles locales depuis votre arrivée. Une coïncidence, peut-être… Bref, vous êtes un excellent médecin, c'est tout ce qui importe.

Il n'en croyait pas ses oreilles.

— Je n'arrive pas à croire que vous ne m'ayez rien dit, tout ce temps. Personne n'est au courant en ville ? Ou bien est-ce que tout le monde le sait et que personne n'en parle ?

— Personne n'est au courant, ça ne les regarde pas. Les gens vous respectent et vous font confiance, voilà tout. Vous n'exhibez pas votre argent, du moins vous ne l'avez jamais fait avant ce soir. Comment pourraient-ils deviner ? Ça ne risque pas de venir de Gregory ou de moi. Donc, à moins que vous n'achetiez un beau jour une de ces voitures italiennes hors de prix, personne n'en saura jamais rien.

Il était sous le choc.

Son secret avait donc été gardé par ces deux personnes pendant deux ans, et il n'en savait rien !

Décidément, cette journée promettait d'être riche en émotions. Comme tous les jours depuis que Layne Phillips était entrée dans sa vie. Elle l'avait bouleversé, et à présent il voulait la bouleverser à son tour, lui faire comprendre que l'amour vrai valait que l'on prenne des risques.

— O.K., Tracy, merci. Nous reparlerons de tout ça plus tard. Pour le moment, je vous laisse à votre bain. A tout à l'heure.

En smoking noir, chemise blanche et nœud papillon, les cheveux lissés en arrière et rasé de frais, Pierce s'arrêta à l'entrée de la salle de bal du Laynesway Hotel. Lentement, il balaya du regard la pièce immense qu'emplissaient au moins cinq cents invités.

Les organisateurs de l'événement avaient bien fait leur publicité !

Douze splendides lustres en cristal suspendus au plafond ajoutaient à la grandeur des lieux. Les murs étaient tendus de panneaux d'un tissu sophistiqué, d'énormes compositions florales entourées de bougies décoraient chaque table…

Et soudain il la vit.

Telle une déesse grecque, Layne fendait la foule dans une robe longue drapée sur une épaule, tissée de fils d'or qui attrapaient la lumière. Elle avait attaché ses longs cheveux bruns en un chignon au niveau de la nuque. Elle était… époustouflante.

Il mourait d'envie de l'approcher, mais il choisit de repousser leur rencontre au moment des enchères.

Il alla donc s'asseoir à sa table avec Tracy.

La vente des douze photos du calendrier commença peu après le plat principal. Chaque cliché, encadré et signé par la photographe, était mis aux enchères séparément. Ils étaient disposés sur l'estrade, recouverts d'un tissu. Layne aussi était postée sur la scène, les yeux dans le vague.

— Pour changer un peu, annonça le présentateur, nous allons commencer par le Dr Décembre. Tous nos médecins sont présents ici ce soir et ont gentiment accepté de monter sur scène à la fin des enchères pour signer leur photo. Enfin, à l'exception de notre premier lot, le Dr Décembre : Pierce Beaumont s'est excusé. J'en suis désolé pour vous, mesdames…

— J'ai finalement réussi à me libérer, lança Pierce d'une voix rauque. Je suis là.

— « Se fondre dans la foule », tu parles, marmonna Tracy en sirotant son champagne.

— Pardon ? Quelqu'un vient de dire quelque chose ? s'enquit le présentateur en scrutant l'auditoire.

Pierce se leva et se faufila entre les tables jusqu'à l'estrade.

— Je ne pourrais être nulle part ailleurs qu'ici ce soir, ajouta-t-il, les yeux rivés sur Layne.

Il monta les quelques marches et prit place juste à côté de Layne, qui resta immobile, visiblement sous le choc.

— Je croyais que tu ne pouvais pas venir, chuchota-t-elle, sans croiser son regard.

— La curiosité l'a emporté sur le reste. J'avais envie de voir quelle photo tu avais choisie. Celle chez les McKenzy, ou perché en haut de l'échelle ?

Il vit ses yeux s'étrécir tandis que le présentateur de la soirée se dirigeait vers les cadres. Manifestement, elle était mal à l'aise et refusait de regarder en direction de son travail.

Il comprit pourquoi lorsque la photo fut révélée.

En fait, Layne n'avait pas choisi un cliché issu de l'une de leurs séances. Elle avait agrandi et encadré une photo prise lors de leur visite de la forêt tropicale, quelques heures avant qu'ils fassent l'amour. Un instantané, sur lequel il ne posait pas.

Ainsi donc, les instants qu'ils avaient partagés avaient compté pour elle ! C'était la preuve dont il avait besoin.

— Eh bien, reprit le présentateur, il semble que chaque photo aura son autographe, tout compte fait. Nous allons donc commencer les enchères par le Dr Pierce Beaumont. Cinq cents dollars.

Une main élégante se leva sur la droite.

— Cinq cents.

— Six cents, contra une autre femme à la main tout aussi parfaitement manucurée.

— Mille, lança une troisième voix de femme.

— Mille dollars pour la jeune femme au fond, confirma le présentateur.

— Cent mille dollars.

La salle se tut une fraction de seconde, stupéfaite, avant que n'éclatent les premières réactions. Les plus proches de Tracy, qui avaient entendu son enchère, ouvraient de grands yeux. Les autres discutaient entre eux, très excités et curieux, tâchant de comprendre ce qui causait pareille réaction.

Layne restait abasourdie.

— Ai-je bien entendu ? reprit le présentateur. Quelqu'un vient-il de proposer cent mille dollars ?

— Oui, confirma Tracy, qui semblait s'amuser comme une folle. Cent mille dollars par photographie, et je désire acquérir les douze. Je vais donc vous signer un chèque d'un montant de un million deux cent mille dollars.

Pierce ne put réprimer un sourire.

Normalement, sa généreuse enchère devrait stimuler la haute société de Sydney. Ils étaient nombreux à n'agir que par défi vis-à-vis des autres, un peu à celui qui dépenserait le plus. En plaçant la barre suffisamment haut, il espérait qu'ils s'en donnent à cœur joie et ouvrent leurs chéquiers. Et au pire, si personne ne réagissait, il verserait lui-même la somme promise.

Après avoir signé sa photographie, il posa pour les médias, puis se retourna pour parler à Layne.

Mais elle avait disparu. Il la chercha dans toute la salle de bal, en vain. Elle avait quitté les lieux.

Sans hésiter, il s'adressa à l'organisatrice de l'événement.

— Elle voulait être un peu seule, lui répondit cette dernière. Elle est montée sur le toit.

— Sur le toit ?

— Oui, l'endroit est sécurisé. Il y a une porte qui y conduit au dix-huitième étage. Malheureusement, je lui ai donné mon unique clé. Je peux appeler l'agent de sécurité de l'hôtel, il nous en fournira une autre. Ne bougez pas, je reviens.

La jeune femme s'éloigna puis revint sur ses pas, songeuse.

— En fait, Mlle Phillips a réservé un hélicoptère pour la prendre sur le toit-terrasse dans quinze minutes et l'emmener jusqu'à un yacht privé. Elle doit travailler à bord pendant les quinze jours à venir. Le bateau a jeté l'ancre à l'extérieur du port, il doit prendre la mer à minuit.

12.

Pierce n'attendit pas que l'organisatrice contacte la sécurité, il passa l'appel lui-même.

En apprenant qu'il était le propriétaire de l'établissement, l'agent l'accompagna en personne jusqu'à la porte conduisant à la terrasse du toit. Mais en essayant de l'ouvrir, ils constatèrent qu'elle était bloquée.

— On dirait que quelque chose est appuyé contre, commenta l'agent, l'air perplexe.

— Y a-t-il un autre moyen d'accéder à la terrasse ? s'enquit Pierce, sans même tenter de masquer son impatience.

L'agent se frotta le menton.

— C'est si important que ça ?

— Il n'est rien de plus important en cet instant.

— Alors, suivez-moi.

Il l'emmena dans la direction opposée, et ils dévalèrent deux volées de marches pour atteindre une autre porte sécurisée. Grâce à son passe, l'agent les guida jusqu'à un balcon, perché à seize étages au-dessus du sol.

Incapable de regarder en bas, Pierce préféra se concentrer sur les toits des immeubles et le ciel noir constellé d'étoiles.

— Où sommes-nous exactement ? demanda-t-il. Et pourquoi ?

— Eh bien, il y a une échelle de secours par ici, expliqua l'art en le conduisant sur leur gauche. Elle mène au toit-terrasse et à l'hélistation.

Comme ils atteignaient l'échelle de métal noir accrochée au mur extérieur, Pierce jeta un coup d'œil à sa montre.

Il restait moins de dix minutes avant l'arrivée de l'hélicoptère.

Il considéra la structure, détaillant les accroches qui la maintenaient au mur tous les vingt centimètres environ.

— Ça va aller ? lui demanda son guide.

— Eh bien, disons que je n'ai pas vraiment d'autre solution, répondit-il sans lâcher l'échelle des yeux.

— Elle doit être sacrément belle, commenta l'homme. Je ne suis pas sûr que je le ferais, moi.

— Très belle.

Sur ces mots, il ôta sa veste de smoking, défit son nœud papillon et le premier bouton de sa chemise, puis il posa le pied sur le premier échelon.

Immédiatement, son estomac se serra et son cœur s'emballa.

Les mains agrippées de part et d'autre des montants, si fort que ses phalanges blanchirent, il se hissa sur l'échelon supérieur. Après une pause et une profonde inspiration, le beau visage de Layne imprimé devant les yeux, il poursuivit son ascension. Un échelon après l'autre il escalada la structure, l'image de Layne fermement ancrée dans son esprit.

Son rire tandis qu'ils couraient jusqu'à la mer. Le baiser qu'il lui avait volé avant le lever du soleil sur la ferme. Son corps nu allongé sur son lit.

Il allait la rejoindre, quoi qu'il lui en coûte.

Enfin, il atteignit le haut de l'échelle et grimpa sur le toit, où il aperçut immédiatement sa silhouette.

Seule, les yeux levés vers le ciel.

Layne fit volte-face en entendant un bruit.

Pierce !

Elle n'arrivait pas à y croire. Comment était-il parvenu ici, alors qu'elle avait bloqué la porte ? Pas question de le laisser s'approcher. Elle ne le supporterait pas.

— Qu'est-ce que tu fiches ici ?

— Je viens te convaincre de nous donner une chance, répondit-il en s'approchant lentement. Je voulais te le dire il y a huit mois, mais tu ne m'en as pas laissé l'occasion. Tu t'es enfuie, tout comme ce soir, en me barrant le passage pour que je ne puisse pas te rejoindre.

— Je ne me suis pas enfuie. J'ai terminé ce que j'étais venue faire, puis je suis partie, corrigea-t-elle. Mais comment as-tu fait pour monter jusqu'ici ?

La question était rhétorique, elle savait pertinemment comment il avait fait : il avait dû surmonter sa terreur du vide et escalader une échelle de secours.

Incroyable. Lui, au moins, il n'avait pas laissé sa peur le handicaper. Il l'avait rejointe en dépit de cette peur.

— J'y suis arrivé parce que je te veux auprès de moi, dit-il en franchissant les quelques mètres qui les séparaient pour lui prendre les mains. Rien n'aurait pu m'arrêter.

Elle tenta de maîtriser son émotion.

A chaque seconde qui passait, ça devenait plus compliqué de ne pas se jeter dans ses bras. Mais elle ne le pouvait pas. L'hélicoptère allait arriver d'ici quelques minutes, et elle pourrait enfin partir sans jamais se retourner.

— Je t'ai expliqué ce que je ressentais dans ma lettre, s'obstina-t-elle. Nous avons partagé quelques bons moments, voilà tout.

— Et ma photo, pour le calendrier, comment expliques-tu ton choix ? demanda Pierce en lui saisissant la taille.

Elle tenta de se dégager de son étreinte, mais il la rattrapa par le poignet, l'attirant vers lui.

— La lumière était belle, marmonna-t-elle.

La raison était tout autre. Elle le savait, et lui aussi, manifestement. C'était sa photo préférée. Elle lui rappelait un instant très spécial, et elle avait voulu que le monde entier la voie.

— C'est la pire excuse que j'aie jamais entendue, dit Pierce avec un sourire triste, les yeux plantés dans les siens. Elle te fait penser à ce qui s'est passé un peu plus tard, non ?

— J'aime bien ce cliché, restons-en là, murmura-t-elle sans oser soutenir son regard.

— Je n'en crois rien. Et je resterai là jusqu'à ce que tu me donnes une explication plus convaincante.

— Tu es un homme merveilleux, Pierce, mais je n'ai ni besoin ni envie d'une relation sentimentale. Je ne veux pas dépendre de quelqu'un.

— Il ne s'agit pas de « quelqu'un », Layne, il s'agit de moi. Je veux que tu dépendes de moi.

Elle secoua la tête.

Sa forteresse était en train de s'effondrer. Tous les mois écoulés loin de Pierce s'évanouissaient au contact de sa chaleur, et c'était cela qui l'effrayait plus que tout.

— Je ne peux pas. Je n'en ai pas le courage, Pierce. Je n'en vaux pas la peine. Laisse-moi partir.

— C'est là que tu fais fausse route, répliqua-t-il en lui serrant les mains plus fort encore. Tu en vaux la peine, et bien plus que ça.

Elle sentit les larmes lui gonfler les paupières et se répandre sur ses joues.

Aucun homme n'avait tout risqué pour elle. Pour l'aimer. Pierce avait surmonté un obstacle qui pouvait lui paraître infranchissable afin de se tenir ici devant elle. Peut-être y croyait-il suffisamment fort pour deux ?

N'empêche, même si elle retirait sa peur de l'équation, restaient les impossibilités pratiques.

— Je ne vois pas comment cela pourrait fonctionner, entre nous. C'est infaisable. Tu as oublié que je vis dans un autre pays ? Dans une ville que tu hais à cause des souvenirs qu'elle te rappelle ?

Il secoua la tête, le regard ardent.

— Je suis capable de reléguer les souvenirs où ils doivent l'être, si je sais que tu es près de moi. Si nos souvenirs nous éloignent l'un de l'autre, alors construisons-en de nouveaux, des souvenirs heureux. Ensemble. Nous pouvons laisser le passé derrière nous si nous savons que nous sommes là l'un pour l'autre. Huit mois se sont écoulés, et je ne t'en aime pas moins que le jour où tu t'es réveillée dans mes bras. Au contraire, même.

— C'est ridicule, décréta-t-elle en retirant ses mains pour s'éloigner. Nous nous connaissions à peine.

Au loin, le yacht l'attendait.

— Alors, dis-moi, si tu ne ressentais rien, pourquoi t'es-tu enfuie comme cela ? Qu'est-ce qui t'empêchait de me dire au revoir en face ?

Evidemment, il avait raison. Elle était tombée amoureuse de lui huit mois plus tôt, et depuis pas un jour ne s'était écoulé sans qu'elle repense aux instants qu'ils avaient partagés. Peut-être en effet que c'était ça, l'amour. Pourtant, elle avait peur. Elle mourait de peur que cela s'arrête et qu'elle se retrouve seule, le cœur brisé de nouveau.

Elle ne perdrait rien à lui avouer la vérité, après tout.

— J'avais peur, Pierce. Voilà, c'est dit. J'avais peur, et j'ai toujours peur aujourd'hui. Peur qu'un jour tu t'en ailles, que quelque chose t'enlève à moi. Je ne supporterais pas de vivre sans toi, de me retrouver seule de nouveau.

— Mais c'est maintenant que tu es seule, Layne, rétorqua-t-il. Tu m'avais, tu as toujours mon cœur, et pourtant tu es seule. Tous les deux, nous nous réveillons seuls chaque matin et nous endormons seuls chaque soir. Qu'est-ce qui pourrait bien être pire ?

— Mais je ne t'ai jamais vraiment eu à moi, ce n'était qu'un week-end.

— Un week-end merveilleux, que nous pourrions transformer en une vie entière si tu le voulais bien. Je te l'avoue, je t'aime. Et je pense que tu m'aimes aussi, dit Pierce en lui reprenant les mains. Si tu ne m'aimais pas un tout petit peu, tu n'aurais pas choisi cette photo, tu ne te serais pas enfuie, et tu ne tremblerais pas comme une feuille.

Elle détourna les yeux sans mot dire.

Tout était vrai.

— Et tu ne pleurerais pas…

Avec une infinie douceur, il essuya une larme qui lui

coulait sur la joue, puis lui prit le visage entre ses mains chaudes pour plonger son regard dans le sien.

— Je ne veux pas vivre sans toi, Layne. Je ne peux pas. Ces huit mois ont été vides. En fait, ma vie était vide, mais je l'ignorais avant de te rencontrer. Tu me réveilles, tu me fais vivre, et je te désire plus que n'importe quelle autre femme. Je peux pratiquer la médecine n'importe où, et tu peux prendre des photos n'importe où. Les possibilités sont infinies, il suffit de décider ce qui nous convient. Et qui conviendra à nos enfants.

— Nos enfants ? Qu'en sais-tu, si je veux des enfants ?

— Je le sais parce que tu as dédié ta vie à leur cause. On peut accueillir des orphelins, adopter des enfants et même en concevoir. Mais plus tard. Qu'en dis-tu ? On peut laisser tomber le mariage si c'est trop et trop tôt pour toi, mais vis avec moi, Layne. Réveille-toi dans mes bras, et fais de moi l'homme le plus heureux au monde.

Elle avait la tête qui tournait.

Oui, elle était sur le point de commettre la folie qu'il lui demandait. De s'élancer dans le vide comme lui sur l'échelle de secours.

Peut-être Pierce avait-il raison ? Peut-être au fond était-elle enfin prête à se laisser aimer et à aimer en retour ?

Fermant les yeux, elle sut qu'elle allait prendre la bonne décision.

Elle n'avait pas le choix, son cœur prenait le pas sur les peurs nées du passé. Pierce l'avait pris entre ses mains pour le remettre à sa vraie place. Il l'avait convaincue de sauter avec lui dans le vide et de s'abandonner à l'amour. Il lui avait montré comment avoir ce courage.

Se hissant sur la pointe des pieds, elle l'embrassa.

— Je ne sais pas trop comment on va gérer l'aspect pratique des choses, mais peut-être qu'on y arrivera, si tu m'aimes.

Il l'attira dans ses bras et lui rendit son baiser. Passionnément. Profondément. Encore.

— Mon amour pour toi est plus grand, plus fort que tout.

Je ne suis pas venu te faire des promesses en l'air. Je veux que tu saches que tu peux me faire confiance, te reposer sur moi. Je serai à tes côtés jusqu'à la fin de mes jours.

Sur ce, il la souleva dans ses bras, la serrant encore plus fort contre son corps puissant, et il l'embrassa comme elle voulait qu'il l'embrasse pour le restant de leurs jours.

Et pour la première fois de sa vie, dans le bruit de moteur de l'hélicoptère qui approchait, elle prononça les mots jusque-là interdits :

— Je t'aime.

Épilogue

— La maison est splendide, commenta Layne, les yeux brillants.

Lentement, prenant le temps d'assimiler chaque détail, elle passait en revue le rez-de-chaussée de la maison destinée aux jeunes orphelins au moment délicat de quitter leur famille d'accueil à leur majorité.

— Merci, Pierce ! C'est encore mieux que ce dont j'avais rêvé.

— Mais avec plaisir, ma chérie. Tes rêves sont mes rêves, et il se trouve que j'ai les moyens de les réaliser. Alors, je ne vais pas nous en priver.

— Je le sais bien. N'empêche que je connais pas mal de gens qui ne partageraient pas aussi volontiers leur fortune avec des jeunes dans le besoin. Tu es d'une générosité sans bornes, mon amour.

Elle leva les yeux vers la peinture murale qui ornait la cage d'escalier.

Pierce avait commandé cette œuvre à un groupe d'artistes de rue, et elle égayait le mur sur trois étages de ses couleurs et de ses messages positifs. Les résidents ne manqueraient pas de se sentir comme chez eux en présence d'une fresque aussi contemporaine et joyeuse.

— Je l'adore, dit-elle, avant de passer dans les pièces voisines.

Pierce avait lui-même dessiné l'espace intérieur du bâtiment, et elle en avait assuré la décoration. A l'exception de la fresque, dont il lui avait réservé la surprise.

Il y avait des salles d'étude meublées de tables, bureaux et ordinateurs, une salle de jeux, une lingerie, une cuisine vaste et bien équipée où les résidents auraient plaisir à développer leurs talents culinaires, un home-cinéma et une salle à manger où tout le monde pourrait partager le repas du soir, comme une grande famille. Chaque jeune aurait sa propre chambre et serait responsable de son linge. Pour la cuisine, ils établiraient des tableaux de service afin que les tâches ménagères soient équitablement distribuées. Car il ne s'agissait pas de faire de cet établissement un camp de vacances, mais bien une vraie maison, avec des règles établies et des responsabilités à endosser. Des mères et pères d'accueil spécialement recrutés et qualifiés — des éducateurs pleins de cœur et d'empathie — seraient présents pour servir de guides et de conseillers à ces jeunes adultes, pour les mettre en douceur sur de bons rails.

— C'est l'un des jours les plus heureux de ma vie, déclara Layne en se tournant vers son époux.

Ce qu'ils avaient accompli ensemble la remplissait de bonheur et de fierté.

— Et ce n'est qu'un début, lui répondit Pierce en l'attirant dans ses bras. C'est une maison transitoire pilote, mais dès que nous aurons évalué son efficacité et effectué les aménagements et adaptations nécessaires, nous lancerons le grand projet : la construction d'une de ces maisons dans chaque capitale d'Etat d'Australie. Qui sait ? Notre programme va peut-être devenir un exemple copié dans le monde entier ?

Elle le savait, l'enthousiasme qu'elle percevait dans sa voix n'était pas feint. Ce projet comptait autant pour lui que pour elle, désormais.

— Tu es l'homme le plus généreux et le plus merveilleux au monde. Je suis tellement fière de toi !

Elle posa la tête sur l'épaule de son mari, contemplant la maison qu'ils avaient construite ensemble pour les adolescents en danger.

— Et moi, je suis encore plus fier de toi, madame

Beaumont, répondit Pierce avant de l'embrasser tendrement. Je ne sais pas comment tu fais : photographe en exercice, décoratrice d'intérieur sur ce projet, maman de deux enfants adoptifs, et bientôt d'un bébé à nous !

Il posa une main protectrice sur le léger renflement qui commençait tout juste à soulever sa robe d'été.

— Sans oublier que tu es aussi et surtout l'épouse la plus aimante qui soit. Je suis l'homme le plus chanceux au monde.

En plongeant dans la chaleur de ses prunelles, elle ressentit la même accélération du pouls que la première fois où il l'avait effleurée. La même qu'elle ressentait chaque fois qu'il la prenait dans ses bras.

— C'est moi qui ai de la chance, Pierce. Tu m'as convaincue de briser toutes les règles ridicules que je m'imposais, et tu as conquis mon cœur pour toujours.

EMILY FORBES

L'enfant secret du Dr White

Traduction française de
GENEVIÈVE BLATTMANN

BLANCHE

HARLEQUIN

Titre original :
HIS LITTLE CHRISTMAS MIRACLE

Ce roman a déjà été publié en 2015.

Prologue

Jess Johnson finissait de nouer ses tresses quand sa cousine Kristie passa la tête dans sa chambre.

— Dépêche-toi ! C'est aujourd'hui le grand jour ! clama celle-ci.

Jess enfonça un bonnet rouge sur ses cheveux blonds et attrapa ses gants de ski, prête à affronter les pentes de la station alpine de Moose River.

— Le grand jour ? répéta-t-elle en suivant sa cousine hors du luxueux appartement familial.

— Oui. L'opération « un petit ami pour Jess ».

— Quoi ? Mais qu'est-ce que tu racontes ? Et pourquoi, d'abord ?

— Eh bien, parce que tu as presque dix-huit ans et que tu ne sais même pas ce que tu rates. Il est temps que tu te trouves un copain. Un beau garçon, évidemment. Le genre auquel on ne résiste pas, qui sait arracher une fille à sa tour d'ivoire par ses baisers enflammés et l'envoyer au septième ciel. Ce n'est pas une surprise, on en a déjà parlé !

Jess fronça le nez, ironique.

Probablement. Les garçons étaient le sujet favori de Kristie, qui tombait amoureuse toutes les deux semaines. Mais elle-même était beaucoup plus sélective. La plupart des garçons qu'elle rencontrait, généralement âgés de dix-sept ou dix-huit ans, lui semblaient immatures et un peu bêtes. Elle, c'était le prince charmant qu'elle attendait. Elle savait qu'il viendrait en son temps. Kristie n'allait sûrement pas le faire apparaître d'un claquement de doigts !

— Je crois que tu oublies un détail, lui fit-elle remarquer alors qu'elles posaient leurs skis dans la neige pour glisser leurs chaussures dans les fixations.

— Ah oui ? Lequel ?

— Je n'ai jamais eu le droit de me trouver un petit copain par moi-même. Tous ceux avec qui je suis sortie étaient les fils d'amis de la famille.

— Soyons claires, tu ne franchiras jamais le cap si tu ne sors qu'avec les garçons que ton père te présente. D'abord parce qu'ils ont bien trop la trouille de ce qu'il leur réserverait s'il découvrait que vous dépassez le flirt, et ensuite je suis prête à parier qu'il choisit justement ceux qui ont une tendance à virer gay.

— Tu exagères ! protesta Jess en riant, non sans se demander si Kristie n'avait tout de même pas raison.

Ses boy-friends étaient plutôt mignons, du genre bon chic bon genre, école privée et country club. Certains d'entre eux l'avaient embrassée, oui, mais l'expérience n'avait rien eu d'ébouriffant. Elle avait toujours pensé que c'était sa faute, mais peut-être étaient-ils trop bien élevés pour faire battre son cœur et éveiller des sensations telles que les décrivent les romans ?

— Et peut-être que je n'ai pas envie d'un petit copain, ajouta-t-elle.

— Possible, mais il faut absolument que tu te fasses sauter.

— Kristie ! se récria-t-elle, horrifiée.

« Se faire sauter », cela n'avait vraiment rien de romantique, c'était le moins que l'on puisse dire. Ce n'était pas du tout ce qu'elle cherchait. Elle n'avait rien contre l'idée de sa cousine, mais il fallait que ça se passe comme *elle* le souhaitait. Elle voulait qu'on la séduise et qu'on lui fasse l'amour. En fait, elle rêvait de connaître une vraie histoire romantique.

— Tu ne sais pas ce que tu manques, Jess, il est grand temps de remédier à cette lacune ! Ce sera mon cadeau pour tes dix-huit ans. Je vais te trouver un garçon irrésistible qui te conduira au paradis, conclut Kristie avec conviction.

Jess eut la nette impression qu'elle ne plaisantait pas. Or, si cela semblait évident à sa cousine, elle-même trouvait l'idée affreusement embarrassante. Elles avaient beau être très proches toutes les deux et du même âge à trois mois près, leurs personnalités étaient radicalement opposées. Kristie était d'une nature bien plus audacieuse.

— C'est l'occasion idéale pour te trouver un copain, Jess, insista celle-ci. On a une semaine devant nous avant que tes parents rappliquent. Huit jours exactement, rien qu'avec les miens qui sont bien plus coulants que les tiens. Ça nous donne le temps de faire le tri parmi les célibataires d'ici et de repérer les plus craquants. C'est maintenant ou jamais !

— Et si je n'en ai pas envie ? Tu ne vas quand même pas m'arranger un rendez-vous contre mon gré ?

Son anniversaire coïncidait avec l'arrivée de ses parents, et elle savait que, une fois qu'ils seraient là, elle n'aurait plus la moindre chance de se retrouver seule avec un garçon. Kristie ne pourrait rien organiser en si peu de temps, même si elle était prête à jouer le jeu… D'un autre côté, elle avait peut-être une chance d'embrasser un garçon. Mais elle doutait d'avoir celle de perdre sa virginité, même si les parents de Kristie étaient bien plus cool que les siens.

— De toute façon, on n'aura pas le droit de sortir le soir, insista-t-elle devant le silence de Kristie.

— Parce que tu crois qu'on ne peut faire l'amour qu'après minuit ? lança celle-ci par-dessus son épaule en rejoignant la file pour les télésièges. On n'a pas de garde-chiourme dans la journée, que je sache ! On peut sortir quand on veut.

Faire l'amour *le jour* ?

Jess n'avait même pas envisagé cette possibilité. L'idée de se déshabiller en pleine clarté l'horrifiait. Son imagination lui présentait un éclairage très doux, des bougies parfumées, une musique romantique en sourdine, un lit confortable… Et un homme qui la vénère. Rien à voir avec une rapide culbute en plein jour avec un garçon de passage dans la station !

— Aujourd'hui est à marquer d'une pierre blanche, déclara Kristie alors qu'elles se plaçaient dans la queue. Et question beaux gars, il n'y a que l'embarras du choix, ici. On trouvera bien ce qu'il te faut.

Jess se redressa machinalement.

Malgré sa petite taille — elle ne dépassait pas le mètre soixante —, attirer l'attention d'un garçon n'avait jamais été un problème pour elle. Elle se savait suffisamment jolie pour cela : un visage en forme de cœur et légèrement pointu, des yeux verts, des cheveux naturellement blond platine, un teint de porcelaine. Mais en trouver un qui remplisse toutes les cases de ses exigences, c'était une autre histoire. Et même si elle le rencontrait, il faudrait encore qu'elle corresponde à ses revendications à lui…

Néanmoins, Kristie n'avait pas tout à fait tort. Elle avait toujours secrètement rêvé de connaître le coup de foudre et d'être enlevée à sa vie privilégiée mais tellement étriquée. Ce serait la meilleure façon d'échapper aux règles strictes que lui imposaient ses parents. Etant donné qu'elle n'était pas suffisamment rebelle pour renverser toutes les barrières sans raison plausible, elle n'envisageait pas d'autre moyen de gagner sa liberté.

Mais tomber amoureuse à dix-huit ans, ça paraissait insensé, et elle n'avait aucune intention de sauter dans le lit du premier garçon attirant qui l'inviterait à le faire. Ça ne correspondait pas du tout à son scénario romantique.

Cependant elle connaissait sa cousine : ce n'était pas le genre à renoncer facilement…

— Que penses-tu de celui-là ? lui demanda celle-ci alors qu'elles attendaient leur tour.

La preuve !

Jess se tourna discrètement dans la direction qu'elle lui indiquait.

Elle avait du mal à voir de qui Kristie pouvait bien

parler. Il était à peine 9 heures, et elles étaient surtout entourées de familles avec des enfants. De toute évidence, les garçons de leur âge étaient encore couchés.

Kristie lui donna un léger coup de coude dans les côtes.

— Là, dit-elle en lui désignant du menton le début de la queue.

Deux garçons vêtus de l'uniforme de la station et qui devaient avoir leur âge à un ou deux ans près, un blond et un brun, s'occupaient des télésièges avec Bruce Springsteen à fond sur leur système stéréo. C'est en dansant qu'ils installaient les plus petits sur les sièges et draguaient gentiment leurs mères.

C'est le blond qui attira son attention. Il avait le sens du rythme et était visiblement bien dans sa peau. Elle-même n'osait pas s'imaginer en train de danser ainsi en public et en plein jour. Il y avait quelque chose de presque érotique à l'observer ainsi, et elle faillit détourner le regard.

Mais, après tout, la distance et ses lunettes polarisées lui garantissaient l'anonymat, non ?

Cela lui donna l'audace de le fixer de nouveau. Elle le regarda pendant tout le temps où elle avançait dans la file, hypnotisée par la façon dont il remuait les hanches. Imaginant malgré elle ce que ce serait de danser avec lui, d'être pressée contre lui, elle se surprit même à bouger à son tour en rythme.

Le morceau se termina, aussitôt remplacé par un autre. Elle le vit rire à la réflexion d'un gamin, se tourner vers elle… Puis leurs regards se rencontrèrent, et elle en éprouva comme un choc dans tout le corps. Elle avait bien conscience que Kristie s'était déjà installée sur le télésiège libre, mais elle-même était incapable de bouger. Ses skis semblaient collés au sol.

Il avait des yeux d'un bleu étonnamment brillant, de la couleur des myosotis…

— Il faut avancer si vous ne voulez pas être bousculée par le siège !

Elle sentit son cœur s'emballer.

C'était lui. Il lui parlait ! Avec une adorable pointe d'accent australien.

Tandis qu'elle s'efforçait de comprendre ce qu'il lui disait, il posa la main sur son dos pour la pousser doucement. Une main dont elle crut percevoir la brûlure à travers sa doudoune. Elle l'observait toujours quand le télésiège derrière elle l'atteignit et l'obligea à s'y asseoir.

— Bonne descente ! lui lança-t-il avec un clin d'œil.

Incapable de détourner le regard, elle se sentit devenir pivoine.

Elle était tout bonnement sous le charme de ce garçon aux yeux bleus.

— Ils sont mignons, non ? fit remarquer Kristie tandis qu'elles gravissaient la montagne.

Parce qu'ils étaient plusieurs ? Elle n'en avait vu qu'un seul.

— Oui, je suppose, répondit-elle d'un ton évasif, affichant une fausse indifférence.

Mieux valait que Kristie ne remarque pas l'intérêt que ce garçon avait suscité en elle. Elle n'en serait que plus encouragée à mettre son stupide plan à exécution.

— Qu'est-ce que tu en penses ? Tu ne crois pas que ça vaudrait le coup de s'y intéresser de plus près ?

— Tu plaisantes ! Non, je ne pense pas qu'ils soient mon type, mentit-elle.

Elle n'avait surtout rien en commun avec eux, et elle redoutait de n'être pas assez cool.

— Pourquoi pas ? insista Kristie.

— Parce que… Parce que je n'ai aucune intention de me brancher sur un étranger.

Elle se mordit la lèvre.

C'était clair, les leçons inculquées durant dix-sept ans étaient plus profondément ancrées en elle qu'elle l'aurait pensé. Ses gestes étaient étudiés, ses déplacements toujours prévus, et elle n'avait en fait pratiquement jamais l'occasion de faire des connaissances. Le prince charmant allait devoir jouer des coudes pour l'approcher…

— Jess, soupira Kristie, je sais que tes parents veulent savoir ce que tu fais et où tu es à chaque minute de la journée, mais ils ne sont pas là ! Et même s'ils t'ont seriné le contraire toute ta vie, toute situation spontanée n'est pas dangereuse, et tous les étrangers ne sont pas des psychopathes. Je ne te suggère pas d'épouser un de ces garçons, mais juste de t'amuser un peu.

— Ils ont l'air bien trop vieux pour moi, protesta-t-elle.

— Ecoute, tu te plains toujours que ceux de notre âge manquent de maturité. Alors peut-être que quelqu'un d'un peu plus âgé te conviendrait mieux ? Tu ne veux pas qu'on redescende pour les revoir ?

Elle secoua la tête avec véhémence.

Ce qu'il lui fallait avant tout, c'était du temps pour réfléchir un peu.

— Non. Je veux aller skier.

A cette heure, les pentes n'étaient pas encore prises d'assaut, et Kristie, après s'être bien dépensée, déclara bientôt qu'elle avait besoin d'ôter quelques couches de vêtements.

Jess la soupçonna d'inventer cette raison pour retourner à l'appartement — et donc aux télésièges. Cependant elle ne protesta pas.

De toute façon, elle n'avait pas vraiment le choix. Bien sûr, elle aurait pu décider de rester sur place, mais elles avaient décrété qu'elles ne skieraient jamais seules. Et puis, elle devait bien l'admettre, elle avait très envie de revoir ce garçon aux yeux myosotis. Après tout, quel mal y aurait-il à ça ?

Mais le temps qu'elles passent à l'appartement et retournent aux télésièges, l'équipe qui s'en occupait avait changé.

La déception qu'elle en éprouva la surprit elle-même. Il y avait eu quelque chose d'hypnotique chez cet inconnu. Quelque chose de captivant.

Toutefois, alors qu'elles faisaient la queue, les deux employés du départ réapparurent avec chacun une planche à neige fixée à un pied, et ils les rejoignirent à l'avant de la file.

— Salut ! Ça ne vous ennuie pas si on vous accompagne ?

Elles n'eurent pas le temps de répondre, les deux garçons s'étaient déjà glissés près d'elles sur le siège, et Jess se retrouva prise en sandwich entre sa cousine et le blond aux yeux d'un bleu incroyable.

Comme il se tournait légèrement vers elle, sa cuisse se pressa contre la sienne.

— Vous avez passé une bonne matinée ? lui demanda-t-il. Vous étiez chez Sparrow pour acheter du fart, non ? Et donc, vous avez dû vous lever de bonne heure.

Ses yeux bleus pétillaient lorsqu'il sourit, mais cette fois ce furent les fossettes au creux de ses joues qui retinrent son attention. Et devant ce sourire contagieux, elle ne put contenir le sien.

— Vous vous souvenez de nous ? dit-elle, surprise et flattée.

Ces garçons avaient déjà dû voir défiler des centaines de gens rien que dans la matinée !

— Evidemment. Ne me dites pas que *vous*, vous ne vous souvenez pas de moi ? répondit-il, l'air horrifié, en posant théâtralement la main sur son cœur.

Ce qui la fit rire.

Elle allait devoir se méfier. Il était décidément trop mignon et trop charmeur, avec en prime une bonne dose de malice.

Bien sûr que si, elle se souvenait de lui ! Mais elle savait ce que l'on dit des garçons qui travaillent aux télésièges pendant la saison : tous passent leur temps libre à boire et à draguer les filles. Il avait beau être très craquant, elle refusait de n'être qu'une nouvelle conquête sur son palmarès.

— En tout cas, juste pour que vous ne nous oubliiez pas de nouveau, je suis Lucas. Et lui, c'est Sam, dit-il avec un signe de tête en direction de son copain assis de l'autre côté.

— Je n'ai jamais dit que je vous avais oublié, répondit-elle.

D'ailleurs, je me souviens parfaitement de votre accent. Vous êtes australien ?

— Oui. Et avant que vous me posiez la question, non, je n'ai pas de kangourou apprivoisé chez moi.

— Je n'allais pas vous le demander.

— C'est vrai ?

— Je ne suis peut-être jamais allée en Australie, mais je ne suis pas aussi ignare que vous le suggérez.

— Désolé. Ce n'est pas du tout ce que je voulais dire, protesta Lucas.

— Ce n'est pas grave, dit-elle en haussant les épaules. Je sais que les kangourous ne sont pas des animaux familiers, que vous tartinez une horrible mixture noire sur vos toasts et que vous vivez parmi les serpents venimeux, les araignées et les requins mangeurs d'hommes. Pour être franche, je ne suis pas surprise que vous ayez émigré.

Elle avait cessé de se vexer lorsque les gens ne voyaient que la pom-pom girl en elle, mais elle souhaitait tout de même mettre en valeur le fait qu'elle avait un diplôme en sciences.

— En fait, je ne fais que passer l'hiver ici, répondit-il d'un ton amusé. En ce moment, c'est l'été chez moi. Je reste jusqu'à la fin février, et après je retourne à l'université.

— Donc, vous avez de bonnes adresses pour faire la fête, ici, je suppose ? intervint Kristie.

Celle-ci connaissait le village aussi bien que tout le monde et n'avait pas besoin de conseils, mais Jess reconnut sa façon de draguer — un exercice qui était pour sa cousine aussi naturel que de respirer.

— Quel âge as-tu ? demanda Sam.

— Dix-neuf ans, mentit Kristie.

Elle n'avait fêté ses dix-huit ans que trois mois avant, mais dix-neuf ans était l'âge légal pour être autorisé à boire de l'alcool.

— Le T-Bar est plutôt sympa, leur dit Sam, mentionnant un établissement qui avait toujours joui d'une bonne réputation.

— Mais ce soir, on invite quelques copains, ajouta Lucas. On partage un deux pièces meublé avec deux Kiwis — des Néo-Zélandais — et le vendredi, c'est le jour des fiestas. Ça vous dirait de venir ?

— Pourquoi pas ? répondit sans hésiter Kristie, alors que Jess savait très bien qu'elles ne le pourraient pas.

C'était dommage, d'ailleurs. Ce serait sûrement une bonne soirée, mais elles ne seraient pas autorisées à aller chez des étrangers, des garçons qui n'avaient pas été labellisés « bien sous tous rapports » par leur famille. Même s'ils n'étaient pas aussi stricts que ses propres parents, son oncle et sa tante connaissaient les règles, et elle n'avait d'autre choix que de s'en accommoder.

— On est dans un des appartements du personnel de l'hôtel Moose River, reprit Lucas. Vous voyez lesquels ? Sur Slalom Street.

— Oui, on connaît.

— C'est le numéro 15.

Ils étaient pratiquement arrivés en haut de la pente à présent, et Jess en eut un petit pincement au cœur.

Les garçons iraient faire de la planche à neige. Sans doute choisiraient-ils d'aller affronter un terrain plus ambitieux de l'autre côté de la station. Et donc pas dans le coin où Kristie et elle skiaient.

Elle affecta de regarder les pistes alors que, derrière l'écran de ses lunettes, elle observait Lucas.

Il était mignon et sympa, mais elle ne le reverrait probablement jamais. Non, il ne serait pas son prince charmant. Pourtant, elle avait envie de garder son visage à la mémoire.

1.

Dans la semi-obscurité, Jess remonta la fermeture Eclair de sa doudoune.

Elle était de retour à Moose River, et elle se rappelait distinctement s'être tenue à cet endroit précis quand Kristie lui avait dit que cette journée serait à marquer d'une pierre blanche. Elle ignorait alors que l'avertissement de sa cousine serait aussi prophétique. En effet, elle avait ce jour-là rencontré Lucas White, et sa vie avait irrémédiablement basculé.

Les mains enfouies dans ses poches, elle observa rêveusement les alentours.

Ce village de montagne lui avait toujours été familier, mais il lui renvoyait à présent l'écho d'un lointain souvenir. Un souvenir qui aurait appartenu à une vie totalement différente de celle qu'elle connaissait aujourd'hui.

Le centre médical de Moose River cherchait une infirmière ! Tomber sur cette annonce dans le journal lui était presque apparu comme un signe du destin. C'était peut-être pour elle la chance inespérée de mener enfin l'existence dont elle avait rêvé ?

Ce qui ne l'empêchait pas d'éprouver à cet instant une vive anxiété.

Tout se passerait bien, se dit-elle pour se rassurer. Il fallait qu'elle prenne le temps de s'adapter, c'est tout.

A la faveur de l'obscurité, la station semblait être restée telle qu'elle se la rappelait. Pour elle, le village sortait toujours d'un conte de Noël. On avait dégagé les rues et les trottoirs de la première neige de la saison, et les lumières ocre se déversaient par les fenêtres des hôtels et des chalets. Il flottait dans l'air une odeur de fumée et de pin.

Les parfums de l'hiver. De Noël. De Lucas.

Elle allait devoir surmonter cela. Il n'était pas question qu'elle gâche son plaisir en songeant à Lucas toutes les cinq minutes. Ce n'était pas le but de son retour ici.

Dans son enfance marquée par la tragédie et aussi, à certaines périodes, par la peur et la solitude, Moose River avait été l'un des deux endroits où elle avait vraiment été heureuse, et le seul où il lui était arrivé de se sentir libre. Même si elle ne pouvait nier qu'il lui évoquait par ailleurs des souvenirs doux amers, elle espérait vivement y retrouver la magie qui l'avait alors envoûtée.

Derrière elle, le car exhala la chaleur de son air conditionné dans l'air glacé de la montagne.

Au moins, il ne pleuvait pas !

Elle n'en pouvait plus, de la pluie. Si les hivers de Vancouver étaient en général moins rigoureux que ceux des autres régions canadiennes, la ville était connue pour ses précipitations. Elle avait apprécié de ne pas avoir à déblayer la neige sur le pas de sa porte tous les matins, mais elle s'était vite fatiguée de l'humidité constante.

Promenant son regard autour d'elle, elle tenta de repérer ce qui avait changé en sept ans.

Le Moose River, le fastueux palace qui avait donné son nom à la station, se dressait toujours fièrement sur la colline qui surplombait le village, mais d'autres bâtisses étaient apparues depuis, dont un nouvel hôtel presque aussi somptueux à l'autre extrémité de la rue principale.

Des rires et de la musique lui parvinrent depuis les bâtiments de l'autre côté du parking, troublant l'air immobile de la nuit. On entendait aussi le grondement des canons à neige dans la montagne, et on apercevait les lumières des niveleuses qui nettoyaient les routes et les pistes.

Alors qu'elle levait la tête vers le ciel, des flocons lui effleurèrent les joues. Elle tira la langue comme lorsqu'elle était enfant et prit plaisir à les sentir s'y poser et fondre aussitôt.

Sauf qu'elle n'était plus une enfant. A vingt-cinq ans bientôt, elle savait que la vie n'était pas un conte de fées. Mais même si elle ne croyait plus depuis longtemps aux histoires qui finissent toujours bien, il n'était pas pour autant trop tard pour trouver le bonheur, n'est-ce pas ?

Sept ans plus tôt, elle avait eu le monde à ses pieds. Elle avait été jeune, pleine de projets et d'espoir, d'optimisme et d'attentes. Cet hiver-là, tout lui avait paru possible. C'était alors qu'elle avait rencontré Lucas. C'était alors qu'elle était tombée amoureuse…

Parfois il lui semblait que c'était arrivé la veille, et d'autres fois qu'une éternité s'était écoulée depuis. Il lui arrivait même de penser qu'il s'agissait de l'histoire d'une autre. Mais non, c'était bien *son* histoire, chaque jour le lui rappelait. Et pour éprouvante qu'elle ait été, elle serait prête à la revivre telle quelle si l'occasion lui en était offerte.

Elle se rappelait encore précisément l'instant où elle avait posé les yeux sur Lucas. C'était à moins de deux cents mètres de l'endroit où elle se trouvait à cet instant. Elle n'avait pas encore dix-huit ans, alors. Elle était très jeune, jolie, timide, mais avec cette assurance dont bénéficient les adolescents nés avec une cuillère d'argent dans la bouche. Dans son esprit, à l'époque, son avenir était tout tracé : bonheur, prospérité, plaisirs seraient les incontournables composantes de sa vie. C'était cela que ses amis, tous issus de familles nanties, avaient connu en grandissant, et il n'y avait aucune raison de penser que cela pourrait changer.

Elle avait été si naïve, sans aucune notion de ce que pouvait être la *vraie* vie ! Son univers imaginaire suffisait à la rendre heureuse. Son principal problème était d'être surprotégée par des parents anxieux de la prémunir de tout danger, et son plus grand rêve de faire l'expérience du monde qu'elle n'était pas autorisée à fréquenter.

Pour elle, Lucas avait représenté la liberté. Il avait été

sa chance de réaliser ce rêve. Cependant, cette liberté dont elle n'avait eu qu'un avant-goût avait été éphémère, et le vrai monde avait été bien plus rude qu'elle l'avait imaginé. Elle avait vécu ce constat comme une gifle violente, et après s'être lancée dans l'aventure, elle avait pris conscience qu'il ne lui serait pas permis de revenir sur ses pas. La réalité avait tué sa naïveté. Elle avait grandi brutalement et abandonné loin derrière elle la candeur de son adolescence.

Elle était toujours debout sur le parking, revivant cet hiver-là, lorsqu'un SUV s'arrêta devant elle, à angle droit avec le car.

La vitre du conducteur s'abaissa.

— Jess ? Jess Johnson ? demanda l'homme.

— Oui, c'est moi.

Il descendit de voiture et lui tendit la main.

— Je suis Cameron Baker.

Cameron et sa femme, Ellen, dirigeaient le centre médical de Moose River. Cameron était donc son nouveau patron.

— Je vais charger vos bagages. Tout est là ?

Elle baissa les yeux sur les trois valises et la demi-douzaine de cartons empilés à côté d'elle que le chauffeur du car l'avait aidée à décharger.

Tout ce qu'il fallait pour deux vies.

— Oui. Je vais juste aller chercher Lily.

Remontant dans le car, elle prit dans ses bras sa fille endormie.

C'était la première fois qu'elle l'amenait à Moose River. Elle avait trouvé tous les prétextes pour ne pas le faire plus tôt, se disant qu'elle serait trop jeune pour s'y plaire, même si elle savait qu'elle se mentait à elle-même. Le manque d'argent avait été une autre excuse qui, là aussi, n'avait été qu'une petite partie de la vérité. En fait, elle n'avait tout simplement pas eu le courage d'affronter le passé, de crainte que les souvenirs ne lui soient trop douloureux. Toutefois, il était temps de donner à Lily un aperçu de ses origines. Et temps aussi de revenir.

Mais même si elle avait hâte à présent de lui faire découvrir la ville, cela devrait attendre demain.

Une fois que Cameron eut chargé les bagages, elle s'installa à l'arrière de la voiture, et Lily continua de dormir dans ses bras tandis qu'il les conduisait à leur logement.

Le contrat incluait la mise à disposition d'un appartement meublé, c'était un des atouts non négligeables qui l'avaient convaincue d'accepter ce poste. Mais elle n'avait pas pensé à demander des détails, aussi tomba-t-elle des nues lorsque Cameron s'arrêta devant le bâtiment du personnel du Moose River.

Elle reprit Lily, heureusement petite et donc légère pour son âge, et suivit Cameron à l'intérieur, son appréhension ne cessant de croître.

Son nouveau patron remonta le couloir, ralentit devant une porte…

Elle retint sa respiration.

Non. Ce n'était pas possible !

— Voilà. Vos pénates, le numéro 16, annonça-t-il en tournant la clé dans la serrure.

Elle relâcha son souffle.

Une brève seconde, elle avait cru devoir habiter le numéro 15, mais elle devrait pouvoir supporter d'être à un chiffre près de son passé.

— Désolé, ils étaient censés séparer les deux lits, dit Cameron alors qu'elle posait Lily sur l'édredon.

— Ce n'est pas grave. Je m'occuperai de ça demain.

Elle avait suffisamment de choses à envisager sans s'encombrer la tête avec ce genre de détail. Pour une nuit, Lily et elle se débrouilleraient.

— Ellen vous a laissé des provisions dans le frigo. Elle a dit que vous auriez assez jusqu'au petit déjeuner demain matin, ajouta-t-il en posant le reste de ses bagages.

— C'est super. Merci.

— Bien. Je vous laisse vous installer, alors, et on se verra demain au cabinet à 11 heures. Je vous présenterai à tout le monde et vous ferai faire le tour du propriétaire…

Jess acquiesça distraitement.

A vrai dire, elle avait du mal à se concentrer. Il y avait tellement de souvenirs, ici ! Bien plus qu'elle l'aurait cru. Dieu merci, Lily dormait, ce qui lui permettrait de mettre un peu d'ordre dans ses pensées.

Dès qu'elle fut seule, elle passa d'une pièce à l'autre.

L'appartement était si petit que quelques pas suffirent à en faire le tour : une cuisine avec coin-repas, un petit salon, une chambre et une salle de bains avec toilettes et machine à laver.

De quoi se plaindrait-elle ?

Comme elle ne pouvait pas commencer à défaire ses bagages de crainte de réveiller Lily, elle ouvrit sans bruit la porte-fenêtre et sortit sur le balcon.

La nuit était tombée et une lune bien pleine régnait dans le ciel étoilé, éclairant presque comme en plein jour la rue en contrebas. A sa gauche se trouvait le balcon du numéro 15, le deux pièces où Lucas avait habité sept ans auparavant. De là où elle était, elle pouvait même voir l'endroit précis où il l'avait embrassée pour la première fois.

Il avait été son premier amour. Par ce baiser, il lui avait volé son cœur. Ou plutôt non, elle le lui avait donné, sans restriction, sans hésitation, en ignorant toutefois que jamais plus elle ne pourrait le lui reprendre.

Mais, aujourd'hui, elle ne croyait plus au prince charmant.

2.

— Maman ?

Jess sursauta.

Elle était toujours sur le balcon, deux doigts posés sur les lèvres, à se rappeler le premier baiser de Lucas. Depuis combien de temps était-elle là, à geler sans même s'en rendre compte ? Elle n'avait pas le temps de rêvasser. Ses responsabilités l'appelaient.

Lily était dans le salon, l'air un peu égaré alors qu'elle observait cet endroit inconnu. Elle suçait son pouce et tenait comme toujours pressé sous son bras son doudou préféré, un koala en peluche gris et blanc. Avec ses cheveux d'un blond très clair et son visage en forme de cœur, elle était son portrait craché, tout comme Jess était elle-même celui de sa propre mère.

— J'ai faim, maman.

— C'est vrai ? demanda-t-elle, surprise, en quittant le balcon dont elle ferma la porte-fenêtre et les rideaux derrière elle.

Lily n'avait jamais trop d'appétit. Il fallait bien souvent insister pour qu'elle mange une portion correcte, et se donner du mal pour préparer des plats qui puissent lui plaire. Par chance, elle avalait au moins ses légumes sans rechigner.

— Bien. Voyons ce que nous allons trouver de bon, dit Jess en ouvrant le réfrigérateur où l'épouse de Cameron avait heureusement stocké les produits de base — pain, lait, œufs, fromage et jambon. Et si on se préparait des sandwichs au gruyère, hein ? Qu'en dis-tu ? Ou bien des œufs mollets ?

— Des œufs durs.

— Tu les préfères durs ? Alors, d'accord.

— Avec des toasts, aussi.

— Et avec des toasts pour mademoiselle ! C'est parti !

Quand elle eut mis les œufs à cuire, elle sortit le pyjama de sa fille. Le temps que Lily se déshabille pour l'enfiler, les œufs étaient prêts.

Lily en avala un avec un toast tartiné de confiture, puis elle alla se coucher sans rechigner. A peine quelques minutes plus tard, elle dormait comme une petite marmotte.

Toutefois, quand Jess la rejoignit une demi-heure après, elle découvrit qu'elle-même ne parvenait pas à trouver le sommeil. Et la petite fille, contrairement à son habitude, ne cessait de gigoter, ce qui ne l'y aidait pas.

Demain, elle s'arrangerait pour séparer les deux lits. Pas question de revivre une autre nuit comme celle-ci.

Elle se releva pour aller mettre la bouilloire sur le feu tout en se demandant pour la centième fois si ce retour à Moose River était une bonne décision.

Il lui semblait à présent insensé d'avoir pu penser que retourner là où la situation avait commencé à se dégrader soit la meilleure solution, mais elle n'avait pas vraiment eu le choix. Elle avait besoin d'un emploi avec des horaires réguliers, et celui qu'on lui proposait présentait en plus l'avantage d'un logement. Ce qui lui permettrait d'être là pour Lily lorsque celle-ci partirait à l'école et à son retour, autrement dit, d'éviter des frais de baby-sitting. Et puis, ce serait la possibilité d'offrir à Lily l'enfance qu'elle-même n'avait pas pu avoir. Une enfance heureuse, dépourvue de problèmes et riche de rires et d'expériences.

Son déca à la main, elle s'avança vers la porte-fenêtre du balcon. Repoussant les rideaux, elle posa le front sur le verre et laissa son regard se perdre dans la nuit étoilée tandis que les souvenirs lui revenaient.

Lucas figurait dans chacun d'entre eux, bien sûr. Etrange.

Elle ne s'était pas attendue à ce que Moose River réveille ainsi son passé.

Que regardait-il, lui, à cet instant ? Où était-il ?

Sans doute vivait-il à Bondi Beach où il dirigeait une chaîne de cafés biologiques avec sa superbe femme mannequin. Ils devaient avoir trois enfants aux yeux bleus, et tous les cinq devaient ressembler à une de ces familles représentées sur les publicités vantant les mérites d'une vie saine en plein air.

A moins que la vie n'ait pas été aussi clémente pour lui. Et pourquoi l'aurait-elle été ? Pourquoi devrait-il rayonner de bonheur et de santé ? Peut-être travaillait-il dans un hôtel-restaurant des Alpes suisses où, à force de se gaver de chocolat, il était devenu obèse. Avec en prime une tonsure précoce, qui sait ?

En fait, quelle importance cela pouvait-il avoir pour elle ? s'interrogea-t-elle avec honnêteté. S'en sentirait-elle mieux ? Cette histoire était du passé. Depuis, elle avait ouvert les yeux sur elle-même et sur la vraie vie. Une vie dont Lucas ne faisait pas partie. Pour elle, il n'appartenait plus à la réalité — du moins à *sa* réalité. Il n'était plus qu'un fantasme.

Avec un long soupir, elle se força à se ressaisir.

Sa situation d'aujourd'hui n'avait plus rien à voir avec ce passé. Elle l'avait délibérément choisie, et pour rien au monde elle n'en changerait. Pas si cela devait la priver de Lily. Son père avait eu raison. Lucas n'avait pas été son prince charmant, et jamais il ne viendrait à son secours sur son cheval blanc. Où qu'il se trouve, c'était sûrement loin d'ici de toute façon.

Jess se dépêchait de remettre de l'ordre dans le centre médical avant l'heure de la fermeture.

Les deux premières semaines à Moose River leur avaient permis de s'installer tranquillement. Sa fille se plaisait dans sa nouvelle école et adorait les leçons de ski. Jess attendait avec impatience de l'emmener sur les pistes le week-end prochain et de constater les progrès qu'elle avait pu faire en une dizaine de jours à peine.

L'aisance avec laquelle les enfants apprenaient était tellement fascinante ! Et l'intrépidité de sa fille l'intriguait, tout comme sa détermination à obtenir ce qu'elle voulait, si différente de ses propres réticences qui confinaient parfois à la pusillanimité.

Elle s'était juré de lui laisser un maximum de liberté — celle de faire ses expériences, de tester ses limites sans avoir à subir une surveillance constante ou des règles frustrantes. Qu'elle ait une enfance exempte de cette menace sous-jacente que les choses finissent obligatoirement par tourner mal si elles ne sont pas prises en charge par les adultes.

Moose River paraissait l'endroit idéal pour que Lily vive ces années à venir dans une atmosphère détendue, et Jess était de plus en plus convaincue d'avoir fait le bon choix.

Lily avait déjà une amie : Annabel, la fille des propriétaires de la pâtisserie jouxtant leur immeuble. En quinze jours à peine, les deux fillettes avaient déjà pris leurs habitudes. Après leur cours de ski, sa fille allait chez Annabel où elles avaient droit à un grand chocolat chaud en attendant qu'elle vienne la chercher après le travail. Jess avait tout d'abord craint de déranger les parents d'Annabel, mais elle s'était vite rendu compte que cela faisait partie des services que les gens se rendent naturellement dans une petite ville. Exactement ce qu'elle avait cherché pour Lily et elle en venant ici. Fleur, la mère d'Annabel, lui avait assuré que ça ne la gênait pas. Elle était catégorique : Annabel avait deux grandes sœurs, et la présence de Lily facilitait la vie de tout le monde, car ainsi Annabel était occupée et n'empoisonnait pas ses aînées. Cela avait rassuré Jess, elle détestait se sentir redevable.

Quant à sa propre adaptation à son nouvel emploi d'infirmière dans le centre médical local, elle se passait aussi bien qu'elle l'avait espéré. Son rôle, très simple, consistait à apporter son aide pour poser les attelles et les pansements, faire les immunisations, prendre les tensions, et pour toute autre tâche qui ne nécessitait pas de connaissances particulières. Rien de passionnant, à vrai dire, mais cela lui convenait tout à fait. Au moins n'était-elle pas exposée au stress.

Oui, au bout de quinze jours, elle avait la certitude d'avoir pris la bonne décision en venant s'installer ici avec Lily !

De plus, ne pas avoir à travailler le week-end et à faire des heures supplémentaires pour régler le baby-sitting était un énorme bonus. Cela lui permettait de rentrer suffisamment tôt pour faire dîner Lily et de lui consacrer deux jours complets à la fin de la semaine. Le paradis ! Depuis le temps qu'elle rêvait d'avoir de longs moments devant elle pour profiter de sa fille… Elle-même n'avait pas eu cette chance avec sa propre mère, aussi était-elle déterminée à privilégier les moments de complicité avec Lily.

Kristie allait venir passer le week-end. D'ailleurs, elle devait même être déjà arrivée…

Elle mettait un drap ouaté sur la table d'examen quand Donna, l'administratrice, surgit dans la pièce.

— Jess, vous serait-il possible de travailler un peu plus tard ce soir ? Nous venons d'avoir un appel du Chalet, le nouvel hôtel : une de leurs clientes est à sa trente-sixième semaine de grossesse, et elle a des contractions. Ce ne sont peut-être que des Braxton-Hicks, mais tous les médecins sont occupés, et ils souhaiteraient que quelqu'un passe la voir. Vous pourriez y aller ?

— Pas de problème. Donnez-moi juste le temps de m'organiser pour Lily, et j'y vais, répondit Jess quand Donna s'interrompit pour reprendre sa respiration.

Assurer l'équilibre entre la vie professionnelle et la vie personnelle n'était pas toujours facile, mais elle ne voyait pas d'inconvénient à accepter, du moment qu'elle savait Lily entre de bonnes mains.

Elle appela Kristie et lui expliqua la situation avant d'attraper sa mallette médicale que Donna lui tendait.

Encore heureux que sa cousine soit en ville, songea-t-elle en composant le numéro de Fleur pour l'informer du changement de plan.

Celle-ci lui proposa immédiatement de l'aider.

Il semblait qu'elle puisse trouver ici le soutien dont elle avait manqué ailleurs. Cependant, elle se refusait à trop mettre son obligeante voisine à contribution. Elles ne se connaissaient pas encore assez pour cela. Et pour l'instant, elle devait se concentrer sur son urgence.

Elle remonta rapidement jusqu'à Main Street.

Le Crystal Chalet, l'hôtel cinq étoiles où résidait sa patiente, était l'établissement flambant neuf près de la place, celui qu'elle avait remarqué le soir de son arrivée. On pouvait difficilement ne pas le voir. Non qu'il soit énorme ou clinquant, mais son emplacement le rendait incontournable. Lily et elle étaient passées devant à plusieurs reprises depuis, et elle avait entendu parler de l'élégance de ses suites.

En cette fin d'après-midi, les rayons du soleil couchant embrasaient ses vastes verrières et donnaient un éclat doré au marbre de la façade. La terrasse au-dessus de l'entrée paraissait l'endroit idéal pour profiter de cette lumière splendide en observant, un verre à la main, l'activité en contrebas.

Une large allée piétonnière reliait l'hôtel à la place, et juste devant stationnait une superbe calèche rouge attelée d'un cheval placide. Quand Lily l'avait vue quelques jours plus tôt, elle avait eu très envie de monter dedans pour faire un tour. Craignant que cela ne grève son budget, Jess avait prétendu qu'elle était réservée aux clients de l'hôtel. Elle s'était promis alors de s'enquérir du prix d'une promenade afin de savoir si elle pourrait offrir ce cadeau à Lily pour Noël, puis cela lui était sorti de l'esprit.

En passant devant la calèche, elle s'efforça d'ignorer son sentiment de culpabilité si familier de mère célibataire obligée de se battre pour joindre les deux bouts.

Si elle avait renoncé à une existence dorée, elle ne pouvait s'en prendre qu'à elle. Cela avait été son choix.

Mais pousser la porte de la réception ne fit que lui rappeler, s'il en était besoin, la vie à laquelle elle avait tourné le dos.

Elle fut aussitôt séduite par l'atmosphère chaude du hall, tout de bois sombre, avec un feu dans l'âtre, des divans en cuir caramel, des tapis persans et d'énormes lustres de cristal suspendus aux poutres du plafond.

Noël n'arriverait pas avant quatre semaines, mais les décorations dans les tons rouge, vert et doré apportaient une ambiance chaleureuse au restaurant, dont la large baie vitrée donnait sur une terrasse.

Tandis qu'elle s'avançait vers la réception, elle s'efforça de ne pas manifester trop de curiosité.

Ce n'était pas la première fois qu'elle entrait dans un hôtel de luxe, mais celui-ci, contrairement à la plupart, offrait un charme rare. Peut-être était-ce dû à sa taille modeste, et au fait qu'il ressemblait davantage à un chalet chic qu'à un palace. Ce n'était pas un hasard si on le nommait couramment le Chalet. Malgré le luxe et le raffinement affichés, l'endroit restait d'abord accueillant.

— Bonjour, dit-elle à la jeune réceptionniste. Je suis Jess Johnson, du centre médical de Moose River. Vous avez paraît-il une cliente sur le point d'accoucher ?

— En effet. Mme Bertillon. Elle est dans la chambre 305 au troisième. Je vais appeler le directeur pour qu'il vous conduise auprès d'elle.

— Inutile de le déranger, répondit-elle. Je trouverai toute seule, merci.

L'hôtel n'était pas immense, elle ne devrait avoir aucun mal à se diriger. Attendre le directeur serait une perte de temps.

L'ascenseur la déposa à l'étage et, après avoir remonté un couloir moquetté, elle s'arrêta devant la chambre 305 dont, à peine l'avait-elle effleurée, la porte s'ouvrit en glissant sur son rail.

Elle n'eut que le temps d'entrevoir une salle de bains sur sa gauche, puis un canapé devant la baie vitrée du salon.

— Madame Bertillon ? appela-t-elle.

— Par ici ! lui répondit une voix ferme.

Sûrement pas celle d'une femme en plein accouchement…

Une employée de l'hôtel, ainsi que le révélait son uniforme, vint au-devant d'elle.

— Bonjour. Je suis Margaret. Je suis restée auprès d'Aimée en attendant votre arrivée, expliqua-t-elle, visiblement soulagée de lui céder la place. Je vais vous laisser avec elle, maintenant. Bien sûr, n'hésitez pas à m'appeler si vous avez besoin de renfort. Je serai dans le couloir.

Elle s'éloigna aussitôt, de toute évidence trop heureuse de se décharger de cette responsabilité.

Jess s'avança dans la chambre, se présenta à la jeune femme brune allongée sur le lit, puis lui demanda de lui indiquer succinctement ses antécédents médicaux. Aimée lui apprit que c'était sa première grossesse et que tout, jusqu'alors, s'était déroulé sans complications.

— Mais depuis presque deux heures, j'ai des douleurs dans le dos, et maintenant ces contractions.

Après s'être lavé les mains, Jess lui glissa le brassard du tensiomètre autour du bras gauche.

La tension était normale, pas de diabète gestationnel, pas de problèmes cardiaques.

— Ces douleurs, elles sont violentes ?

— Non. Plutôt… sourdes. Comme si… Oh…

— Une nouvelle contraction ?

Devant la confirmation muette d'Aimée, Jess chronométra la contraction, tout en regardant les muscles du ventre de sa patiente se crisper.

— Vous n'avez pas encore perdu les eaux, je suppose ?

Pour toute réponse, Aimée secoua la tête.

Dès que le spasme fut passé, Jess vérifia la position et la taille du bébé, et elle fut soulagée de constater qu'il ne se présentait pas par le siège. Toutefois, elle le fut moins lorsqu'elle s'aperçut que le col de l'utérus de la jeune femme était déjà dilaté de sept centimètres.

Aimée était donc en plein travail, et rien ne pourrait arrêter le processus.

— Où est votre mari, Aimée ?

Elle avait remarqué une alliance sur son doigt.

— Il est parti skier. Pourquoi ?

— Eh bien, parce que je pensais qu'il serait peut-être heureux d'être ici pour voir son enfant venir au monde.

Aimée parut tomber des nues.

— Pourquoi ? Le bébé va arriver tout de suite ?

— J'en ai bien peur, oui.

— Oh ! mon Dieu…

— A-t-il un portable sur lui ? Je pourrais l'appeler pour vous, si vous le souhaitez.

— Non. Je préfère le faire, répondit Aimée. Enfin… si je peux.

Elle posa une main sur son ventre distendu alors qu'une autre contraction s'atténuait.

— Paul va être surpris. Ces vacances étaient censées être les dernières pour nous avant la naissance, il n'était pas prévu qu'elles se terminent comme ça.

Elle esquissa un sourire las.

— On a peut-être eu trop de rapports. C'est vrai ce qu'on dit, que ça peut accélérer l'accouchement ?

Trop de rapports ! Jess, elle, n'aurait su dire à quand remontait la dernière fois où elle avait fait l'amour…

Mais le moment était mal choisi pour rêvasser et penser à Lucas. Aimée exigeait toute son attention.

— Oui, répondit-elle, mais en principe pas à ce stade. Je crois que votre bébé a envie de vous connaître, tout simplement.

Après lui avoir donné son portable, elle décrocha le téléphone et demanda à la réception qu'on appelle une ambulance. Il fallait impérativement transporter Mme Bertillon dans le plus proche hôpital équipé pour accueillir un prématuré, ce qui n'existait pas à Moose River.

Une autre contraction s'annonça, et elle attendit en surveillant sa montre tandis qu'Aimée s'efforçait de respirer à petits coups.

Combien de temps faudrait-il à l'ambulance pour arriver ?

Quand la contraction fut passée, elle alla chercher des serviettes dans la salle de bains et passa la tête dans le couloir pour demander à Margaret d'aller lui en chercher d'autres, pendant qu'Aimée composait un numéro sur son portable pour appeler son mari.

— Alors ? demanda-t-elle en revenant dans la chambre. Vous avez pu joindre votre mari ?

— Non. Je tombe chaque fois sur son répondeur…

Aimée grimaça en crispant les mains sur son ventre, sous l'assaut d'une nouvelle contraction.

— Il est allé skier avec l'équipe de la dameuse, donc je suppose qu'il s'est éloigné des antennes relais.

Margaret revint à cet instant, les bras chargés de serviettes, et Jess lui demanda s'il y aurait un moyen de joindre le mari de sa patiente.

— Oui, bien sûr, répondit la jeune femme. Pouvez-vous rester seule avec Aimée pendant que je m'en occupe ?

— Pas de problème, allez-y.

Margaret ne lui serait plus utile, c'étaient les ambulanciers que Jess attendait désormais avec impatience.

Elle glissa plusieurs serviettes sous le bassin d'Aimée. Ce ne serait pas d'une grande utilité, mais si elle perdait les eaux, il serait préférable de limiter les dégâts pour la literie.

Une autre contraction se manifesta, accompagnée celle-ci d'un jet de liquide, heureusement peu important.

La tête du bébé devait donc être déjà bien engagée dans le pelvis.

Elle vérifia de nouveau le col de l'utérus de sa patiente.

Huit centimètres ! Si les ambulanciers n'arrivaient pas plus vite, elle serait contrainte de l'aider à accoucher ici même.

De quoi aurait-elle besoin ?

Avant tout, de maintenir le bébé au chaud.

Elle alla mettre deux serviettes sur la barre chauffante dans la salle de bains.

Les gémissements d'Aimée se faisaient toujours plus sonores, son visage était couvert de sueur.

— J'ai besoin de… pousser, haleta-t-elle.

— Attendez encore un peu, Aimée.

Jess, une fois de plus, l'examina.

Oh non ! Le haut du crâne affleurait déjà. Du bout des doigts, elle chercha le cordon, en priant pour qu'il ne soit pas enroulé autour du cou du bébé.

— Bien. Aimée, cette fois, à la prochaine contraction, vous allez pousser.

Elle n'eut pas à attendre longtemps. A la grimace d'Aimée, elle sut que c'était le moment.

— Allez-y, Aimée. Pliez les genoux et poussez !

La tête apparut, et Jess parvint à sortir une épaule en tournant le bébé qui, à la contraction suivante, lui glissa dans les mains.

— C'est une fille ! annonça-t-elle avant de frotter le dos de la nouveau-née pour l'aider à prendre sa première inspiration.

Dès que la petite eut poussé un cri vigoureux, elle la posa sur le ventre d'Aimée, puis elle attrapa une des serviettes propres et chaudes dans la salle de bains. Elle releva ensuite les indices d'Apgar, et elle clampait le cordon quand les ambulanciers arrivèrent.

Enfin ! Elle s'était chargée de la partie facile. A présent, elle pouvait leur passer le relais.

— Félicitations, Aimée, dit-elle doucement en posant la main sur l'épaule de la jeune maman.

— Merci…, répondit celle-ci avec un sourire distrait.

Son attention était tout entière focalisée sur son bébé, au point même de ne pas remarquer le travail des ambulanciers. Rien, apparemment, ne pouvait la distraire du miracle que représentait cette vie nouvelle.

Jess sourit en contemplant ce tableau.

Elle se souvenait de cet état d'euphorie béate. Tout en

rassemblant ses affaires, elle se rappela la naissance de Lily, à laquelle le père n'avait pas assisté, tout comme pour le bébé d'Aimée.

Elle aurait souhaité sa présence, mais elle n'avait pas vraiment eu le choix. Elle n'avait pas prévu que leur relation se terminerait aussi brusquement… A vrai dire, il y avait beaucoup de choses auxquelles elle ne s'était pas attendue.

Lorsqu'elle avait découvert qu'elle était enceinte, les pistes de ski étaient fermées pour la saison, et le père de Lily était depuis longtemps reparti. Elle avait eu beau faire des recherches, elle avait été incapable de le retrouver. Aussi s'était-elle débrouillée seule, du mieux qu'elle l'avait pu.

Tout était désormais en ordre, mais lorsqu'elle referma sa mallette, ses mains tremblaient encore légèrement sous l'effet de l'adrénaline qui courait dans son organisme.

Puis les ambulanciers transférèrent Aimée et son bébé sur le chariot brancard, et, alors qu'ils s'éloignaient dans le couloir, elle entendit une voix masculine s'ajouter aux leurs.

Paul avait donc pu être prévenu. Toutefois son accent australien la surprit. Elle écouta plus attentivement cette voix grave, chaude…

Lucas ?

Non. Impossible. Et pourtant…

Son cœur battit plus fort.

C'était ridicule. Il y avait sept ans qu'elle n'avait pas entendu sa voix, comment pourrait-elle la reconnaître ? Son imagination lui jouait des tours, voilà tout. Ce n'était sûrement pas lui. Ça ne *pouvait* pas être lui !

Toutefois, il fallait qu'elle en ait le cœur net.

Attrapant sa mallette, elle sortit dans le couloir.

Les ambulanciers s'étaient arrêtés quelques mètres plus loin, et un homme qui lui tournait le dos parlait à Aimée.

— Nous avons eu un message de votre mari, disait-il. Il revient aussi vite que possible. Nous allons faire en sorte qu'il soit conduit directement auprès de vous à l'hôpital.

L'homme était grand, avec des épaules larges et des cheveux blonds en bataille, des hanches étroites et de longues jambes. Et cette voix profonde, cet accent australien un peu traînant…

Son ventre se crispa, son cœur battait comme un fou à ses tempes, et elle eut soudain l'impression qu'elle allait défaillir.

Lucas ! C'était Lucas.

Elle n'avait même pas besoin de voir son visage, son corps le savait déjà. Sept années s'étaient écoulées, mais il n'avait pas oublié. Il reconnaissait ces jambes interminables, la souplesse de ces gestes, le son de cette voix. Lucas était là, à deux pas d'elle. Il lui suffirait de tendre la main pour le toucher et s'assurer que c'était bien lui…

Mais elle était incapable de bouger. Elle avait l'impression que le sol se dérobait sous ses pieds. Dépourvue de force, elle allait glisser, s'effondrer.

Alors que les ambulanciers poussaient le chariot brancard vers l'ascenseur, elle recouvra enfin un filet de voix.

— Lucas ?

3.

D'un coup, Lucas se retourna.

— Gigi !

Le surnom qu'il lui avait donné, se rappela Jess. Ses initiales. Il y avait des années qu'elle ne l'avait pas entendu.

Elle n'arrivait pas à croire qu'il était vraiment là, devant elle… Pourtant, c'était lui. Incontestablement. Avec ses inoubliables yeux myosotis et ce même sourire contagieux alors qu'il s'avançait pour la serrer dans ses bras.

La réaction de son corps, immédiate et inattendue, la surprit : elle eut l'impression que toutes ces années de séparation s'effaçaient brusquement, que ce n'était pas plus tard qu'hier qu'il l'avait tenue ainsi.

Lucas la relâcha bientôt pour s'écarter d'elle, et elle put alors mieux le voir.

Les années avaient été clémentes pour lui. Ses cheveux étaient plus courts, mais toujours épais et d'un blond riche, et une ombre de barbe, plus brune que blonde, apparaissait sur son visage bronzé. C'était nouveau. Mais au moins n'avait-il pas grossi ni perdu ses cheveux.

Son cœur s'était emballé dès qu'elle l'avait reconnu, à présent l'anxiété prenait le dessus.

Que faisait-il ici ? Il était censé être en Europe, en Australie ou ailleurs, mais certainement pas ici, au Canada, et encore moins à Moose River. C'était elle, la Canadienne, pas lui.

— Que fais-tu ici ? demanda-t-elle.

— Je suis le directeur de cet hôtel.

— A Moose River ?

— Apparemment, oui, répondit Lucas avec un sourire qui la fit chavirer.

Lui-même n'avait pas l'air aussi ébranlé qu'elle, loin de là. Elle lui avait toujours envié sa faculté d'adaptation, quelle que soit la situation.

Les ambulanciers avaient disparu avec Aimée et le bébé, et le deuxième ascenseur tinta en arrivant à leur étage.

— Tu as terminé, ici ? s'enquit Lucas.

Elle acquiesça d'un signe de tête. A croire qu'elle avait perdu sa langue, comme cela lui arrivait si souvent avec lui, à l'époque.

— Je descends avec toi.

Troublée, elle se serra dans un coin de la cabine.

Elle ne savait pas que penser, que faire. D'une part elle avait envie de se réfugier dans ses bras, d'autre part elle aurait volontiers pris ses jambes à son cou. Mais elle avait aussi désespérément envie de savoir ce qu'il pensait à cet instant précis…

Lucas pressa le bouton de la réception. Il était si près d'elle qu'elle pouvait respirer sa très discrète eau de toilette. Et il la fixait avec une telle insistance qu'elle ne pouvait détourner les yeux.

Le bourdonnement de l'ascenseur combla le silence qui s'était installé entre eux. Rien qu'eux deux, immobiles, leurs regards comme accrochés l'un à l'autre.

— Je suis heureux de te revoir, Gigi…, dit-il finalement, si bas que c'était presque un murmure, en saisissant une mèche de ses cheveux entre ses doigts.

Elle retint son souffle. Ce geste lui donnait l'impression que tous les souvenirs stockés dans sa mémoire étaient ravivés.

— Tu les as coupés.

La dernière fois qu'il l'avait vue, sa queue-de-cheval lui balayait le dos. A la naissance de Lily, elle avait opté pour une coupe courte. Aujourd'hui, ses cheveux lui effleuraient juste les épaules. Beaucoup de choses avaient changé en elle, en sept ans, pas seulement ça. C'était même surprenant qu'il l'ait reconnue sans hésiter. Elle se sentait bien plus mûre, plus… vieille. Totalement différente de celle qu'il avait connue. Elle était une mère. Une mère avec un secret.

Les portes de l'ascenseur s'ouvrirent, mais elle ne bougea pas. Lucas l'empêchait de passer. De toute façon, ses jambes tremblaient, et elle avait besoin de la paroi de la cabine pour se maintenir debout. Une réaction due à l'adrénaline secrétée par le mélange d'attirance et de peur qui circulait en elle.

Pourquoi était-il revenu ? Et qu'est-ce que cela changerait pour elle ? Et pour Lily ?

Elle se força à le suivre hors de l'ascenseur, les jambes lourdes comme du plomb.

— Monsieur White, dit un membre du personnel en approchant, M. Bertillon sera au Chalet d'ici une minute ou deux. Puis-je vous être utile ?

— Pouvez-vous appeler une voiture ? Il faut impérativement le conduire à l'hôpital aussi vite que possible…

Lucas se tourna vers elle.

— Tu as le temps de prendre un café ? Et de patienter jusqu'à ce que j'aie réglé ce problème ?

Elle esquissa un sourire désolé.

— Je dois retourner tout de suite au centre médical, prétendit-elle.

Cette rencontre l'avait perturbée, elle avait besoin de temps et d'un peu de distance pour assimiler ce qui venait de se passer.

— D'accord. Alors une autre fois ?

Les doigts de Lucas lui effleurèrent fugacement le bras, et elle en eut presque la sensation d'une brûlure.

Elle quitta l'hôtel précipitamment en direction du centre médical, où elle déposa sa mallette avant de rentrer chez elle.

Revoir Lucas l'avait plongée dans un état presque confusionnel, et elle s'accorda quelques minutes pour tenter de remettre un peu d'ordre dans ses émotions.

« Une autre fois », avait-il dit. Mais que cherchait-il

au juste ? Elle n'était plus depuis longtemps l'adolescente naïve qu'il avait connue. Il allait devoir s'en rendre compte.

Le plus simple serait encore de l'éviter. Au moins pendant un temps, jusqu'à ce qu'elle voie clairement ce que sa présence à Moose River représentait pour elle et pour Lily.

Sept ans plus tôt, elle était tombée amoureuse, ou du moins l'avait-elle cru. Avec le recul, elle était parvenue à se convaincre qu'elle avait simplement succombé à une fascination d'adolescente. Mais le revoir aujourd'hui avait anéanti ses illusions : en fait, elle ne l'avait jamais oublié. Et comment l'aurait-elle pu, alors que son souvenir était devant elle chaque jour, bien vivant ?

Elle avait conscience qu'elle ne pourrait pas l'éviter éternellement. Moose River n'était pas assez grand pour cela. Tôt ou tard, il était écrit qu'ils se rencontreraient. D'ailleurs, elle était assez lucide pour savoir que loin des yeux ne signifiait pas loin du cœur et que la curiosité l'emporterait chez elle. Il y avait maintenant sept ans qu'elle pensait à cet homme. Quant à ce qu'elle lui dirait…

La décision devrait encore attendre.

Comme elle poussait la porte de l'appartement, elle fut prise au dépourvu par une Lily tout excitée.

— Où t'étais, maman ? Ça fait des heures qu'on t'attend, moi et Kristie !

— On dit « Kristie et moi », ma chérie. Oui, je sais, je suis en retard. Désolée, répondit-elle en l'embrassant.

D'habitude, le visage épanoui de sa fille lorsqu'elle rentrait après sa journée de travail suffisait à lui remonter le moral et à lui rappeler pourquoi elle travaillait aussi dur. Aujourd'hui, toutefois, elle ne pouvait songer qu'à tous ces secrets qu'elle avait gardés et se demandait combien de temps encore elle pourrait les taire avant qu'ils se révèlent d'eux-mêmes.

Elle ne se sentait pas bien du tout. Il faisait chaud dans le salon, mais elle tremblait.

Kristie vint la serrer dans ses bras, puis elle s'écarta d'elle et l'observa.

— Lily, dit-elle en se retournant vers la petite fille, tu ne veux pas aller essayer la nouvelle combinaison de ski que je t'ai apportée ? Je suis sûre que ta mère a très envie de la voir.

Dès que Lily fut sortie de la pièce, Kristie la prit par les épaules.

— Que t'arrive-t-il ? Il y a eu un problème avec ta patiente ?

Jess secoua la tête.

— Non, tout s'est bien passé.

Elle aurait volontiers esquivé ses questions, mais elle connaissait assez sa cousine pour savoir que celle-ci ne lâcherait pas prise tant qu'elle ne se serait pas confiée à elle. Alors, autant ne pas tourner autour du pot.

— C'est Lucas.

— Quoi ? Que veux-tu dire ? Qu'est-ce que Lucas vient faire dans cette histoire ?

En soupirant, elle s'assit pesamment sur le canapé.

— Il n'est pas en Suisse ni à Bondi Beach. Il est ici.

— Ici ? A Moose River ?

— Oui.

— Mais qu'est-ce qu'il fait ici ? insista Kristie en s'asseyant en face d'elle.

— Il dirige le Crystal Chalet.

— Le nouvel hôtel ? Comment as-tu découvert ça ?

— Je l'ai vu.

— Tu l'as *vu* ? Oh ! mon Dieu… Qu'est-ce qu'il t'a dit ? Il a beaucoup changé ? Et toi ? Que lui as-tu dit ?

— Pas grand-chose.

A vrai dire, elle ne s'en souvenait même pas. Seules lui restaient l'image de l'homme qu'il était devenu et cette sensation qu'elle avait éprouvée en le revoyant, que ses jambes allaient soudain refuser de la porter. Et puis, son cœur qui s'était emballé lorsqu'il l'avait attirée dans ses bras. Là où elle se sentait toujours aussi bien après toutes ces années.

— Regarde, maman. Elle me va drôlement bien, hein ? les interrompit Lily. C'est beau, en rose.

— Oui, c'est vrai. Elle est très jolie, ma puce, répondit-elle distraitement. Et si tu allais te déshabiller pour ton bain pendant que je nous prépare le dîner ?

— Nan ! Je veux garder ma combinaison.

— Lily… Il faut que tu manges, et ce serait dommage de faire des taches.

L'air renfrogné, Lily croisa les bras en la défiant.

— J'ai pas faim.

— Rien d'étonnant, intervint Kristie. Je lui ai acheté un hamburger et des frites après l'école.

— Et elle a tout mangé ?

— Les frites, oui, et la moitié du burger.

L'air de la montagne stimulait visiblement l'appétit de sa fille.

— D'accord. Donc, on oublie le dîner pour ce soir. Mais va prendre ton bain et mettre ton pyjama. Après, tu pourras aller regarder tes dessins animés sur l'ordinateur portable.

Toutes deux y trouvaient finalement leur compte : Lily, qui avait l'impression d'avoir remporté une victoire, cessa de ronchonner, et elle-même gagnait la possibilité de bavarder tranquillement avec Kristie sans crainte que sa fille les entende. Car celle-ci, c'était évident, continuerait à vouloir discuter de Lucas avec elle, ce qu'elle ne souhaitait pas faire devant Lily.

Trois quarts d'heure plus tard, sa fille était couchée devant ses dessins animés, et sa cousine et elle s'installaient tranquillement sur le canapé avec un verre de vin.

— Alors ? demanda Kristie. Que comptes-tu faire ?

— Rien.

— Comment ça, rien ? Il mérite de savoir.

— Ah oui, et pourquoi ? Mon père avait raison. Il est clair que la semaine que l'on a passée ensemble n'a pas autant compté pour lui que pour moi. Si Lucas avait voulu me revoir, il aurait eu tout le temps de le faire avant.

— Tu sais bien que tu n'y crois pas toi-même. Pas plus maintenant qu'il y a sept ans. Si tu avais pu le retrouver à l'époque, vous seriez ensemble aujourd'hui.

— Mais je n'ai pas pu, et je vis très bien sans lui.

— Peut-être. Mais est-ce que Lily ne mérite pas de savoir, elle ?

Jess opposa un silence buté à cette question qu'elle s'était posée tant de fois.

— Tu ne peux pas faire comme s'il n'était pas là, Jess, insista Kristie. Ce serait injuste pour lui… Et pour Lily aussi.

— Mais j'ignore totalement quel genre d'homme il est devenu ! protesta-t-elle encore.

En fait, se souvenait-elle vraiment de Lucas White ? Ce qu'elle se rappelait avait sans doute été embelli par les années. Une chose était sûre, en tout cas : elle n'était plus celle dont Lucas avait gardé l'image — si toutefois il en avait gardé une.

Ce n'était pas faute d'avoir imaginé le voir resurgir dans sa vie, mais à présent que ce fantasme se concrétisait, elle avait… Elle avait peur, oui. Car ce retour apporterait inévitablement son lot de complications et de conséquences pour lesquelles elle n'était pas prête.

Son retour…

Elle leva les yeux au ciel en soupirant.

Elle rêvait ! Pourquoi Lucas voudrait-il avoir une place auprès d'elle ? Elle avait passé l'âge de croire aux contes de fées, il était temps qu'elle reprenne pied dans la réalité.

Bien. Une chose à la fois. C'était la seule méthode pour appréhender la situation. Elle allait s'efforcer de bien concevoir son approche et, d'ici là, rester à distance.

— J'ai besoin de réponses avant de lui révéler quoi que ce soit, déclara-t-elle.

— Tu ne vas pas toujours pouvoir l'éviter, Jess. Tôt ou tard, tu…

— Il faut juste que je puisse me préparer. Ce que nous

avons vécu était une amourette d'ados, et de l'eau a coulé sous les ponts depuis.

— Possible, mais le résultat de cette amourette est en train de dormir dans la chambre. Et que tu le veuilles ou non, tu seras toujours liée à lui.

Lily. Bien sûr. C'était le cœur du problème. Elle ne pouvait pas lui taire plus longtemps l'existence de son père.

4.

Le temps que la voiture emmène l'heureux père affolé, Jess avait disparu.

Lucas était d'un tempérament plutôt placide, raisonnable et patient. Autant de qualités requises pour travailler dans le milieu hôtelier. Cependant, revoir Jess avait sérieusement entamé son équanimité, et pour rien au monde il ne voulait connaître de nouveau ce qu'il avait vécu lorsqu'elle avait disparu de sa vie. Et, tout d'abord, sa concentration professionnelle risquait d'en pâtir.

Aussi avertit-il son assistante qu'il s'absentait un instant.

Il avait besoin de réfléchir, ce qu'il faisait toujours mieux dehors, loin du stress ambiant. Puisque Jess ne l'avait pas attendu, il irait la chercher.

Attrapant son manteau, il se dirigea vers le centre médical.

— Je peux vous aider ? proposa la femme derrière le comptoir lorsqu'il en poussa la porte.

— Je l'espère. Je cherche un de vos médecins, Jess Johnson.

— Jess ? Elle n'est pas médecin.

Surpris, il haussa les sourcils.

— Ah non ? Je viens de la voir. Je suis Lucas White, le directeur du Crystal Chalet. J'avais fait appeler un médecin, et c'est elle qui s'est présentée.

— Jess est infirmière. Tous nos médecins étant occupés, elle a accepté d'aller examiner votre cliente. Il y a eu un problème ? Elle a terminé sa journée, mais je peux peut-être vous aider ?

— Non, ce n'est rien. Merci.

Jess, infirmière… Que s'était-il passé pour qu'elle ne devienne pas médecin ainsi qu'elle l'avait souhaité ? se demanda-t-il en ressortant. Pourquoi n'avait-elle pas réalisé son rêve ?

La nuit était tombée, et la température s'en ressentait. Il resserra son écharpe, sortit ses gants des poches de son manteau et remonta la rue en espérant la trouver.

Si, le jour où elle avait été éloignée de lui, il avait su qu'il ne la reverrait jamais, il se serait battu pour la garder. Sa disparition avait laissé un grand vide dans sa vie. Seul lui était resté le besoin de faire ses preuves. Pour lui, et pour elle aussi. Pour elle *surtout*.

Cela lui avait pris plus de temps qu'il ne l'avait envisagé. Ces sept années lui avaient paru interminables, mais il avait tenu jusqu'au bout, et aujourd'hui il était de retour. Enfin.

Lorsque l'occasion lui avait été offerte de travailler à Moose River, il l'avait saisie sans hésiter. Toutes les conditions étaient réunies. Il était devenu l'homme accompli et bardé de diplômes qu'il avait rêvé d'être. S'il souhaitait prouver sa valeur, quel meilleur endroit pour cela que le lieu même où ses rêves étaient nés ?

Mais les choses ne s'étaient pas passées tout à fait comme il l'avait imaginé. Ce n'était pas l'hôtel qui avait posé problème, mais Jess. Il était de retour à Moose River depuis neuf mois, et pourtant ce n'était qu'aujourd'hui qu'il l'avait revue. Seulement, elle avait disparu de nouveau. Peut-être n'éprouvait-elle pas le désir de renouer. Peut-être, contrairement à lui, n'avait-elle pas gardé un bon souvenir de leur histoire. Et qui sait ? Peut-être l'avait-elle même oublié…

Non, sûrement pas. A son expression, il était clair qu'elle se souvenait parfaitement de lui. Quand il l'avait prise dans ses bras, il avait senti que, tout comme lui, elle revivait fugacement ce qu'ils avaient connu ensemble.

Alors, pourquoi…

Bon, ces retrouvailles n'avaient pas été à la hauteur de

ses espérances. D'accord. Mais il n'était pas du genre à baisser les bras. Il l'avait retrouvée, et il n'était pas près de la laisser ressortir de sitôt de sa vie.

Comme il passait devant la tour où avait habité la famille de Jess, il pressa à tout hasard le bouton du penthouse.

Pas de réponse. Ç'aurait été trop facile…

Après avoir encore marché un moment, il se retrouva devant l'immeuble du personnel du Moose River. En comptant les fenêtres, il repéra celles de l'appartement 15. Il était plongé dans l'obscurité, mais il pouvait en revanche distinguer de la lumière dans le 16.

Son regard revint sur le numéro 15, et les souvenirs l'assaillirent.

Jess lui avait ouvert son cœur, mais il n'avait pas su alors l'apprécier à sa juste valeur. Il avait été trop jeune, trop avide d'aventures pour se rendre compte de ce qu'il vivait avec elle. Ce n'est qu'après son départ qu'il l'avait compris. Mais c'était trop tard.

Aucune femme, jamais, n'avait pu la surpasser dans son esprit. Sinon elle, du moins l'image idéale qu'il avait gardée. Peut-être se remémorait-il le passé avec des lunettes roses, mais pour lui, la petite Gigi avait toujours été différente. Elle seule avait ce « quelque chose » qui la rendait si précieuse à ses yeux. Et pourtant, il n'avait cessé de parcourir le monde depuis qu'il avait quitté Moose River. Il s'était immergé dans l'hôtellerie et la restauration avant même d'avoir terminé ses études, acquérant les connaissances et l'expérience indispensables pour se lancer ensuite dans un projet personnel. Il avait été si anxieux de se montrer à la hauteur aux yeux de Jess et de son père !

Il n'y avait toujours pas de lumière dans l'appartement 15, et il ne voyait pas l'intérêt de rester planté là à se geler. Jess pouvait être n'importe où, et il avait suffisamment à faire au Chalet pour ne pas perdre davantage de temps.

Après un dernier regard sur la fenêtre, il releva le col de son manteau et s'éloigna.

Il reprendrait ses recherches demain.

Debout devant la fenêtre de son bureau, Lucas regardait la neige tomber. Il était debout depuis 5 heures du matin. Le sommeil le fuyant, il avait déjà accompli une demi-journée de travail.

La météo avait annoncé de lourdes chutes durant le week-end. Idéal pour débuter la saison. Ce week-end, les Etats-Unis célébraient Thanksgiving, et la saison de ski débutait officiellement au Canada. Les touristes affluaient, le Crystal Chalet affichait déjà complet.

Cela avait été son but, celui pour lequel il avait travaillé si dur sans presque jamais s'arrêter. Il aimait son métier, il aimait sa vie, et il avait tout donné pour que cet hôtel devienne l'un des meilleurs de la station. Mais ce succès n'aurait aucune valeur s'il n'avait personne avec qui le partager. Car s'il avait investi ces sept années dans sa carrière, c'était pour elle. Pour Jess. Elle était de retour, et il la voulait dans sa vie. Mais qui sait, peut-être était-elle entre-temps passée à autre chose ? Auquel cas, ses efforts auraient été totalement vains…

La semaine prochaine, tout le village serait décoré pour Noël. Le sapin était déjà érigé sur la place devant l'hôtel. Il avait prévu de lancer les illuminations samedi à venir, en même temps que l'ouverture du marché de Noël…

Ce n'étaient assurément pas les tâches qui lui manquaient, pourtant son esprit ne cessait de revenir sur le même sujet — Jess.

Incapable de rester plus longtemps enfermé, il prévint son assistante qu'il avait une course à faire et alla marcher dans les rues qu'il avait parcourues si souvent avec Jess sept ans plus tôt. Il se dirigea vers la colline, passa devant le T-Bar et contourna l'emblématique Moose River, l'hôtel rival du Crystal Chalet.

La neige recouvrait le village. C'était joli, bien sûr, mais tout le monde était emmitouflé, et il pourrait très bien croiser Jess sans même s'en rendre compte. Il ferait aussi bien de retourner au Chalet et de s'atteler à quelque chose de plus productif.

Il redescendait la colline quand il la vit.

Accoudée à la rambarde au bas de la pente, elle regardait les gens qui la dévalaient dans des snow tubes, ces grosses bouées de toutes les couleurs très en vogue dans la station. Elle portait un bonnet rouge comme le jour où il l'avait vue pour la première fois. Comment pouvait-il se rappeler ce détail ?

Des rires montèrent jusqu'à lui alors que les plus hardis se coursaient dans la descente.

Il aurait volontiers mêlé le sien aux leurs : il l'avait retrouvée !

— Gigi ?

Jess, surprise d'entendre son surnom, se retourna.

Lucas lui souriait.

Son cœur s'était emballé avant même qu'elle le voie. Le seul son de sa voix avait suffi à la propulser dans le passé. Elle retrouvait ses dix-huit ans, elle était de nouveau amoureuse. Et elle aurait été incapable d'empêcher son propre sourire de monter à ses lèvres.

— J'espérais bien tomber sur toi, dit-il alors qu'elle tentait de se ressaisir.

Elle, de son côté, avait tout fait pour l'éviter. En pure perte, de toute évidence.

— Ah oui ? Pourquoi ?

— Pour évoquer le bon vieux temps avec toi, bien sûr. Je t'offre un café ? A moins que tu ne sois libre pour dîner ?

Elle secoua la tête.

— Non, je ne crois pas.

Elle n'était pas du tout prête à se retrouver en tête à tête avec Lucas White. Elle devrait tôt ou tard le mettre au courant, c'était certain, mais cela devrait attendre un peu. Il lui fallait préparer sa défense.

— Jess !

Kristie et Lily dévalaient la pente vers eux dans un snow tube double. La dernière chute de neige avait été trop lourde pour permettre aux débutants de skier, aussi Kristie et elle avaient-elles décidé d'amener Lily ici. Mais elle n'avait pas une seconde imaginé y rencontrer Lucas !

Elle choisit de faire un vague signe à sa cousine et de regarder vers les cimes, histoire de dévier l'attention de Lucas.

— C'est Kristie ?

— Oui.

— Et qui est la petite fille avec elle ?

Aïe, elle n'avait pas réussi. Elle fut tentée de lui dire que c'était la fille de Kristie, mais cela risquait de l'enferrer dans un inextricable écheveau de mensonges.

— C'est ma fille, dit-elle simplement.

— *Ta fille ?*

Kristie et Lily sautèrent de leur snow tube et le traînèrent vers le tapis roulant qui le remonterait jusqu'au départ des pentes au sommet de la colline. Lily préférait visiblement continuer à s'amuser avec Kristie plutôt que de la rejoindre, ce qui lui évitait d'avoir à la présenter à Lucas… ce dont elle n'avait aucune envie.

Du moins, pas encore. Chaque chose en son temps.

— Elle te ressemble, remarqua Lucas. Quel âge a-t-elle ?

Jess ne souhaitait à aucun prix lui donner l'occasion de tirer les conclusions qui s'imposeraient aisément.

— Cinq ans, marmonna-t-elle, le cœur battant à tout rompre.

Mentir n'avait jamais été son fort.

En fait, Lily avait six ans, mais par chance elle était petite pour son âge.

D'un autre côté, ces précautions étaient sans doute inutiles. Pourquoi Lucas se souviendrait-il que la semaine qu'ils avaient passée ensemble remontait à sept ans ? Ce n'était pas parce que ces années avaient beaucoup compté pour elle qu'il devrait en aller de même pour lui. Il avait probablement vécu leur aventure comme un agréable passe-temps, rien de plus. Mais pour elle, cela avait été le basculement de sa vie.

— Et c'est pour ça que tu ne veux pas que l'on passe une soirée ensemble ? Oh ! Mais tu es peut-être mariée ?

— Non.

— Divorcée ?

— Non plus. Mais je suis quand même obligée de refuser ton invitation à dîner. Ma vie est plus compliquée, maintenant.

Elle devait songer à Lily, bien sûr, mais à elle aussi. Elle ne se sentait pas prête. Pas prête du tout.

— J'imagine, oui... Enfin, si tu arrives à te libérer un jour ou si tes complications deviennent moins... compliquées, tu sais où me trouver.

Il n'insistait pas, il ne suggérait pas qu'elle amène sa fille avec elle. Il était clair qu'il voulait la voir seule.

Son père aurait-il eu raison ? Si elle avait pu joindre Lucas à l'époque, aurait-il souhaité être informé de l'existence de Lily, ou aurait-il choisi de n'avoir aucun lien avec elle ?

Elle penchait plutôt pour la première proposition, mais qu'en savait-elle, en fait ? Ce n'était pas comme s'ils avaient eu le temps de se connaître vraiment. Et puis, peut-être avait-il à présent un ou des enfants lui-même ?

Elle faillit lui poser la question mais se retint à temps.

Tenait-elle vraiment à en découvrir davantage sur la vie de Lucas White ? Apprendre qu'il était marié et père de famille, ne serait-ce pas terriblement douloureux ?

Non, décidément, mieux valait qu'elle garde ses distances.

Comme il lui souriait, elle fut un instant tentée de revenir sur sa décision, de lui dire que oui, bien sûr, elle adorerait dîner avec lui. Mais elle se contenta d'acquiescer d'un hochement de tête et de le laisser partir.

Elle le regarda s'éloigner en songeant à la voie totalement différente qu'aurait pu prendre sa vie si...

Debout sur le balcon, Jess suivait la lente descente du soleil derrière la montagne.

Elle avait cru que Lily serait épuisée après sa matinée

très active, mais celle-ci débordait au contraire de vitalité, et elle-même n'avait pas l'énergie de s'en occuper. Une chance que Kristie soit là ! Elle avait emmené la petite fille faire les boutiques, lui offrant ainsi une pause bienvenue.

Après avoir laissé son regard errer sur le village, elle le fixa sur les fenêtres de l'appartement 15.

Celui que Lucas avait occupé et sur le balcon duquel ils avaient échangé leur premier baiser…

Et, soudain, elle plongea dans le passé.

Lucas et Sam les avaient invitées à leur fête. Sans doute n'y seraient-elles pas allées si Kristie n'avait pas inventé elle ne savait plus quelle histoire dont elle avait le secret pour convaincre ses parents de les laisser sortir.

Kristie et elle avaient passé des heures à se préparer. Kristie avait insisté pour qu'elle libère ses cheveux en une soyeuse cascade dans son dos et pour qu'elle applique du mascara sur ses cils afin de mettre le vert de ses yeux en valeur, ainsi qu'une légère couche de brillant sur ses lèvres.

Kristie avait utilisé la carte d'identité d'une copine majeure pour acheter des bouteilles de coca vodka. Elles en avaient partagé une en se rendant à la fête. Elle en avait eu besoin pour se donner du courage.

C'est Lucas qui leur avait ouvert, avec son sourire contagieux et la lueur d'humour dans ses yeux.

— Vous êtes superbes, avait-il dit.

Mais son regard, elle s'en était rendu compte, était fixé sur elle.

Sam et Lucas partageaient leur appartement avec deux autres garçons, et il y avait déjà foule à leur arrivée. Toutes les pièces étaient occupées, y compris le balcon.

Elle avait redouté de se retrouver dans une foule d'inconnus, mais le sourire de Lucas avait dissipé son anxiété comme par enchantement.

Lucas avait pris les boissons qu'elles avaient apportées, il les avait ouvertes et distribuées à chacun d'entre eux.

— Je suis content que tu aies pu venir, lui avait-il dit

alors que Kristie se dirigeait vers Sam, qu'elle venait de repérer.

— On a bien failli ne pas être là.

— Ah bon ? Pourquoi ?

— Nos parents, évidemment.

— Oh. Parce que tu n'es pas majeure, si je comprends bien ?

— Non. J'aurai dix-huit ans la semaine prochaine.

Elle espérait que ça ne changerait rien entre eux. En fait, elle ne savait pas trop alors ce qu'elle souhaitait, si ce n'est une chance de le découvrir. En tout cas, elle ne voulait pas que Lucas la trouve finalement trop jeune.

— Donc, tu es sortie sans autorisation, et personne ne sait que tu es ici. Tu es sûre que c'est bien raisonnable ?

— Tu me parais digne de confiance, avait-elle répondu en souriant. Et du moment qu'on rentre avant minuit, tout se passera bien.

Curieusement, elle avait perdu sa timidité coutumière. Etait-ce le peu de vodka qu'elle avait avalé, ou Lucas lui-même ?

Auprès de lui, elle s'était tout de suite sentie en sécurité. En confiance. Elle en avait même oublié les recommandations de ses parents. « Méfie-toi des étrangers », « ne sors jamais seule », etc. Ce garçon la faisait craquer et rire. Elle ne le connaissait pas, et alors ? Elle apprendrait à le connaître, voilà tout. Avec lui, elle avait le sentiment d'avoir trouvé son âme sœur. Bien sûr, elle savait qu'elle allait au-devant de problèmes, mais elle était incapable de lui résister. Même sa cousine n'aurait pas pu prévoir un retournement de situation aussi rapide.

Il s'était rapproché d'elle sans même qu'elle s'en rende compte.

— Quel problème pourrais-tu rencontrer *après* minuit qui n'aurait pas existé *avant* ? lui avait-il demandé.

— J'ai l'impression d'entendre Kristie.

— Avoue que ma question est sensée.

— Je ne connais pas la réponse. Tout ce que je sais,

c'est que je dois être de retour avant le couvre-feu. Il n'est pas question qu'on nous cherche et qu'on découvre que nous ne sommes pas là où nous devrions être. Je m'arrange toujours pour ne pas m'attirer d'ennuis.

— Et ça marche ?

— Il faut croire. En tout cas, je n'en ai jamais eu l'occasion.

Ses parents avaient toujours su où elle était, à chaque instant du jour, et elle n'avait aucun mal à imaginer leur panique s'ils avaient découvert qu'elle sortait en douce. Jamais encore elle n'avait cherché à enfreindre les limites imposées, de crainte de les contrarier. Son oncle et sa tante, eux, ignoraient où elle se trouvait ce soir-là, mais elle pensait pouvoir, avec un minimum de prudence, passer une bonne soirée sans que personne ne s'en inquiète.

— Peut-être que tu n'as pas su saisir ta chance au bon moment, avait murmuré Lucas. A moins que ce ne soit à toi de la créer.

Elle avait retenu son souffle alors qu'il se penchait toujours plus vers elle.

Il allait l'embrasser !

Le cœur battant, elle avait fermé les yeux…

— Lucas ? avait appelé une voix. C'est ta tournée !

— Oh non, avait-il soupiré entre ses dents, en se redressant.

Elle avait pu voir par-dessus son épaule deux de ses copains qui levaient leurs bières dans leur direction en riant. Il était clair qu'ils étaient délibérément intervenus pour les empêcher d'aller plus loin.

Elle avait serré les dents, furieuse et frustrée.

Et si l'occasion ne se représentait jamais ?

— Viens, avait dit Lucas en la prenant par la main pour l'entraîner jusqu'au balcon où des cannettes de bière avaient été posées dans la neige pour être maintenues bien fraîches. Tu peux m'attendre ici ?

Elle avait acquiescé, sans avoir la moindre idée de ce qu'il avait en tête. Son cœur battait à tout rompre, et les doigts de Lucas laissaient comme des brûlures sur sa peau. Elle commençait à comprendre ce qui rendait Kristie aussi excitée lorsqu'elle parlait des garçons. A quoi ressemblerait un baiser de Lucas ? Il était mignon, plein d'assurance, avec une voix sexy et des yeux bleus brillants qui lui donnaient envie de s'abandonner à lui, même si elle ignorait ce que cela signifiait vraiment. Mais lui le savait très certainement, et elle ne serait que trop heureuse de devenir son élève…

Il était revenu avec deux manteaux et un autre verre pour elle.

— Et toi, tu ne bois rien ? avait-elle demandé.

— Ce n'est pas de boire que j'ai envie, ce soir.

Il la dévisageait avec une telle intensité que, même avec son expérience très limitée, elle avait deviné sans mal à quoi il faisait allusion.

— Moi non plus, avait-elle répondu dans un souffle.

Elle n'avait pas besoin d'alcool pour avoir la tête qui tourne. La simple présence de Lucas lui suffisait. Elle croyait fermement au coup de foudre, l'idée que deux personnes puissent reconnaître leur âme sœur au premier regard l'avait toujours enchantée. Et à cet instant, elle éprouvait le sentiment que c'était exactement ce qui se passait. L'impression de ne plus pouvoir respirer mais de ne plus en avoir besoin. L'homme de sa vie était là, elle l'avait trouvé, et sa vie avait enfin pris tout son sens.

— Je pensais qu'on pourrait rester ici, avait-il suggéré en lui montrant les manteaux. On serait moins dérangé.

Ce n'est qu'en voyant la buée sortir de ses lèvres qu'elle avait pris conscience du froid. Elle avait alors enfilé le manteau qu'il ouvrait pour elle en respirant son odeur fraîche de pin.

— Combien de temps dois-tu séjourner ici ? s'était-il enquis après avoir fermé la porte du balcon pour étouffer le bruit de la fête.

— Un peu plus de deux semaines. Jusqu'au nouvel an, en fait.

— Tu viens souvent à Moose River ?

— Presque toutes les vacances de Noël depuis neuf ans.

Avant cela, quand son frère était encore en vie, ils étaient allés un an sur deux fêter la nouvelle année en Californie, chez leur grand-mère maternelle. La mort de Stephen avait tout bouleversé. Mais elle n'avait pas envie d'en parler. Ce soir-là, il n'avait pas été question de sa famille ou de son passé. C'était d'elle qu'il s'agissait alors, et de l'occasion qui lui était donnée de connaître avec Lucas toutes ces choses dont la disparition brutale de Stephen l'avait privée.

— Noël sous la neige, avait-il dit. J'ai hâte de connaître ça. Ce sera mon premier Noël blanc.

— C'est vrai ? Alors, il faut que tu en profites au maximum.

— C'est bien mon intention.

Il l'avait de nouveau fixée, si attentivement qu'elle s'en était sentie gênée.

— Quoi ? Qu'y a-t-il ?

— Je cherche à deviner ce que tu penses.

— De quoi ?

— De moi.

Elle avait hésité. Lui dire qu'elle le trouvait irrésistible aurait été un peu direct. Mieux valait être plus subtile.

— Je ne sais rien de toi.

— Et que voudrais-tu savoir ?

— Eh bien… A vrai dire, je n'en ai aucune idée.

Elle avait en fait assez peu eu l'occasion de parler à un étranger. Et les garçons de son entourage n'avaient pas de secrets pour elle. Tous étaient nés avec une petite cuillère d'argent dans la bouche. Tous étaient riches, bien éduqués, tous vivaient dans des quartiers huppés et avaient eu droit à leur première voiture pour leurs seize ans.

Mais Lucas, lui, était différent.

— Tu veux que je commence ? avait-il proposé.

— D'accord.

— Bien. Alors, voyons… Est-ce que tu as un petit copain ?

— Non. Pourquoi ?

— Parce que je voudrais t'embrasser, et je préfère m'informer avant pour être sûr de ne pas piétiner les plates-bandes de quelqu'un d'autre.

Elle avait écarquillé les yeux.

Il lui offrait de faire l'expérience de la liberté, ni plus ni moins ! De connaître quelque chose sans l'approbation préalable de ses parents.

Elle avait déjà enfreint plusieurs règles ce soir-là, alors une de plus ne changerait pas grand-chose. Et si elle ne saisissait pas l'occasion, elle avait de fortes chances de ne pas la voir se représenter. Son temps à Moose River était compté, et elle aurait tort de le perdre en réfléchissant. C'était ce moment-là ou jamais…

Elle n'avait rien fait qu'elle n'avait eu à regretter plus tard. Pas ce soir-là, en tout cas. Elle avait juste embrassé Lucas.

Elle ignorait que ce baiser allait tout changer pour elle. Comment aurait-elle pu savoir à cet instant qu'elle s'engageait sur un chemin qui allait radicalement bouleverser sa vie ?

Les lèvres de Lucas étaient si tendres. Elle avait entrouvert les siennes et frémi lorsque, après les avoir mordillées, il avait glissé le bout de la langue pour aller rencontrer la sienne. Elle avait eu à cette seconde l'impression que c'était de son corps tout entier qu'il s'emparait. Qu'ils ne faisaient plus qu'un. Elle avait senti comme une flamme monter de son ventre. Un feu très doux l'avait consumée, et elle avait silencieusement encouragé son audace, l'invitant à l'embrasser encore, toujours…

5.

— Jess ? Jess !

Jess, debout devant la fenêtre, revint brusquement au présent et se retourna.

— Quoi ? Qu'y a-t-il ?

— Tu n'entendais pas ? Lily te parlait.

— C'est quoi qu'on fait, ce soir, maman ?

Mais elle n'arrivait pas à penser. Son esprit était tout entier accaparé par Lucas.

Par chance, Kristie vint à son secours, comme bien souvent.

— Ça te dirait de faire quelque chose avec moi, Lily ? proposa-t-elle.

— Quoi ?

— Ah, ce serait une surprise ! Et je sais que tu adores les surprises. Allez, va mettre ta brosse à dents et ton pyjama dans un sac. Je suis sûre que, à nous deux, on aura une super idée.

Dès que Lily eut disparu dans la chambre, Kristie se tourna vers Jess.

— Tu devrais appeler Lucas et voir s'il est libre pour dîner.

— Quoi ? Mais…

— Allez, tu penses à lui depuis ce matin, et sûrement même depuis hier. Alors, profite de ce que je suis libre de m'occuper de Lily pour aller le voir. Je vais l'emmener faire un tour de calèche, depuis le temps qu'elle en a envie.

— De calèche ? J'avais prévu de le faire avec elle pour Noël. Tu ne veux pas trouver autre chose ?

Elle n'avait d'autre choix que d'attendre sa première paye pour cela. Bien sûr, elle savait que Kristie serait prête à le lui offrir, mais sa cousine la connaissait assez pour comprendre qu'elle était déterminée à se débrouiller seule.

— Bon, comme tu veux, soupira Kristie. Je peux l'emmener dans notre appart, alors ? Je ne lui dirai pas qu'il appartient à la famille. On boira un chocolat chaud devant le feu en regardant des dessins animés. Elle pourra dormir sur place, ce qui fait que tu auras toute la nuit pour toi.

Jess se mordilla la lèvre, pas certaine que ce soit une bonne idée.

— Tu te souviens de ce qui s'est passé la dernière fois où on a concocté ce genre de plan… Je suis tombée enceinte.

Kristie haussa les épaules avec un sourire fataliste.

— Lily rêve d'un petit frère ou d'une petite sœur. Et sûrement aussi d'un papa. A mon avis, la fée du destin est en train d'affûter sa baguette pour t'amener à des décisions que tu ne choisirais pas de prendre toute seule. Et si tu la laissais faire ? Les fées savent ce qu'elles font, tu sais. Et je suis d'accord avec elles pour penser que tu devrais aller retrouver Lucas. Tu lui dois bien ça, non ?

Jess se refusa à mettre une robe. Un piteux acte de rébellion qui lui offrit fugacement l'impression de contrôler la situation. Mais elle se maquilla tout de même un minimum : elle tenait à être jolie, sans avoir l'air d'en rajouter.

A aucun prix elle ne voulait donner à cette soirée un caractère romantique. Lucas et elle étaient deux simples relations qui évoqueraient le temps passé.

Elle enfonça donc son jean dans ses bottes et enfila un pull noir. Au dernier moment, elle attrapa une écharpe rouge pour mettre une touche de couleur à sa tenue.

Elle avait insisté pour rejoindre Lucas à l'hôtel. Après tout, elle était tout à fait capable de faire la distance à pied ! Et elle prit même le temps d'admirer les illuminations en chemin.

Enfant, elle avait adoré Noël. En partie parce que cette saison de fête incluait son propre anniversaire, et pour toute l'atmosphère qui l'accompagnait. Jusqu'à la mort de son frère.

Après cela, Noël avait perdu son charme. Elle savait que Stephen était toujours là dans l'esprit de ses parents, surtout de sa mère, et particulièrement à cette époque de l'année. Et cela ternissait le plaisir qu'elle avait pu y prendre avant. Même si on ne parlait jamais de lui de crainte de faire encore plus de peine à sa mère, son absence se faisait toujours sentir, et les noëls n'avaient jamais plus été les mêmes.

Jusqu'à la naissance de Lily. Aujourd'hui, elle se démenait pour créer un Noël parfait, et elle espérait que le fêter à Moose River lui offrirait cette chance. Ce serait l'occasion pour elle de redonner sa joie à cette période de fête.

Elle sentit un regard sur elle et devina aussitôt qu'il s'agissait de Lucas. Se retournant, elle le vit en effet qui venait vers elle à la réception.

Costume marine, chemise jaune pâle et cravate ciel, il était superbe. Jamais encore elle ne l'avait vu aussi élégant. Ses cheveux étaient soigneusement disciplinés, et elle dut se retenir d'y glisser les doigts pour les ébouriffer.

Elle le préférait plus décontracté, c'était indéniable. Mais le Lucas de ses souvenirs aurait-il eu sa place dans ce luxueux hôtel ? Il avait changé, c'était certain, mais sans doute pas autant qu'elle.

Cette idée la fit sourire.

Arrivé près d'elle, il lui prit les mains et se pencha pour l'embrasser sur la joue tandis qu'elle respirait son odeur fraîche. La caresse fugace de ses lèvres lui provoqua un frisson le long du dos.

Etrangement, son corps semblait avoir oublié qu'il ne s'agissait pas d'un rendez-vous amoureux et que sept ans s'étaient écoulés depuis que Lucas avait partagé son lit.

Elle avait connu quelques aventures au cours des années passées, mais elle n'y avait pas donné suite, car aucun homme, jamais, n'avait exercé sur elle autant d'effet. Son attirance pour Lucas White avait été immédiate, irrésistible. Elle avait tout de suite eu la certitude qu'il saurait la faire fondre de plaisir entre ses bras, et elle ne s'était pas trompée. Personne d'autre, jamais, ne lui avait transmis ce puissant sentiment qu'elle était le centre de l'univers. Alors, pourquoi chercher ailleurs ce que lui seul avait été capable de lui donner ? C'était une perte de temps pure et simple. Elle préférait encore rester à jamais célibataire.

Maintenant, rien que par sa présence, elle avait de nouveau l'impression d'être vraiment vivante. Un simple frôlement, un regard, un baiser suffiraient à enflammer son désir. Elle allait devoir se montrer prudente. Et ne pas perdre de vue qu'elle jouait avec le feu…

— Gigi, dit Lucas, d'une voix qui l'enveloppa comme une brise chaude. Je suis heureux que tu sois venue.

Comme si elle avait eu le choix ! Sa volonté n'avait pas été assez forte pour surmonter la tentation. Le savoir à quelques rues d'elle seulement était un vrai supplice de Tantale.

— Ça ne t'ennuie pas que nous restions à l'hôtel pour dîner ?

— Non, sauf que je ne suis pas habillée pour ça.

Ouvrant son manteau, elle lui montra son pull et son jean.

Pourtant, quand il promena son regard sur elle, elle put y voir une très nette et très réconfortante approbation.

— Tu es très bien comme ça, lui dit-il en lui prenant son manteau. Et avec moi, tu ne crains rien. S'il le faut, j'en toucherai deux mots au maître d'hôtel.

« Avec moi, tu ne crains rien. » C'était ce qu'il lui avait dit cette nuit-là, il y avait si longtemps ! Et elle en éprouva le même réconfort qu'alors.

— Tu es sûr ? Je ne voudrais pas que la réputation de ton établissement en pâtisse.

— Crois-moi, le prestige de l'hôtel n'en souffrira pas.

Nous sommes déjà complets pour le week-end. Et je préfère rester sur place pour le cas où un problème surgirait.

— Ça arrive souvent ? Je veux dire, des problèmes ?

— Tout nouveau projet en soulève, c'est inévitable. La seule inconnue dans l'histoire, c'est leur ampleur.

Après que Lucas eut porté son manteau au vestiaire et salué le maître d'hôtel, il l'entraîna vers une table où une bouteille de champagne attendait dans un seau à glace argenté.

Il servit lui-même leurs deux coupes.

— A notre vieille amitié, dit-elle alors qu'ils trinquaient.

— Et aux futurs souvenirs, ajouta-t-il. Je suis vraiment heureux de te revoir, Gigi.

Elle trempa nerveusement les lèvres dans le liquide blond alors qu'un serveur s'arrêtait devant leur table.

— Nous n'avons pas encore choisi, lui dit-il.

— Je te fais confiance. Choisis pour moi, ce sera plus simple.

D'ailleurs, anxieuse comme elle l'était, elle risquait fort de ne rien pouvoir avaler. Plus vite ils auraient commandé, plus vite ils auraient terminé ce repas, et donc plus vite elle pourrait fausser compagnie à Lucas avant de dire ou de faire quelque chose qu'elle regretterait.

Tandis que Lucas passait la commande, elle se tourna vers la fenêtre donnant sur la place.

La neige scintillait sous les lumières alors que les patineurs évoluaient sur la glace.

— La vue est splendide, d'ici, s'extasia-t-elle avec sincérité. Et cet hôtel est magnifique.

— C'est vrai ? Il te plaît ?

— Il est parfait. Celui ou celle qui l'a conçu a fait preuve d'un réel talent.

— Merci.

— Oh ! C'est toi ?

Lucas acquiesça avec un léger sourire.

— Mais… Je croyais que tu en étais simplement le directeur ?

— C'est mon titre, mais c'est aussi mon hôtel.

— Mmh… Tu as vu grand.

Il inclina la tête.

— Que veux-tu dire ?

— Eh bien, tu m'avais confié que tu souhaitais travailler dans l'industrie hôtelière, mais tu n'as jamais dit que tu souhaitais carrément acheter un hôtel.

— Tu te souviens de ça ?

En ce qui te concerne, je me souviens de tout, répondit-elle silencieusement alors que le serveur déposait les amuse-gueules sur la table.

— A ce propos, je dois te remercier, ajouta-t-il. Si j'en suis là, c'est en partie grâce à toi.

— A moi ?

— Oui. Mon projet a pris forme dans ma tête à partir du jour où tu as disparu de ma vie.

— Pas de mon plein gré, Lucas. C'est mon père qui m'a envoyée au loin. Et je n'ai pas eu mon mot à dire.

— Pour moi, c'était comme si tu t'étais volatilisée. Je t'ai cherchée partout, tous les jours, jusqu'à la fin de la saison. Mais sans le moindre succès.

— Tu m'as cherchée ? répéta-t-elle, incrédule.

Jamais elle n'avait pensé qu'elle pourrait lui avoir manqué.

— Evidemment ! Tu crois que je t'aurais laissée disparaître comme ça ? Surtout après ce qui s'était passé ce jour-là ? Je suis finalement allé voir le gardien de ton immeuble, et il m'a appris que vous étiez tous partis. J'ai attendu longtemps d'avoir de tes nouvelles, j'espérais que tu reviendrais avant la fin de la saison. En désespoir de cause, je t'ai même écrit. Plein de lettres que je n'ai jamais terminées, et donc jamais postées.

— Pourquoi ?

Ç'aurait été tellement plus simple si elle les avait reçues ! Elle aurait alors pu le retrouver lorsqu'elle avait eu besoin de lui.

— Je n'ai jamais été très doué pour l'écriture. Pour moi, les mots ne sont que des promesses stériles, et j'aurais préféré te dire ce que je souhaitais de vive voix… Enfin, tu es là, maintenant. Evidemment, ça a pris plus longtemps que je ne l'aurais pensé, mais au moins il nous est donné une chance de lancer un pont sur toutes ces années en nous expliquant sur ce qui nous est arrivé ce jour-là et pendant les sept ans qui ont suivi.

Ce jour-là… Elle pouvait presque se souvenir de chaque minute de ce jour fatidique. Les instants merveilleux aussi bien que les autres, humiliants. Non, elle ne risquait pas d'avoir oublié cet anniversaire…

L'envie de faire l'amour avec Lucas s'était imposée à elle dès l'instant où il l'avait embrassée. Après cette fête chez lui, elle était prête à lui offrir tout ce qu'il lui aurait demandé. Sauf que son rêve avait pour décor un grand lit avec des draps propres, de la musique douce et des bougies. Se déshabiller dans la chambre qu'il partageait avec Sam, pas question. Elle avait donc attendu qu'une occasion plus appropriée et romantique se présente. Tous deux se voyaient en douce aussi souvent que possible. Jamais encore elle n'avait ainsi enfreint les règles, mais Lucas avait libéré en elle un nouvel aspect de sa personnalité auquel elle n'était plus capable de résister. Le retrouver lui paraissait alors plus important que tout. Plus important qu'être la fille obéissante et parfaite qu'elle avait été jusqu'alors.

Or, une semaine plus tard, le matin de son anniversaire, son oncle et sa tante avaient annoncé qu'ils partaient faire de l'héliski, les laissant seules pour la journée, Kristie et elle : une chance inespérée de passer l'après-midi avec Lucas ! Ainsi, le jour de ses dix-huit ans, avait-elle pu lui offrir un magnifique cadeau : le décor idéal pour qu'il la séduise. C'était indispensable puisque, étant sans expérience, elle n'aurait pas su par où commencer. Elle s'était donc chargée de la mise en scène en organisant un après-midi séduction, mais c'était bien plus que cela. C'était sa virginité qu'elle avait offerte à Lucas. Elle lui avait donné son corps et son cœur, et il les avait pris l'un et l'autre. En retour, il lui avait fait le merveilleux présent de Lily. Cela avait été son plus bel anniversaire.

Enfin, cela avait failli l'être… Etre prise en flagrant délit par ses parents n'était pas exactement la façon dont elle avait envisagé la fin de l'après-midi.

— Ce jour-là ne s'est pas terminé comme je l'avais imaginé, soupira-t-elle.

— Pour moi non plus. Mais je veux savoir ce qui s'est passé pour toi. Tu as disparu…

— Nous avons quitté Moose River ce même soir.

— Tous ?

— Oui.

— A cause de moi ?

— A cause de nous deux. Mais surtout à cause de mon père. Je ne sais pas comment, mais j'avais gommé que mes parents nous rejoignaient ce jour-là. J'avais complètement perdu la notion de l'heure.

Lucas lui avait ouvert la porte d'un monde inconnu, un monde de plaisir et d'extase. Elle avait le sentiment que son corps s'était épanoui comme une fleur sous la caresse de ses doigts et de ses lèvres. Au point qu'elle en avait oublié tout le reste, y compris l'arrivée imminente de ses parents. Elle se rappelait encore précisément l'instant où elle les avait entendus entrer. Elle était alors brutalement tombée de son nuage pour plonger dans un cauchemar.

Lucas et elle venaient de s'unir pour la seconde fois lorsque la porte de l'appartement avait claqué. Elle avait entendu Kristie les accueillir d'une voix forte destinée à la prévenir. Dieu merci, celle-ci avait pu les retenir assez longtemps pour permettre à Lucas d'attraper ses vêtements et d'aller se rhabiller dans la salle de bains, tandis qu'elle-même enfilait son pantalon de jogging et un T-shirt. Juste à temps : son père arrivait déjà dans sa chambre pour lui souhaiter son anniversaire. Mais sa nervosité et celle de Lucas avaient immédiatement éveillé ses soupçons. Un coup d'œil sur le lit sens dessus dessous avait suffi à confirmer ses doutes, et il avait explosé. Sa colère envers elle avait été à la mesure de sa déception, et avec Lucas il s'était montré affreusement méprisant. Il l'avait mis à la porte sans plus de cérémonie sinon quelques réflexions bien senties. Son oncle et sa tante étaient rentrés au beau milieu de ce remue-ménage. Sa cousine et elle avaient été sommées de faire leurs bagages et avaient été ramenées le jour même à Vancouver. Là, elle avait eu droit à d'interminables sermons sur l'abus de confiance et le manque de respect, autant envers son oncle et sa tante que pour les règles imposées par ses parents.

— Je me suis tellement inquiété pour toi ! dit Lucas, interrompant le cours de ses pensées. J'ai vraiment cru que ton père allait faire une attaque.

— Il a toujours été surprotecteur, mais sa réaction ce jour-là était vraiment excessive, même pour lui. J'ai eu tellement honte de la façon dont il t'a traité… En fait, je ne lui ai jamais pardonné.

Lucas sourit alors que le serveur déposait leurs hors-d'œuvre devant eux.

— Pourtant, je crois que je devrais le remercier, au contraire.

— Le *remercier* ?

— Oui. C'est grâce à ses reproches que je suis arrivé là où j'en suis aujourd'hui. Il m'avait accusé d'être un bon à rien, j'ai voulu lui prouver le contraire.

Machinalement, elle promena son regard sur la salle.

— Tu as fait tout ça pour prouver qu'il avait tort ?

— Je tenais à lui démontrer que j'étais digne de sa fille. Mais, en fait, c'est pour toi que je l'ai fait.

— Pour… Pour *moi* ?

Comme Lucas prenait sa main dans la sienne et traçait du pouce des cercles dans sa paume, elle sentit son corps réagir et eut la sensation fugace de retrouver ses dix-huit ans.

— Ton père m'avait assené que je ne serais jamais à la hauteur de ses espérances. Mais c'étaient les tiennes dont je me souciais. Je voulais être quelqu'un capable de se battre pour toi et de te protéger. Ce jour-là, je n'ai pas su te défendre, mais je veux que tu saches que ça ne se reproduira pas. Jamais.

— Je ne suis plus la même, Lucas.

Elle se rappelait ce jour horrible comme si c'était la veille. La honte. Le déchirement. Elle avait pensé alors que rien ne pouvait être pire. Pourtant, si. Elle s'était rendu compte depuis que la situation pouvait se dégrader encore. Après cela, sa vie avait été bouleversée. Seuls ses sentiments pour Lucas étaient restés inchangés au cours des sept années qui s'étaient écoulées.

Alors que son regard se rivait au sien, elle sut qu'elle serait encore prête à le suivre n'importe où s'il le lui demandait. Et d'abord dans son lit. Son corps tout entier réclamait ses caresses et ses baisers.

Cependant, elle devait résister, le maintenir à distance, même lorsqu'il la regardait comme il le faisait à cet instant — comme si elle était la personne qui comptait le plus au monde pour lui. Là, les yeux plongés dans les siens, elle aurait presque pu croire que sa vie était toujours aussi simple qu'elle l'avait été. Aisée et privilégiée. Ce qu'elle n'était plus depuis longtemps.

Il lui fallait se faire violence pour ne pas tout lui révéler. Evidemment, elle y serait contrainte tôt ou tard, mais elle redoutait sa réaction. Lui pardonnerait-il ? Les rejetterait-il toutes les deux, elle et sa fille ?

Son retour ici était censé lui permettre de reprendre sa vie en main, de leur donner, à Lily et à elle, la liberté à laquelle elle aspirait. Mais tout ce qu'elle trouvait sur leur chemin, c'étaient des complications et de la confusion. Toujours plus de questions, de moins en moins de réponses…

Elle doutait de se sortir le cœur intact de cette situation. Et l'idée de perdre Lucas une seconde fois lui était insupportable.

Libérant sa main de la sienne, elle prit sa coupe, dont elle tourna le pied entre ses doigts.

Elle avait si souvent rêvé de l'avoir là, près d'elle… Il

était temps de lui révéler ce secret qu'elle portait depuis trop longtemps seule.

Elle but une gorgée de son champagne puis reposa sa coupe. Son cœur battait à tout rompre lorsqu'elle releva les yeux vers lui.

— Lucas, j'ai quelque chose à t'avouer…

6.

— Monsieur White, je suis navrée de vous déranger, mais nous avons une urgence.

Avant que Jess ait pu finir sa phrase, une jeune femme en tailleur noir s'était arrêtée devant leur table. Un badge discret sur le revers de sa veste indiquait « Sofia ».

— Que se passe-t-il ?

— Un petit garçon de sept ans a disparu.

Lucas bondit aussitôt de son siège.

— Les parents sont des clients de l'hôtel ?

— Non.

Sofia cita le nom de l'enfant, Michael Barnes. Jess reconnut celui d'un camarade de Lily dont la famille occupait un chalet à la sortie du village.

— L'équipe de recherche a été mobilisée, mais les chutes de neige recouvrent les traces, et ils demandent de l'aide.

— Bien sûr, dit-il en se tournant vers Jess. Excuse-moi, je dois te laisser. Je fais partie de l'équipe de volontaires qui assiste les professionnels en cas de besoin.

Jess avait le cœur serré à l'idée de la détresse de cette famille.

— Je peux me rendre utile, proposa-t-elle. Je pourrais participer activement ou au moins préparer des boissons chaudes.

— Sofia, vous pourriez trouver des vêtements chauds pour Jess pendant que je me change ?

Soulagée qu'il accepte sa coopération, elle suivit Sofia et enfila la tenue qu'elle lui tendit.

Dehors, il neigeait toujours. Les décorations de Noël s'efforçaient vaillamment de percer le rideau de flocons. Des faisceaux vacillants de lampes dansaient partout dans le village. Il devait déjà y avoir au moins une centaine de chercheurs répartis sur le flanc de la montagne. La neige étouffait les sons. L'équipe de professionnels devait avoir exigé le silence afin de pouvoir entendre les éventuels appels du garçon, mais on percevait de temps à autre l'appel d'un des sauveteurs.

Lucas se dirigeait déjà vers le chalet familial de l'enfant où l'état-major de l'équipe de secours s'était installé.

Comme elle se hâtait de le rattraper, elle glissa dans la neige. Elle sentit aussitôt sa main se refermer sur la sienne, qu'il garda fermement, sans un mot.

Visiblement, il se concentrait sur la tâche qui les attendait.

Arrivés au chalet, ils se présentèrent à l'homme qui était assis à la table du salon avec une radio à la main et une grande carte étalée sous les yeux.

Celui-ci leur transmit les informations qu'il possédait.

— Le petit s'appelle Michael. On a signalé sa disparition il y a vingt minutes. Il jouait avec ses aînés derrière le chalet. Eux sont rentrés en pensant qu'il les suivait et se sont aperçus trop tard que ce n'était pas le cas. Le chalet est l'épicentre des recherches. Les équipes travaillent à cent mètres d'intervalle à partir d'ici, expliqua le coordinateur en désignant les cercles concentriques qui apparaissaient en rouge sur la carte.

— Quel est exactement l'endroit où il a été vu pour la dernière fois ?

— Les gosses faisaient un bonhomme de neige derrière le chalet. C'est là que ses frères l'ont vu en dernier.

— D'accord. Je vais partir de là.

— On a déjà cherché là, et on n'a rien trouvé de spécial.

— Je vais tout de même m'en assurer.

— Comme vous voulez. Tenez, vous en aurez besoin, ajouta l'homme en lui tendant une torche et un sifflet.

Lucas se tourna vers elle.

— Tu viens avec moi, Gigi ?

Elle ne savait pas trop ce qu'il attendait d'elle, mais elle décida de s'en remettre à lui et le suivit dehors, les bottes s'enfonçant dans les congères accumulées contre les murs. C'est tout essoufflée que, après avoir franchi le coin du bâtiment, elle se retrouva avec Lucas devant un bonhomme de neige difforme.

La neige alentour était sale, piétinée par les hommes partis à la recherche de Michael. Du coup, les empreintes des enfants avaient été effacées.

— Que cherches-tu ? demanda-t-elle à Lucas en le voyant examiner le toit du chalet.

Il s'avança de quelques pas pour s'arrêter devant un gros tas de neige fraîche de près de deux mètres qui semblait avoir été poussée là par un chasse-neige.

— C'est tombé du toit, dit-il en désignant la partie vide dans la couche de neige juste au-dessus. Michael pourrait très bien être enfoui là-dessous. J'ai déjà vu ce genre de cas.

S'agenouillant, il commença immédiatement à creuser avec ses mains gantées.

Elle aussi avait déjà vécu cela. Son propre frère était mort étouffé. Pétrifiée par ce souvenir, elle considéra l'énorme masse blanche, la poitrine horriblement oppressée comme si c'était elle qui était prisonnière et asphyxiée.

— Jess, aide-moi ! lança Lucas par-dessus son épaule.

Elle resta là à le regarder se démener et lutter contre la montre, incapable de bouger.

— Jess ! Mais qu'est-ce que tu fiches ? Il n'y a pas de temps à perdre, bon sang ! Remue-toi !

Il avait haussé la voix, et cette fois cela la sortit brutalement de sa stupeur.

Si elle ne voulait pas revivre son cauchemar, si elle voulait l'exorciser, son seul choix était de faire tout son possible pour sauver cet enfant !

Elle s'agenouilla près de Lucas, se mit à creuser, et c'est avec une énergie décuplée qu'elle s'activa, ignorant les douleurs dans ses bras alors qu'elle repoussait la neige.

Non, il n'était pas question qu'elle assiste à une nouvelle tragédie. Elle n'avait pas pu sauver son frère, mais alors elle n'avait que huit ans. Aujourd'hui, elle en avait presque vingt-cinq, et elle sauverait ce petit garçon.

Lucas s'adressait constamment à celui-ci alors qu'il se débattait de toutes ses forces pour le délivrer.

— Michael ? Tu es là, mon gars ? Tu m'entends ? Tiens bon, on va te sortir de là. Michaël ?

Elle commençait à avoir la vision troublée par l'effort. Ses muscles la faisaient souffrir et elle haletait, mais pour rien au monde elle ne se serait arrêtée…

Soudain, elle atteignit quelque chose de dur. De plus ferme que la neige.

— Lucas ! Là !

Avec son aide, il dégagea quelque chose de sombre. Un vêtement ?

— C'est une botte. Continue de déblayer.

Lucas sortit le sifflet de sa poche et lança l'alerte de trois coups brefs. Le son strident perça la nuit, il serait certainement entendu sur des kilomètres.

— Ici ! On a besoin d'aide ! hurla-t-il ensuite.

Elle accéléra le rythme, ignorant les protestations de son corps épuisé.

— Vous l'avez trouvé ? Où est-il ?

Les questions fusèrent autour d'eux alors que d'autres chercheurs les rejoignaient.

— Il est ici, il faut qu'on déblaie.

Elle avait libéré les pieds de Michael, aussi pouvait-on désormais voir dans quelle direction creuser pour repousser la neige de son visage. Tous s'activèrent en silence, conscients que chaque seconde était vitale.

En moins d'une minute, le corps du garçon fut exposé. Il était couché sur le côté, en position fœtale, et son bras replié cachait son visage. Il ne bougeait pas.

Elle se pencha pour poser la joue contre le nez de Michael.

— Il ne respire pas.

Lucas ôta un de ses gants afin de presser les doigts sur le cou du garçon.

— Le pouls est lent, mais il y en a un. Appelez les ambulanciers, ordonna-t-il.

— Je ne veux pas revivre ça, Lucas. Il faut qu'on le sauve !

— On fait tout pour ça, Gigi. Il faut qu'on le retourne. Dégagez la neige derrière lui.

La neige enfin déblayée, elle glissa ses gants dans sa poche et prit la tête du garçon entre ses paumes tandis que Lucas le retournait avec précaution. Elle pouvait commencer le bouche-à-bouche en attendant l'ambulance.

Après avoir dégagé ses voies respiratoires, elle lui renversa légèrement la tête en arrière et insuffla l'air dans sa bouche en guettant le gonflement de sa poitrine.

Elle entendit les parents de Michael arriver mais ne relâcha pas pour autant son effort. Les larmes roulaient sur ses joues, mais elle ne prenait pas le temps de les essuyer. A cet instant, son univers tout entier était réduit à cet enfant. Elle ne pouvait pas rester inactive, il fallait qu'elle tente le tout pour le tout.

— L'ambulance est là, Gigi, l'informa Lucas en posant la main sur son épaule.

Elle pouvait enfin s'interrompre pour céder la place à d'autres professionnels plus qualifiés.

Lorsque Lucas l'aida à se relever, elle tremblait de façon incontrôlable. Ses pieds étaient engourdis et ses doigts gelés.

— Allez, viens, il faut que tu te réchauffes.

Sans doute avait-il raison, mais elle ne pouvait pas s'y résigner. Elle ne pourrait pas partir sans savoir ce qu'il adviendrait de l'enfant.

— Non, pas encore, dit-elle en remettant ses gants.

Lucas n'insista pas, mais il passa un bras sur ses épaules, et elle lui fut reconnaissante de la chaleur qu'il lui apportait.

Tandis que les ambulanciers inséraient une canule oro-pharyngée dans la gorge du petit garçon et lui plaçaient un masque sur le visage, elle les entendit évoquer de possibles lésions crâniennes et thoraciques. Ils lui posèrent une perfusion de solution saline tiède avant de l'installer sur la civière et de le charger dans l'ambulance tout en continuant à le ventiler avec le ballon.

Au moins n'avait-on pas perdu l'espoir de le sauver.

Dès que les feux arrière du véhicule d'intervention eurent disparu, Lucas demanda à quelqu'un de les reconduire au Chalet en voiture. Une fois sur place, elle tenait à peine debout, il dut presque la porter.

— Tu préfères que je te ramène chez toi ? proposa-t-il.

Elle pouvait tout juste garder les yeux ouverts, mais elle ne souhaitait pas encore quitter les bras de Lucas.

— Pas tout de suite, murmura-t-elle.

— Alors, viens dans ma suite. Je vais demander qu'on nous apporte quelque chose de chaud.

Il se dirigea vers la réception, derrière laquelle il ouvrit une porte avec une carte magnétique.

Ils se retrouvèrent dans le salon de sa suite, une pièce au décor accueillant et, mieux encore à cet instant, délicieusement chaude.

D'office, il l'installa sur le canapé en cuir moelleux devant la cheminée où, avec la dextérité de l'habitude, il alluma un bon feu. Après cela, il lui ôta ses bottes et lui frictionna les pieds pour réactiver la circulation du sang.

Un coup à la porte annonça alors l'arrivée d'une employée poussant devant elle un petit chariot.

— Le dessert, monsieur White, dit-elle avant de s'éclipser.

Lucas alla soulever la cloche argentée, révélant un pudding au chocolat, une tarte aux pommes et un bol de lait de poule chaud. Ayant sorti une bouteille de rhum d'un bar à alcools, il en ajouta une larme dans le bol.

— Ça, c'est pour te réchauffer, dit-il en le lui tendant, avant de s'en servir lui-même une petite ration.

Il lui recouvrit ensuite les genoux d'une couverture puis vint s'asseoir près d'elle pour la prendre par les épaules.

Etre ainsi choyée, au chaud et surtout dans les bras de Lucas, lui donnait l'impression d'être au paradis.

— Tu crois que Michael va s'en sortir ? demanda-t-elle.

— A mon avis, oui, il a de bonnes chances de se remettre. Il avait un pouls lent, mais le froid avait ralenti son métabolisme, et c'est peut-être bien ce qui l'aura sauvé.

— On ignore combien de temps il est resté sans respirer.

— C'est vrai. Mais son bras replié sur le visage ménageait une poche d'air qui lui permettait de survivre trente minutes ou plus dans ces conditions, car la neige n'était heureusement pas trop lourde pour l'écraser. Espérons juste que nous soyons arrivés à temps.

— Comment as-tu deviné qu'il était là ?

— J'ai vécu un scénario semblable une fois, en Australie. Un gosse s'était trouvé au mauvais moment au mauvais endroit, et il avait été enfoui sous un tas de neige qui avait glissé du toit. Personne ne l'avait envisagé, et les recherches se sont déployées pendant des heures partout sauf là. Depuis, c'est une possibilité que j'envisage toujours dans ce genre de circonstances.

— Et que s'est-il passé, alors ?

Il soupira.

— Nous n'avons pas eu la même chance. Quand nous l'avons sorti de là, il était trop tard. Il faut croire que, ce soir, le ciel était avec nous.

Lucas avala une gorgée de son rhum en la regardant avec insistance.

— Mais toi aussi, tu as connu ce genre de situation, n'est-ce pas ?

Elle acquiesça en silence.

— Tu veux en parler ?

— C'était mon frère.

— Ton frère ? répéta-t-il en resserrant l'étreinte de son bras autour de ses épaules.

Elle se laissa aller contre lui en fermant les yeux.

— Il avait six ans quand il est mort.

— Un accident ?

— Oui. Qui ressemblait aussi beaucoup à celui de ce soir.

— Et ça s'est passé ici ?

— Non…

Elle marqua une pause avant de se décider à reprendre.

— Nous étions en vacances d'été avec la famille chez mes grands-parents, en Californie. C'était super. Pour nous, ça représentait six semaines de liberté. Cette année-là, on avait entrepris avec nos cousins de faire un grand trou dans le sable avec plein de tunnels. L'un d'eux s'est effondré sur Stephen et un de mes cousins. On a réussi à ressortir mon cousin à temps, mais pas mon frère. Le poids du sable l'a écrasé, et il est mort asphyxié.

— Oh ! Gigi… C'est abominable, dit Lucas en l'attirant contre lui. Quel âge avais-tu alors ?

— Huit ans, répondit-elle après avoir avalé une gorgée de son lait de poule pour se donner du courage. Ma mère ne s'en est jamais remise. Je pense qu'elle ne s'est jamais pardonnée de ne pas nous avoir surveillés plus attentivement. Mais nous avions fait ce genre de chose des dizaines de fois avant sans problème. Après, nous ne sommes jamais retournés en Californie. La mort de Stephen a jeté comme une voile noir sur toute la famille. Un voile sous lequel j'ai grandi et qui a façonné ma vie.

— De quelle manière ?

— Après ça, ma mère a complètement changé. Elle ne supportait plus de voir des gens et surtout qu'on lui parle de Stephen. Elle s'est peu à peu refermée sur elle et coupée de tout le monde, y compris de moi. D'après mon père, elle redoutait l'idée que quelque chose m'arrive à moi aussi, et c'était sa façon à elle de se protéger.

Elle prit une longue inspiration avant de poursuivre.

— En revanche, il était lui-même déterminé à me préserver de tous les dangers. Il ne voulait en aucun cas revivre une autre tragédie. Donc, à partir de là, j'ai été hyper-surveillée. Je n'avais pas la moindre liberté, il fallait que mes parents sachent en permanence, à toute heure du jour, où j'étais et ce que je faisais — ce qui explique la réaction excessive de mon père quand il nous a surpris tous les deux. Il s'était donné pour mission de me protéger, et me trouver au lit avec un étranger lui a sûrement fait prendre conscience que j'avais pu faire bien d'autres choses à son insu. C'est toute notre vie qui a été conditionnée par la mort de Stephen. Et, d'une certaine manière, encore maintenant.

— De quelle façon ?

— Eh bien, c'est en grande partie la raison de mon retour ici avec Lily.

— Lily ? C'est ta fille ?

Elle acquiesça d'un hochement de tête.

— Avant la mort de Stephen, j'étais libre d'aller à l'école à pied avec mes copines et de passer un week-end de camping avec ma classe, mais après l'accident, tout avait changé. D'après mon père, le danger se trouvait partout. Je ne veux pas que Lily connaisse cette crainte permanente du danger. Le problème, c'est que, à force d'avoir grandi moi-même dans cette atmosphère, j'ai du mal à être détendue. Quand elle était bébé, j'avais toujours peur de ne pas faire ce qu'il fallait, et je paniquais au moindre rhume…

Elle redoutait même de la laisser à des baby-sitters pendant ses études. Et après, quand elle avait travaillé et que Lily était allée à l'école, elle s'était rendu compte qu'elle l'élevait de la même manière que ses parents l'avaient fait avec elle. Elle la surprotégeait, ce qui n'était pas du tout ce qu'elle voulait. En fait, ce qu'elle aurait souhaité, c'est lui offrir l'enfance qu'elle n'avait pas eue. Elle voulait que sa fille puisse se rendre à l'école à pied avec ses amis et aller chez eux sans qu'elle-même se ronge les sangs en imaginant des scénarios catastrophe.

— Et le père de Lily ? Que pense-t-il de ton installation ici ?

— Lily ne connaît pas son père.

— Oh ! C'est vrai ? Que lui est-il arrivé ?

Elle plongea le nez dans son bol pour gagner du temps.

Etait-ce le bon moment pour le lui révéler ?

Elle devrait lui dire tôt ou tard, pour Lily. Mais par où commencer ? Et comment ?

Non, elle avait encore besoin de temps. De toute façon, il était trop tard pour ce soir. Elle était épuisée, et lui aussi, sans doute.

— Désolé, s'excusa Lucas devant son hésitation. Ça ne me regarde pas, c'est sûr.

Oh que si, ça le regardait ! S'il savait…

Mais elle éluda rapidement le sujet.

— Il ne lui est rien arrivé. C'est seulement que nous étions très jeunes tous les deux.

Elle leva les yeux pour rencontrer ceux de Lucas et l'enjoindre silencieusement d'entendre ce qu'elle jugeait encore préférable de lui taire.

— Je l'aimais, j'étais folle de lui. Mais nous ne nous sommes pas rencontrés au bon moment, et ce n'est la faute de personne si j'élève seule Lily… Il est tard, ajouta-t-elle en étouffant un bâillement. Il faut que je rentre.

Toutefois elle n'était pas dupe : elle se cherchait simplement des excuses pour éviter cette conversation.

— Tu es sûre ? insista Lucas. Je n'aime pas te laisser sortir dans le froid alors que tu commences tout juste à te réchauffer. Reste encore un peu.

C'était tellement tentant de rester là, dans ses bras, à regarder le feu dans la cheminée ! Lily dormait dans l'appartement familial avec Kristie, aussi n'avait-elle pas d'excuses pour refuser, mais elle savait que cela ne ferait que compliquer la situation. Sept ans plus tôt, elle était tombée sous le charme d'un garçon craquant, et elle savait qu'il s'en faudrait d'un rien pour qu'elle y succombe de nouveau. Si Lucas ne songeait qu'à son bien-être, elle-même craignait fort qu'il ne bouleverse sa vie. Il l'avait déjà fait une fois, elle ne doutait pas qu'il en soit de nouveau capable.

Elle n'osait pas rencontrer son regard de crainte de céder à sa proposition. Attrapant ses bottes, elle se pencha pour les enfiler.

— Je ne peux pas, Lucas. J'ai une fille, maintenant.

— Laisse-moi au moins te raccompagner.

Il l'aida à enfiler son manteau, puis, une fois dans la rue, il lui prit la main.

Elle le laissa faire. Après tout, quel mal y avait-il à ça ?

— C'est ici que tu habites ? s'étonna-t-il quand elle s'arrêta devant le vieil immeuble. Alors, c'est un peu un retour à la case départ, non ?

— Si on veut…

Une fois à l'intérieur, elle hésita. Laisser Lucas l'accompagner jusqu'à sa porte serait tenter le diable.

— Merci pour cette soirée, dit-elle.

La formule était un peu guindée, mais au moins lui permettait-elle de garder ses distances.

— Nous devrions le faire plus souvent, rétorqua-t-il aussitôt, d'une voix pleine de promesses et de suggestions excitantes.

S'il était capable de l'enflammer rien que par sa voix, elle n'osait imaginer ce qu'il pourrait faire avec ses mains…

— D'accord, mais sans intermède dramatique, ironisa-t-elle.

— On évitera, oui.

Il se pencha vers elle, et ses lèvres lui effleurèrent le coin de la bouche.

Troublée, elle tenta de lutter contre le désir qui montait en elle, mais en pure perte. Avec lui, elle perdait toute volonté. Elle croisa les mains sur sa nuque comme pour s'assurer qu'il ne change pas d'avis et entrouvrit les lèvres pour l'accueillir.

La bouche de Lucas se posa sur la sienne tandis que, enroulant les bras sur sa taille, il l'attirait plus étroitement contre lui.

Il avait un goût de rhum et de chocolat, et elle eut la sensation d'embrasser une version adulte du Lucas dont elle était tombée amoureuse.

Ce baiser libéra soudain les sept années d'espoirs et de rêves qu'elle avait emmagasinés. Toute l'émotion retenue déferla dans son corps, qui se réveilla comme s'il n'avait fait que sommeiller pendant son absence. Ses mains s'enfouirent dans les cheveux de Lucas tandis qu'ils s'embrassaient toujours.

Elle était incapable de lui résister, elle ne l'avait jamais pu…

Pourtant, elle parvint à trouver la force de s'écarter de lui.

— Nous devons *impérativement* le faire plus souvent, dit-il avec un sourire qui fut près de la faire craquer de nouveau.

Non. Elle devait se ressaisir. S'accrocher à ses bonnes raisons de le repousser !

— Je ne crois pas que ce serait très judicieux.

— Ce n'est pas ma faute, dit-il, l'air faussement innocent, en désignant la boule de gui suspendue au-dessus d'eux. Quelqu'un a fait l'effort de l'accrocher là, ç'aurait été dommage de ne pas y faire honneur.

Elle sourit, amusée malgré elle, en le regardant s'éloigner.

Ç'aurait été dommage, oui…

Elle avait envie de laisser son esprit s'évader, mais elle redoutait de découvrir de nouveau que la réalité était bien moins belle que le rêve.

7.

— Lucas, on a un problème.

Lucas leva les yeux de son écran.

Son assistante venait d'apparaître sur le seuil. Mais s'il en jugeait à son sourire, le « problème » ne devait pas être trop grave.

— De quel genre ?

— Je crois que vous feriez mieux de venir voir par vous-même.

Perplexe, il traversa la réception derrière elle, promenant son regard autour de lui.

Tout paraissait en ordre.

Sofia l'entraîna vers la sortie et jusque sur la place.

L'après-midi était bien avancé, les pistes avaient fermé, les skieurs redescendaient au village, rien que de normal.

D'un geste, sa collaboratrice lui désigna alors la calèche du Chalet.

Trois fillettes se tenaient autour, dont l'une avec des couettes platine.

Lily. Même s'il ne l'avait pas vue au bas des pistes le week-end passé, il l'aurait reconnue. Elle était le portrait craché de sa mère en modèle réduit. Mais que faisait-elle ici ? Il y avait bien une semaine qu'il n'avait pas vu Jess, et il n'avait encore jamais rencontré sa fille.

Depuis qu'ils s'étaient embrassés, le travail l'avait accaparé. Toutes les chambres étaient occupées, et il avait dû se consacrer à des problèmes de maintenance et de personnel. De plus, Jess avait poliment refusé quand il les avait invitées à dîner, elle et Lily. Peut-être souhaitait-elle l'éviter ?

Quoi qu'il en soit, même si sa curiosité en avait été piquée, il avait été trop pris pour insister.

— Que veulent-elles ? demanda-t-il.

— Faire un tour.

— D'accord. Je m'en occupe.

Depuis qu'il avait appris que Jess avait une fille, il ne cessait de se traiter d'idiot. Il aurait dû revenir plus tôt à Moose River. Lui qui avait cru qu'il avait le temps, qu'il devait d'abord atteindre ses objectifs ! Pas un instant il n'avait pensé que Jess aurait suivi sa propre voie. Du moins, pas au point d'avoir déjà une fille de cet âge. Cependant, un enfant n'était pas forcément un obstacle. Si Jess avait été mariée, cela aurait été une autre histoire, mais en l'occurrence il pourrait s'accommoder de son statut de mère célibataire — si toutefois elle le laissait revenir dans sa vie, bien sûr. Et puis, Lily l'intriguait. Ce serait dommage de laisser passer l'occasion…

Il se dirigea vers les fillettes.

L'une semblait un peu plus âgée que Lily, et la troisième devait avoir entre douze et treize ans.

— Lily ? dit-il en s'adressant directement à elle. Je suis Lucas, le directeur de cet hôtel. Je peux t'aider ?

Elle leva la tête vers lui et, une fois encore, il fut frappé par sa ressemblance avec Jess.

— Comment vous connaissez mon nom ? demanda-t-elle, visiblement surprise.

De toute évidence, Jess ne lui avait pas parlé de lui.

— Je connais ta mère, et tu lui ressembles beaucoup. Tu cherchais quelque chose ?

— Oui. C'est à vous, la calèche ?

— En effet. Pourquoi ? Vous voudriez faire un tour avec ? demanda-t-il, incluant ses amies.

— Oui. Mais le monsieur, là, dit-elle en désignant François, le conducteur, il ne veut pas nous emmener.

— C'est normal, il n'en a pas le droit à moins qu'une grande personne vous accompagne.

L'air contrarié, Lily croisa les bras sur sa poitrine et leva vers lui ses grands yeux verts.

Elle ressemblait décidément beaucoup à sa mère.

— Vous avez qu'à venir avec nous, alors, suggéra-t-elle.

— *Moi ?*

— Ben oui, vous connaissez maman, et on a l'argent pour ça.

— Ah oui ? Et vous l'avez eu comment, cet argent ?

— C'est la maman de Claire et Annabel qui nous l'a donné.

— En fait, c'était pour aller à la patinoire, mais Lily et Annabel préféraient venir ici à la place, expliqua l'aînée des deux sœurs.

— Et elle est où, votre mère ?

— Elle travaille dans sa pâtisserie, répondit Claire, employant le nom français.

— Sa *potissewie* ? répéta-t-il laborieusement.

Lily se mit à rire, ce qui fit danser ses couettes.

— C'est drôle, comme vous le dites.

— Normal, je suis australien, et je ne connais rien au français.

— C'est pour ça que c'est rigolo ! Moi, je connais plein de choses sur l'Australie.

— Tant que ça ? Tu as à peine cinq ans.

— Nan, c'est pas vrai ! J'ai six ans.

Six ans ? Bizarre. Pourquoi Jess lui avait-elle dit qu'elle n'en avait que cinq ?

— Et comment connais-tu l'Australie ?

— C'est maman qui m'en a parlé.

Tiens tiens…

Il était décidément de plus en plus intrigué. D'autant plus que, depuis une semaine, il se posait beaucoup de questions. Pourquoi Jess n'habitait-elle pas dans l'appartement de sa famille ? Où était le père de Lily ? Pourquoi ne l'évoquait-elle pas ? Et pourquoi avait-elle parlé de l'Australie à Lily ?

Il ne pouvait interroger directement la fillette, mais une autre solution s'offrait à lui.

— Il faut que j'appelle votre mère, dit-il à Claire. Ça vous intéresse de faire connaissance avec Banjo pendant ce temps, toutes les trois ?

— C'est qui, Banjo ?

— Le cheval.

Lily et Annabel sautèrent sur place en applaudissant, puis les fillettes le suivirent jusqu'à l'attelage où il leur présenta François, le conducteur, et Banjo, un alezan au bas des jambes blanches dont il caressa les naseaux.

— Vous voulez lui donner des pommes ? Il les adore.

— Oh oui ! s'écrièrent les deux fillettes.

— Alors mettez votre main bien à plat, comme ça, dit-il en leur montrant la sienne.

Il sortit du sac suspendu à la calèche une demi-pomme qu'il posa sur celle de Lily.

— Banjo va la prendre. Surtout, tu ne replies pas ta main !

Lily pouffa quand l'haleine chaude du cheval lui chatouilla les doigts. Lorsque celui-ci eut pris le morceau de pomme, Lucas la souleva pour qu'elle puisse lui caresser l'encolure.

— François va vous donner une pomme pour lui à chacune pendant que j'appelle.

Il sortit son portable et, après avoir cherché le numéro de la pâtisserie, il joignit Fleur à qui il expliqua la situation. Il précisa qu'il était un vieil ami de Jess et proposa de lui déposer ses deux filles après la promenade, ce qu'elle accepta en le remerciant.

Sofia revint à cet instant avec un carton de gâteaux, une Thermos et des gobelets en plastique.

— Je me suis dit que les filles auraient peut-être envie d'un bon chocolat chaud pendant leur promenade.

— Comment avez-vous deviné ? s'étonna-t-il.

Son assistante sourit.

— Je connais votre bon cœur.

— Très bonne initiative, Sofia. Merci. Hé, les filles ! Est-ce que ça vous dirait de rentrer chez vous en calèche ?

Elles échangèrent un regard incrédule avant de se retourner vers lui.

— Pour de vrai ?

— Bien sûr.

Leurs cris de joie lui fournirent une réponse on ne pouvait plus claire. Et dès que Banjo eut fini de déguster ses pommes, Lucas les aida à monter dans la calèche avant de s'asseoir lui-même sur la banquette à côté de François.

Il demanda à celui-ci de faire le tour de la place avant de les déposer à la pâtisserie.

Il avait compté que cette promenade lui permettrait de discuter avec Lily, mais il était clair que ce n'était pas encore tout de suite qu'il obtiendrait des réponses à ses questions.

L'attelage avait été décoré pour Noël avec des branches de sapin enrubannées, et François avait orné le harnais de grelots qui se mirent à tintinnabuler sitôt que Banjo se fut mis en marche.

Après avoir remis Annabel et Claire à leur mère, il informa Fleur qu'il emmenait Lily chercher Jess.

— Banjo peut te conduire auprès de ta mère, Lily. Tu veux t'asseoir à côté de François ?

Devant l'assentiment empressé de la fillette, il la souleva pour la déposer sur la banquette à l'avant.

Le soleil s'était couché, et les rues étaient déjà illuminées par les décorations scintillantes. Attrapant une couverture à l'arrière de la calèche, il en couvrit les genoux de Lily. Puis il ouvrit la boîte qu'avait donnée Sofia.

Celle-ci y avait mis des tranches de cake et des biscuits aux amandes — ses préférés. Les filles avaient fini le chocolat chaud mais n'avaient pas eu le temps de manger quoi que ce soit.

— Une tranche de cake ? proposa-t-il.

— J'aime pas ça, dit Lily.

— Alors, un biscuit ? On me les envoie exprès d'Australie.

— C'est vrai ? dit-elle en en prenant un pour le porter à sa bouche.

— Ils sont bons, non ?

Elle acquiesça d'un signe de tête.

— Donc, maintenant, tu sais qu'on fait de bons biscuits aux amandes en Australie. Que sais-tu d'autre, encore, sur ce continent ?

— Qu'il y a beaucoup d'animaux.

— Et c'est quoi, ton préféré ?

— Maman dit que je lui rappelle un orthyno... ortho...

— Un ornithorynque ?

— Oui, mais moi je préfère les koalas. Ils sont si mignons. Et j'aime bien votre drapeau, aussi.

— Merci, répondit-il, amusé.

Il était sous le charme. Elle était vraiment adorable. Mais pourquoi Lily lui avait-elle autant parlé de l'Australie ?

— Est-ce que tu sais que c'est l'été, en ce moment, là-bas ? Et il fait si chaud que, à Noël, on va tous se baigner.

— Se baigner ? répéta la petite fille, l'air étonné. A Noël ? Ça doit faire drôle...

Il avait appris à aimer les noëls blancs, sans doute parce qu'ils lui rappelaient Jess. Et puis, c'était tellement plus romantique de se pelotonner devant un feu de cheminée que de transpirer sous un soleil de plomb en se battant contre les mouches et le sable... Il aimait l'été, mais pas pour les fêtes de fin d'année.

Jetant un coup d'œil à sa montre, il s'aperçut qu'il était presque 17 heures.

— Il vaut mieux qu'on retourne au centre médical. Ta mère aura bientôt terminé sa journée, et j'ai promis à Fleur de te ramener à l'heure.

— Oh ! flûte ! Ma promenade est finie, alors ?

— Hé ! J'ai une idée... Est-ce que ta mère aime les surprises ?

La fillette hocha la tête.

— Oui, mais les *bonnes* surprises. Elle dit même que j'en étais une.

— Tant mieux. Alors, si on allait la chercher en calèche ? Tu crois que ça lui plairait ?

Lily écarquilla les yeux en hochant de nouveau vigoureusement la tête.

— Ça a bien cicatrisé, Oscar, dit Jess en retirant les fils du menton de l'adolescent.

Elle avait assisté Cameron quand il avait recousu la vilaine blessure que le garçon s'était faite une semaine plus tôt en tombant de sa planche de monoski. Oscar était un abonné au centre médical…

Elle sectionna le dernier point et tira l'ultime petit morceau de fil.

— Je préférerais ne pas te revoir avant longtemps, si c'est possible. Essaie d'éviter les acrobaties, d'accord ?

— J'essaierai, promis. Mais peut-être que je ferais mieux de prendre rendez-vous pour la semaine prochaine. Au cas où…

— Pas question ! Tiens bon au moins quinze jours, ajouta-t-elle en riant. Allez, vas-y, maintenant.

Oscar était son dernier patient de la journée, et elle entra ses notes dans l'ordinateur avant de l'éteindre. Elle avait hâte d'aller chercher sa fille chez Fleur et de la ramener à la maison. Mais, alors qu'elle se dirigeait vers la réception pour saluer Donna, quelle ne fut pas sa surprise d'y trouver Lily.

— Mais qu'est-ce que tu fais là, ma puce ? demanda-t-elle en se penchant pour l'embrasser.

— On a une surprise pour toi.

— Qui ça, « on » ?

Lily lui prit la main pour l'entraîner dehors.

Lucas attendait devant la porte. Avec son manteau en cachemire gris, il était d'une élégance rare… Qui lui fit honte. Elle avait acheté le sien en solde il y avait au moins cinq ans.

— Lucas ?

— Bonsoir, Gigi.

Devant son sourire, elle eut l'impression de fondre. Elle ne l'avait pas vu depuis une semaine et, jusqu'à ce qu'il apparaisse, l'idée ne l'avait même pas effleurée que ses journées manquaient de lumière !

Mais que faisait-il ici ? Et avec sa fille ? Ils ne se connaissaient pas. Elle avait délibérément fait en sorte qu'ils ne se rencontrent pas. Et pourtant, ils étaient là, ensemble.

— Je peux savoir ce que vous faites tous les deux ici ?

— Lily est venue au Chalet.

— Au Chalet ? Mais… Pourquoi ?

Pourquoi Lily serait-elle allée trouver Lucas ?

Elle se tourna vers sa fille.

— Lily, que se passe-t-il ?

Elle était consciente de la note paniquée dans sa voix, mais elle se sentait à cet instant incapable de la contenir.

— Jess… Il n'y a rien de grave.

L'intervention de Lucas ne fit rien pour l'apaiser.

— Laisse-moi en juger par moi-même, d'accord ?

Ignorant son ton agressif, il se tourna vers Lily.

— Et si tu allais demander à François une autre pomme pour la donner à Banjo ? Il l'a bien mérité.

Jess, en regardant sa fille descendre les marches du centre médical, remarqua alors la présence de la calèche du Chalet.

Banjo devait être le cheval.

Dès que Lily fut hors de portée de voix, Lucas se tourna vers elle.

— Lily était en sécurité, Jess. C'est ce que tu veux, non ? Qu'elle ne coure aucun danger dans le village ?

— Et à juste titre, rétorqua-t-elle sèchement. Je n'avais pas prévu qu'elle traînerait seule dans les rues sans m'en avertir.

Qui sait ce qui aurait pu lui arriver ? Toutes ses craintes, ses insécurités, bien ancrées en elle « grâce » à ses parents, revenaient l'assaillir.

— Jess… Est-ce que ça a un rapport avec Stephen ? demanda Lucas qui l'observait attentivement.

Qu'attendait-il ? Qu'elle explose ? Qu'elle s'effondre en larmes ?

Mais elle fut bien obligée de se rendre compte que, oui, tout cela était bien en relation avec son frère.

— Je veux que Lily profite de la liberté que je n'ai pas eue, mais je veux au moins savoir où elle est. Elle est trop jeune encore pour faire tout ce qu'elle veut. Et elle est censée avoir quelqu'un avec elle.

— Elle n'était pas seule. Annabel et Claire étaient avec elle. Claire était censée les emmener à la patinoire.

— Et alors ? Pourquoi ça ne s'est pas fait ? Comment s'est-elle retrouvée avec toi ?

— Elle avait très envie de faire un tour de calèche, et elle a convaincu les deux autres d'utiliser l'argent de la patinoire pour se l'offrir. Elle est donc venue avec Annabel et sa sœur au Chalet demander si c'était possible.

— Et tu as accepté, dit-elle, agacée.

Non seulement Lily était allée le voir, mais elle avait réussi à le convaincre. Et elle qui avait prévu de lui en faire la surprise pendant les vacances ! C'était raté. A cause de Lucas. Bien sûr, il n'était pas directement responsable, mais ça ne l'empêchait pas de lui en vouloir.

— J'ai d'abord mis Fleur au courant, Jess. Tu sais, tu peux être fière de ta fille. Elle a fait preuve d'initiative et de détermination, et j'ai pensé que ça méritait d'être récompensé. Et puis, je me suis dit que tu ne lui en voudrais pas puisque tu vas en profiter, toi aussi.

Elle haussa les sourcils.

— C'est-à-dire ?

— Nous sommes venus t'offrir de te raccompagner chez toi en calèche, et en prenant le chemin des écoliers. Qu'en penses-tu ? Tu crois que ça suffira pour me faire pardonner ?

Il lui tendait les mains, paumes ouvertes.

Elle sentit sa colère retomber. Après tout, Lucas ne cherchait qu'à leur faire plaisir, à elle et à Lily. Et il avait raison. Ils avaient organisé cela à son insu, et alors ? Elle devrait s'en réjouir, au contraire. Lily était heureuse, et elle-même avait droit à une promenade gratuite.

Enfin, financièrement gratuite, en tout cas. Car, qu'elle le veuille ou non, elle serait redevable à Lucas de ce cadeau…

Il lui sourit alors, et en rencontrant son regard amusé, elle sut qu'elle pourrait s'en accommoder.

— Désolée, soupira-t-elle. Oui, tu es pardonné.

— Ouf ! dit-il en posant comiquement la main sur son cœur. Alors, on y va ?

Il s'inclina vers elle, et sur son invitation, elle glissa la main sous son coude alors qu'il l'entraînait vers les marches. Il lui présenta le cocher nommé François, puis, la prenant par la taille, il l'aida à monter dans la calèche, ainsi que Lily qu'il souleva pour l'installer à côté d'elle avant de les rejoindre. Après avoir jeté une chaude couverture sur leurs genoux, il adressa un signe à François qui, d'un claquement de langue, fit repartir Banjo.

Toutefois Lily ne fut pas longue à se plaindre de ne rien voir, aussi dut-elle échanger sa place avec elle, et elle-même se retrouva ainsi contre Lucas. Leurs genoux se touchaient sous la couverture, et elle sentait sa chaleur irradier en elle. Bien sûr, elle aurait pu se serrer davantage contre Lily, mais elle n'avait aucune envie de bouger. Elle aimait trop être ainsi contre lui…

— Ta semaine s'est bien passée ? demanda-t-il.

— Oui, même si on a reçu beaucoup plus de patients au centre. Apparemment, la station a été prise d'assaut. Mais tu es bien placé pour le savoir, je ne t'apprends rien.

— Tu penses toujours avoir fait le bon choix en acceptant cet emploi ?

— Absolument. C'est tellement préférable à mon ancien boulot ! Pas de travail en équipe, et à trois minutes de chez moi. Le rêve ! Avec les week-ends libres, en plus.

— A propos de week-end, est-ce que tu as des projets pour celui qui vient ?

— Pas vraiment. Je suppose que Lily et moi irons skier. Elle prend des cours après l'école, et j'aimerais bien voir où elle en est. Elle m'a assommée depuis notre arrivée avec son envie de faire un tour de calèche, mais je devrais avoir la paix, maintenant…

Elle lui sourit, enfin détendue.

Cette promenade romantique lui faisait un bien fou. C'était une façon idéale de terminer la semaine, et avoir Lucas auprès d'elle pour partager son plaisir était la cerise sur le gâteau.

— Merci, dit-elle simplement.

— Tout le plaisir est pour moi, Jess.

Ses yeux bleus brillaient à la lueur des réverbères. Il semblait très content de lui-même.

Et pourquoi pas ? Il avait toutes les raisons de l'être.

Tandis que François les baladait dans Moose River, la main de Lucas trouva la sienne sous la couverture. Il la prit doucement et la garda. Et elle, tout naturellement, s'appuya contre son épaule.

C'était si bon !

Quand Banjo eut gravi la colline, François s'arrêta au sommet pour leur permettre d'admirer le village qui s'étirait à leurs pieds, avec ses lumières scintillantes et toute l'atmosphère heureuse de cette période de fête.

Elle soupira discrètement.

Assise là dans cette calèche, envoûtée par la discrète eau de toilette de Lucas et ravie du sourire de Lily, elle eut une fugace vision de ce que la vie pourrait être, s'ils étaient une vraie famille tous les trois. Bien au chaud dans leur petite bulle de bien-être.

Sans doute ceux qui les croisaient à cet instant s'imaginaient-ils qu'ils en étaient une. Ils pourraient même figurer sur une carte postale pour illustrer l'image du bonheur…

Sauf que ce n'était qu'un faux-semblant. Lucas White appartenait au domaine des rêves et non à celui de la réalité.

Il n'était en rien son prince charmant. Elle ne savait même pas s'il souhaiterait fonder un jour une famille. Alors, non, il n'était pas question de lui révéler ses émotions. Elle risquerait de tout gâcher.

Banjo reprit le chemin du village, et quelques minutes plus tard l'attelage s'arrêta devant chez elle, et Lucas sauta de la calèche pour les aider à descendre, elle et Lily.

Il était déjà l'heure de dîner.

— Je sais que tu es très occupée, et je ne veux surtout pas m'imposer dans ta vie, mais je souhaiterais réellement passer du temps avec vous deux, lui confia-t-il en les accompagnant jusqu'à sa porte. Demain soir commence le premier marché de Noël, et on va allumer le sapin devant le Chalet. J'aimerais vous inviter toutes les deux pour l'occasion. Qu'en penses-tu ?

Instinctivement, elle se prépara à refuser, mais elle en fut incapable. Elle avait trop envie de le voir, et puis Lily serait ravie du spectacle.

Après tout, Lily et Lucas, eux, savaient faire preuve d'obstination pour obtenir ce qu'ils souhaitaient. Alors, pourquoi pas elle ? Sa fille et elle pourraient très bien passer du temps avec lui. Cela lui donnerait une nouvelle occasion d'observer son comportement avec Lily.

Etait-ce sa faute si le fait d'avoir Lily ici avec elle l'obligeait à garder son secret un jour de plus ?

— J'en serai très heureuse, Lucas, répondit-elle. Merci.

8.

Le grand, le majestueux sapin dominait la place.

Lily se tordait le cou pour tenter d'en voir le sommet, et Jess l'imita.

Des centaines de boules dorées et argentées en ornaient la ramure, ainsi que des clochettes qui se balançaient au gré de la brise. Des lampes en forme de bougies avaient été fixées au bout de chaque branche. C'était magnifique.

Lucas les rejoignit au pied de l'arbre. Il portait de nouveau son manteau en cachemire gris, avec cette fois une écharpe bleue autour du cou. Jess aussi avait fait un effort vestimentaire. Elle avait choisi de mettre son plus beau manteau de laine et avait même pris le temps de se maquiller un peu.

— Votre timing est parfait, mesdames, déclara-t-il, tout sourires.

Il leur avait réservé une table sur la terrasse devant le Chalet, ce qui leur offrait une vue superbe de la place où avaient été installées les tentes colorées des exposants. Des haut-parleurs diffusaient en sourdine des chants de Noël. Lucas commanda des laits de poule alors qu'ils s'asseyaient.

On venait de les servir quand Lily lui tendit une boîte enrubannée.

— Pour moi ? s'étonna-t-il. Mais… En quel honneur ?

— C'est pour vous dire merci pour la promenade en calèche.

Il dénoua le ruban et ouvrit la boîte. Et Jess vit ses yeux

s'arrondir alors qu'il découvrait les cookies au gingembre en forme d'étoiles, d'anges, de rênes, de cloches et de luges.

— Oh ! Merci, Lily. C'est très joli et… Ils ont l'air très bons.

Il choisissait une étoile, quand Lily posa la main sur la sienne.

— Nan ! Faut pas les manger. Pas encore. Faut d'abord les accrocher sur le sapin. C'est pour ça qu'ils ont tous des petits rubans.

— Oh. Je comprends, maintenant. Tu en as mis sur le tien, déjà ?

— On en a pas.

— Comment ça ? Vous n'avez pas de sapin ?

— Je n'ai pas eu le temps d'aller en chercher un, prétexta Jess.

En fait, elle n'envisageait pas d'en avoir pour la bonne raison qu'elle n'avait ni la place pour l'installer, ni guirlandes et boules à accrocher dessus. C'étaient des frais qu'elle ne pouvait pas se permettre. Ce qu'elle n'avait bien sûr aucune intention de confier à Lucas.

— Tu en as un à l'intérieur ? lui demanda-t-elle.

— Oui.

— Dans ce cas, nous pourrons les suspendre dessus. Au moins, nous serons sûrs qu'ils ne seront pas recouverts s'il neige.

— Bonne idée. Tu veux venir avec moi, Lily ? dit-il en se levant. On va lancer le compte à rebours pour les illuminations.

Une sourde angoisse étreignit Jess quand elle les vit se diriger tous les deux main dans la main vers le sapin.

Mais que craignait-elle ? Lucas aimait sa fille, c'était évident. En fait, ce qui la tracassait, c'était qu'il lui reproche de ne pas lui avoir révélé son secret. Car elle allait devoir lui dire, tôt ou tard. Elle devait trouver le bon moment pour cela.

Lucas prit le micro pour annoncer le début des illuminations. Puis il se tourna vers Lily pour lui demander de presser le bouton à la fin du compte à rebours que toute la foule égrena.

— T'as vu, maman ? s'écria Lily, tout excitée, lorsque Lucas et elle revinrent à la table.

Jess fondit devant la fierté et la joie de sa fille. Elle dut chasser les larmes de ses yeux avant de la serrer dans ses bras. Et au-dessus de sa tête, elle articula un *merci* muet à l'adresse de Lucas.

— On peut aller voir les stands, maintenant ? s'enquit Lily, qui ne pouvait de toute évidence plus tenir en place.

— Bien sûr, ma puce. Tu viens avec nous ? proposa-t-elle à Lucas.

— Oui, j'ai terminé ma journée, et je serai ravi de vous accompagner.

Ils déambulèrent dans les allées du marché, s'arrêtant devant les étals tous plus attirants les uns que les autres. Lucas proposa à Lily de l'aider à choisir des décorations pour son sapin, ce qu'elle fit avec empressement et fierté. Jess s'arrêta quant à elle devant un étal proposant des sucres d'orge, une tradition canadienne de Noël à portée de sa bourse. Elle en choisit un pour chacun, et tous trois continuèrent leur promenade en les dégustant.

— Tu as des projets pour Noël ? lui demanda-t-il comme elle admirait un stand de maisons de poupées. Tes parents viennent ici ?

— Non, je ne pense pas.

— Non ? Je croyais que c'était une tradition, dans votre famille ?

En fait, elle ignorait complètement ce qu'ils comptaient faire. Ils passeraient peut-être leur Noël ici, mais sans elle, et elle n'avait aucune envie de lui expliquer la raison de cette rupture.

— Et toi ? Tu as des projets ?

— Je suis chargé d'animer le déjeuner de Noël au Chalet. Ce dont, entre nous, je me passerais volontiers.

Ils s'assirent sur un banc devant la patinoire pour

manger des doughnuts. Lily était à deux pas, appuyée à la rambarde.

— Qu'est-ce que Lily a commandé au Père Noël ? s'enquit Lucas.

— La même chose que l'année dernière et l'année d'avant : une petite sœur.

— Oh… Et je crois comprendre que tu n'as pas l'intention d'honorer sa requête ? dit-il en souriant.

— Ça ne risque pas. Du moins, pas tant que je suis seule.

— On peut aller faire du patin à glace ? demanda Lily en revenant vers eux.

— Pourquoi pas ? Tu viens avec nous, Lucas ?

— Désolé, mais je vais rester ici en spectateur. Je ne suis pas très doué pour ça. Il n'y a pas trop de glace là d'où je viens, en Australie.

Jess, déçue, décida toutefois de ne pas capituler aussi facilement.

— Eh bien, c'est une excellente occasion d'apprendre. Lily et moi allons te montrer.

Devant leur enthousiasme, Lucas n'eut d'autre choix que d'aller lui aussi louer des patins au stand.

Lily, rapidement lassée de ce débutant qui vacillait en s'agrippant à elles, alla rejoindre des amies, la laissant seule avec lui qui, au bout de quelques minutes, se retrouva cramponné à la rambarde. Toutefois, ils refirent encore deux fois le tour, et finalement ce fut dans ses bras à elle qu'il atterrit.

— Désolé ! dit-il en riant. En fait, non, je ne suis pas désolé du tout. Ça me permet de t'avoir là où je te préfère…

Elle était presque nez à nez avec lui, et quand elle releva la tête, elle eut l'impression en rencontrant ses yeux de plonger dans une mer limpide et chaude. Et lorsqu'il se pencha vers elle, elle sut exactement ce qu'il s'apprêtait à faire.

Cependant, il n'était pas question de se prêter au jeu. Pas ici. Pas encore… Mais, comme hypnotisée par le regard de Lucas, elle était incapable de bouger. Et elle retint son souffle tandis que son visage se rapprochait du sien.

C'est alors qu'une petite main tira sur son manteau.

— Maman, j'ai mal au cœur.

Aussitôt, elle s'accroupit à la hauteur de sa fille.

— Lily, qu'est-ce qui t'arrive ?

— J'ai mal au cœur, répéta Lily.

Etait-ce le fait de tourner sur la glace ? Possible. En tout cas, Lily était vraiment pâlichonne. Lui posant la main sur le front, elle le trouva un peu chaud. Mais quoi d'étonnant, avec les couches de vêtements qu'elle portait et l'exercice physique auquel elle s'était livrée depuis son arrivée ?

— Trop de sucre, sûrement. On ferait mieux de te ramener à la maison.

— Je peux pas marcher, ronchonna Lily.

— Je te porte sur mes épaules, d'accord ? proposa Lucas.

Ce qui amena aussitôt un sourire sur les lèvres de la petite fille.

Lily, sans attendre, alla ôter ses patins pour remettre ses bottes et grimper sur le dos de Lucas — qu'elle manqua plusieurs fois d'étrangler en chemin en s'agrippant à son cou pour se tenir.

— Ça devient une habitude pour toi de nous ramener chez nous, remarqua Jess alors que, vingt minutes plus tard, il déposait Lily sur le canapé.

— Je suis heureux de me rendre utile, répondit-il avec un sourire. Ça va aller, toi ?

— Oui. Merci, Lucas.

Elle aurait préféré voir cette journée se terminer autrement, mais elle dut se contenter d'un simple frôlement de ses lèvres sur sa tempe lorsqu'elle le raccompagna à la porte.

Le lendemain, Jess était en train de pleurer sur les oignons qu'elle épluchait pour confectionner des boulettes de viande, quand on frappa à la porte.

— Lily, tu peux aller ouvrir ?

Elle entendit le petit cri de surprise de sa fille et, intriguée, s'essuya les mains sur son tablier avant de la rejoindre.

Une odeur de résine l'accueillit avant même qu'elle ait pu voir le sapin.

— Bonjour, dit Lucas en se penchant derrière l'arbre.

Lily sautait sur place en applaudissant. Ses nausées de la veille s'étaient heureusement dissipées.

— C'est pour qui ?

— Pour toi, pour te consoler d'être malade. Mais tu as l'air en bien meilleure forme, on dirait, non ?

— Oui, mais je peux l'avoir quand même ? J'aimerais bien le décorer.

— C'est très gentil à toi, Lucas, intervint Jess, mais je n'ai franchement pas le temps de m'occuper de ça.

Sans la quitter des yeux, Lucas entra dans l'appartement et referma la porte derrière lui.

— Il y a un problème ?

Il avait l'air aussi déçu que Lily le serait, c'était certain, mais son budget très serré ne lui avait pas permis d'acheter un sapin, et elle ne pourrait pas décorer celui-ci pour la même raison. Elle avait pensé égayer le salon avec quelques branches et deux ou trois boules de Noël, mais elle ne pourrait pas se permettre davantage.

Toutefois, elle ne voulait pas avouer la vraie raison à Lucas.

— C'est toujours difficile de le faire tenir debout, et ensuite, d'ici deux semaines, il faudra que je m'embête à m'en débarrasser, prétexta-t-elle donc. Sans parler de toutes les aiguilles qui vont joncher le parquet…

— C'est bien pour ça que je suis ici, répondit-il patiemment. Je vais m'assurer qu'il est bien fixé, et je te promets de me charger moi-même de tout nettoyer et de l'enlever une fois les fêtes passées. Dis-moi juste où je dois le mettre.

— Lucas, soupira-t-elle en désignant l'espace exigu, ouvre les yeux ! Tu vois bien qu'il n'y a pas de place ici.

— Pourquoi ne pas l'installer devant la fenêtre ? De

toute façon, par ce temps, j'imagine que tu ne l'ouvres pas trop souvent ?

Devant son sourire, elle le revit à l'époque où elle-même n'avait que dix-huit ans. Elle aurait été prête à tout lorsqu'il lui souriait ainsi. Et d'une certaine manière, c'était d'ailleurs ce qu'elle avait fait. Et ce qu'elle n'hésiterait pas à refaire.

Mais pas question de lui céder aussi facilement.

— J'aime bien voir les lumières du village, protesta-t-elle, consciente de sa mauvaise foi.

— Pourquoi, pendant trois semaines, ne pas admirer celles du sapin, pour changer ?

— Je n'ai pas de…

— De décorations ? Moi si. J'ai tout ce qu'il faut. Tout ce que je veux, c'est un simple « oui » de ta part.

— Maman… Dis oui, s'il te plaît.

Comment ne pas se laisser tenter ? Et pour quelle raison, au juste, s'obstinerait-elle dans son refus ? Elle souhaitait plus que tout offrir un Noël mémorable à Lily, et Lucas se proposait de l'y aider…

Mais elle allait tout de même protester encore un peu. Pour la forme.

— Je suis certaine que tu as mieux à faire, Lucas.

— Non. Nous sommes dimanche, et je prends ma journée. Moi aussi, j'ai besoin de me détendre de temps à autre. Et décorer un sapin est tout indiqué pour ça.

A court d'arguments, elle secoua la tête en riant.

— Si tu le dis… Mais vous allez devoir vous débrouiller tout seuls, Lily et toi. J'ai une montagne de viande hachée qui m'attend.

— Pas de problème. On s'en sortira très bien à nous deux, hein, Lily ?

Laquelle acquiesça d'un vigoureux hochement de tête.

Jess aurait adoré participer, mais elle leur avait déjà dit qu'elle n'avait pas le temps. D'ailleurs, Lucas n'avait pas insisté, ce qui la décevait un peu. N'était-il venu que pour Lily ?

Après s'être mis à l'aise, il apporta tout ce qu'il fallait

dans l'appartement, y compris les décorations que Lily avait choisies la veille au marché, une partie des cookies au gingembre qu'elle lui avait donnés, ainsi que des sucres d'orge.

Jess, incapable de résister au plaisir de l'observer, jetait de fréquents coups d'œil dans leur direction. Il fallut que l'odeur d'oignon brûlé se répande dans la pièce pour qu'elle réagisse. Elle en fut quitte pour les jeter et en éplucher d'autres.

— Qu'est-ce que c'est, ces chants ? s'enquit-elle après avoir écouté quelques minutes la musique qu'il venait de mettre sur son smartphone.

— Ce sont des enfants australiens qui ont sorti un disque pour Noël. C'est super, hein, Lily ?

— Oui. C'est drôle.

Jess se sentait encore plus isolée en les entendant rire et chanter ensemble. Mais il y avait six ans qu'elle avait Lily pour elle seule. Il était grand temps que sa fille connaisse Lucas.

Cependant, était-elle prête à la partager ? Et quelles conséquences cela aurait-il ? D'après Lucas, il était revenu pour elle, mais s'il changeait d'avis ? S'il voulait repartir avec Lily ? Elle souhaitait ce qu'il y avait de mieux pour sa fille, c'était certain, mais quel était-il, ce mieux ? Lucas pourrait-il apporter à leur fille ce qu'elle-même n'avait pas les moyens de lui offrir ?

Evidemment, qu'il le pourrait ! Il l'avait même déjà fait…

Tous les deux avaient fini de décorer le sapin, et ce fut Lily qui pressa l'interrupteur. Les lumières clignotantes étaient du plus bel effet, et Jess sentit son humeur s'alléger.

— Tu veux rester dîner ? proposa-t-elle spontanément. Ce soir, ce sera boulettes de viande-spaghettis.

— Ne le prends pas mal, mais je ne mange pas de pâtes.

— Oh.

Il ne voulait pas perdre de temps avec elle, c'était clair.

— Tu veux que je te serve seulement les boulettes ?

— Dans ce cas, volontiers.

— Moi non plus, je veux pas de spaghettis, déclara Lily.

Et quoi d'étonnant ? Lucas était sa nouvelle idole, elle voulait l'imiter, c'était aussi simple que ça. Elle n'avait pas cessé une minute de parler de lui avant son arrivée, à tel point que cela avait été un soulagement de l'entendre sonner à la porte. Toutefois, le voir et respirer sa subtile odeur de pin provoquait chez Jess une frustration dont elle se serait volontiers passée.

Lily et lui s'assirent avec leurs assiettes en face d'elle, ce qui lui permit de se livrer à une discrète comparaison entre le père et la fille.

Lily tenait beaucoup d'elle, mais ses yeux changeaient aisément du vert au bleu, et ce soir elle pouvait même y déceler une note myosotis qu'elle n'avait encore jamais remarquée. Etrange…

Une fois de plus, elle ne put s'empêcher de les imaginer formant tous les trois une vraie famille. Toutefois, il était hors de question de révéler la vérité à Lucas devant Lily. Même s'il se montrait très attentionné avec elles, elle ne voulait pas présumer de sa réaction. Elle devrait attendre pour cela le bon moment, après avoir mis son plan au point. Peut-être demanderait-elle à Fleur de prendre Lily pour un soir. A moins que Kristie ne vienne jouer les baby-sitters.

En tout cas, sa cousine avait raison : Lucas méritait de connaître la vérité.

Noël approchait rapidement, et Lily, entre le repas de fête à l'école et l'anniversaire d'Annabel la veille, avait eu un emploi du temps plutôt chargé. Ce soir, Jess avait récupéré sa fille, et la soirée semblait compromise : Lily avait vomi peu après son retour de l'anniversaire, et à trois reprises depuis.

Après lui avoir donné des glaçons à sucer, Jess alla dans la pièce voisine appeler le cabinet médical pour obtenir des conseils. Donna lui passa aussitôt la ligne de Cameron, à qui elle expliqua la situation.

— Elle vomit depuis hier après-midi et se plaint de douleurs abdominales. Ça lui est déjà arrivé ces derniers temps, mais je ne l'ai jamais vue aussi amorphe.

— A-t-elle été opérée de l'appendice ?

Elle y avait pensé, bien sûr, mais les symptômes ne correspondaient pas, et elle avait mis les douleurs sur le compte d'un mal de ventre ordinaire. Néanmoins, comme cela se prolongeait, l'inquiétude commençait à la gagner.

— Non, mais je n'ai pas l'impression que ce soit ça. Bien sûr, je peux me tromper...

— Je passerai dès que possible.

Sitôt qu'elle eut raccroché, elle retourna auprès de Lily en s'efforçant de cacher son angoisse.

C'était dans ces moments-là qu'elle regrettait de n'avoir personne avec qui partager ses émotions.

Enfin, Cameron arriva.

— A-t-elle eu de la fièvre pendant la nuit ? s'enquit-il.

— Non.

— Et maintenant ?

— Non plus. A aucun moment, en fait.

— A-t-elle uriné au cours des six dernières heures ?

— Non.

— A quand remonte la dernière fois où elle est allée à la selle ?

Elle réfléchit.

— Hier, je crois.

Cameron examina Lily en insistant sur le côté droit de son ventre.

— Je suis d'accord avec vous : apparemment, ça n'est pas l'appendice. Combien de temps après le goûter s'est-elle sentie mal ?

— Rapidement. A peine deux heures.

— Ce qui est trop tôt pour une intoxication alimentaire. Et personne d'autre, à ce goûter, n'a eu de problèmes ?

— Non, j'ai vérifié.

Fleur et elle s'étaient relayées pour appeler les autres parents. Aucun autre enfant n'avait été malade.

D'un signe, Cameron l'invita à le suivre hors de la chambre.

— Je crois préférable de la conduire à l'hôpital. Il pourrait s'agir d'une occlusion intestinale, et seule une radio pourra nous le confirmer.

— Une occlusion intestinale ? répéta-t-elle, atterrée.

— C'est une possibilité, et je pense qu'il vaut mieux s'en assurer. Là-bas, on pourra faire des analyses de sang et avoir les résultats bien plus vite qu'ici, à Moose River. L'hôpital est de taille modeste, mais doté d'un équipement très moderne. Evidemment, je pourrais soigner sa déshydratation, mais ce serait traiter les symptômes et non la cause. Voulez-vous qu'Ellen vous y conduise ? Elle ne travaille pas, aujourd'hui.

— Merci, mais je vais appeler un ami.

Elle ne tenait pas à ennuyer Cameron et sa femme plus que nécessaire. Lucas et elle avaient prévu de dîner ensemble ce soir. Elle allait devoir l'avertir du changement de plan. Peut-être lui proposerait-il de l'accompagner. Elle préférait que ce soit lui plutôt qu'Ellen. Ils n'avaient pas plus de temps à perdre l'un que l'autre à jouer les taxis pour elle, mais Lucas était plus directement concerné par Lily.

— S'il n'est pas libre, j'appellerai votre femme.

— Entendu. J'avertirai l'hôpital de votre arrivée.

Ainsi qu'elle l'avait espéré, Lucas offrit aussitôt de les conduire à l'hôpital.

Lily, par bonheur, ne vomit pas durant les interminables quarante-cinq minutes qu'il leur fallut pour atteindre l'hôpital situé au pied de la montagne. Lucas les déposa devant l'entrée des urgences avant d'aller se garer.

Jess, portant Lily dans ses bras, s'arrêta à la réception.

— Je vous amène ma fille, Lily Johnson, dit-elle à l'employée. Le Dr Cameron a dû vous avertir.

— En effet. Suivez-moi, s'il vous plaît.

Elle les conduisit dans un box où une infirmière les rejoignit aussitôt.

Jess expliqua à cette dernière les symptômes de Lily tandis qu'elle prenait ses signes vitaux, qu'elle transmit ensuite au médecin qui se présenta, le Dr Peter Davis.

— Lily, six ans, seize kilos, vomit depuis hier après-midi, mais plus depuis deux heures. Se plaint de maux d'estomac. Pas de fièvre. Tension artérielle normale. Pas de diarrhée.

— Température ?

— 37,2.

— Pas d'allergies ? demanda-t-il en se tournant vers Jess.

— Non.

— Qu'a-t-elle mangé ?

— Rien depuis hier après-midi.

— Et qu'avait-elle mangé hier ?

— A vrai dire, je ne sais pas trop. Elle est allée à une fête, mais aucun des autres enfants n'a été malade — j'ai vérifié auprès des parents.

Il était clair que le médecin envisageait la possibilité d'une intoxication alimentaire.

— Y a-t-il eu des cas de gastro à l'école ?

— Non. Aucun. Du moins, pas que je sache.

— Lily a-t-elle subi une opération ?

— Non.

— A-t-elle eu une maladie grave ?

— Non plus.

— Des douleurs du côté droit ?

— Non. Et le généraliste ne semble pas penser que ça puisse être une appendicite. Il penche plutôt pour une occlusion intestinale.

Ce n'était pas à elle de dire au médecin ce qu'il devait chercher. Elle savait qu'il devait procéder à un interrogatoire médical respectant un ordre précis afin d'éliminer d'abord les possibilités les plus évidentes et qu'il serait stupide de faire subir des examens inutiles à Lily s'il s'agissait d'un problème simple, mais elle voulait être sûre qu'il ne passe pas à côté de quelque chose d'essentiel. Une occlusion intestinale pouvait se révéler très grave, et elle priait que ce ne soit pas le cas, même si rien d'autre ne semblait correspondre.

— Pas de diarrhée, vous êtes sûre ? insista le Dr Davis en pressant les mains sur le ventre de Lily, visiblement pour déceler un signe d'appendicite.

— Oui. Rien de ce côté-là.

— Tu peux tousser, Lily ?

La petite fille le fit sans manifester le moindre signe d'inconfort.

— Aurait-elle eu des épisodes de diarrhées récurrentes ou de sang dans les selles ?

— Jamais.

— Bien. Je vais lui poser une perfusion pour l'hydrater et demander une radio de l'abdomen. Peut-être que cela nous aidera à découvrir l'origine du problème.

Jess tint la main de sa fille serrée dans la sienne tandis que l'infirmière insérait une canule et installait une perfusion. Lily était amorphe, mais cela pouvait être dû au manque de sommeil. Elle-même ne se sentait pas particulièrement en forme…

L'infirmière aida Lily à s'asseoir sur un fauteuil roulant et annonça qu'elle la conduisait au service de radiologie. Jess les accompagna, se forçant à garder une attitude positive malgré la pâleur et l'apathie de sa fille.

Attendre ensuite le résultat lui parut interminable. Enfin, le Dr Davis vint la trouver.

— La radio n'a donné aucun indice concluant, annonça-t-il. Nous allons faire une tomodensitométrie, mais je ne suis pas certain que nous cherchions au bon endroit.

« Pas au bon endroit » ?

Elle fronça les sourcils.

— Que voulez-vous dire ?

— Ses douleurs se sont largement apaisées, et elle a cessé de vomir. Mais je ne pense pas que ce soit uniquement dû à la perfusion. Elle a peut-être purgé son organisme de ce qui le perturbait. A-t-elle déjà subi des tests d'allergie ?

— Non, jamais.

— Avez-vous des cas d'allergies ou de problèmes gastro-intestinaux dans votre famille ?

— Pas que je sache. Et Lily est plutôt difficile pour ce qui est de son alimentation, mais elle n'a pas d'allergies, non. Du moins, pas à ma connaissance.

— Des carences auto-immunitaires ?

— Pas de mon côté, mais je ne peux pas répondre pour celui de son père.

Il était clair que les examens n'avaient pas fourni les réponses que le médecin espérait, mais elle n'en avait pas davantage à lui fournir. Elle avait hâte de retrouver Lucas. Il fallait impérativement qu'elle sache l'origine de ce problème, et il en détenait peut-être la clé.

Il était grand temps de révéler certains secrets. Cas de force majeure…

— Je vais me renseigner.

Pendant qu'on pratiquait la tomodensitométrie, elle partit à la recherche de Lucas.

Elle le retrouva dans la salle d'attente, et comme il se levait en la voyant arriver, elle se glissa sans hésiter entre ses bras ouverts.

— Alors ? demanda-t-il. Comment ça se passe ? Ont-ils trouvé quelque chose ?

— Rien n'est encore sûr. Ils sont en train de faire une tomodensitométrie. Le médecin pensait à une appendicite ou à une occlusion intestinale, mais la radio n'en a apporté aucune confirmation. Il envisage maintenant une sorte d'allergie. Il aurait voulu connaître les antécédents familiaux, mais je n'ai pu lui fournir que la moitié des informations.

— Et je ne vois pas comment tu pourrais en savoir plus, à moins de rechercher son père.

Elle ferma les yeux en prenant une forte inspiration. Cette fois, elle ne pouvait plus reculer.

— Je sais où il est.

— Ah bon ? Tu as gardé une relation avec lui ?

— Oui et non… Tu peux venir avec moi dehors ? J'ai besoin d'air.

Elle lui devait des explications, mais pas ici. Pas dans le service des urgences.

Les portes de verre s'ouvrirent en glissant à leur approche, et ils se dirigèrent sans se concerter vers un des bancs sur la pelouse. Elle s'assit et attendit que Lucas prenne place à côté d'elle. Son cœur battait à tout rompre.

Ce moment qu'elle n'avait cessé de repousser était venu.

— Je sais où est le père de Lily, Lucas, dit-elle en levant les yeux vers lui. C'est toi.

9.

Lucas n'aurait pas bondi plus violemment du banc s'il avait reçu une décharge électrique.

— *Quoi ?* Mais qu'est-ce que tu racontes ?

— Tu es le père de Lily.

— Lily est ma fille ?

Il secoua la tête en se passant la main dans les cheveux.

— Mais… Tu en es sûre ?

— Evidemment.

— Alors, pourquoi ne m'en as-tu rien dit ? demanda-t-il, presque agressif. Pourquoi me l'avoir caché ?

— Je regrette, marmonna-t-elle.

— Ah oui ? Et qu'est-ce que tu regrettes, exactement ? De me l'avoir révélé ? Ou de me l'avoir caché ?

Il rivait à présent son regard sur elle comme s'il la soupçonnait d'avoir encore d'autres secrets en réserve. Et elle avait comme un goût de bile dans la gorge.

— Je n'aurais jamais choisi de te le dire de cette façon. Pardonne-moi, Lucas…

— Comment as-tu pu garder ça pour toi ?

— Ce n'était pas mon intention. J'ai essayé de te retrouver.

— Quand ?

— Lorsque j'ai découvert que j'étais enceinte. Kristie et moi avons engagé un détective, mais au bout d'un mois, il nous a dit qu'on perdait notre temps. As-tu une idée du nombre de Lucas White qui vivent en Australie ? Et aucun d'eux n'était toi.

— Quand était-ce ?

— En avril. La saison de ski était finie, la station avait fermé pour l'été, et tu aurais dû être rentré chez toi, en Australie.

Etrangement, elle le vit pâlir puis se rasseoir pesamment à côté d'elle.

— Lucas… Que t'arrive-t-il ? Tu ne te sens pas bien ?

Il tourna la tête vers elle. Il avait l'air carrément malade.

— Lucas ? Réponds-moi…

— Je n'étais pas en Australie, à l'époque.

— Ah non ? Tu ne devais pas retourner à l'université ?

— C'est ce que j'avais prévu, mais mes plans ont été bouleversés. Je n'arrivais pas à me concentrer sur mes études. Et puis, le père d'un de mes amis m'a proposé un job dans son nouvel hôtel en Indonésie, et j'ai sauté sur l'occasion. C'était une chance unique. Je devais m'occuper aussi bien du bar que du ménage, de la réception et du côté administratif. Donc, j'ai pris une année sabbatique à l'université, et en avril de cette année-là, je suis parti.

— Oh. Donc je ne risquais pas de te trouver, murmura-t-elle, au bord des larmes.

Tout ce temps perdu à le chercher pour rien…

— Je regrette, Jess. J'aurais dû t'écrire comme j'en avais l'intention, mais je croyais avoir le temps de le faire. Et puis, je l'avoue, l'idée que notre histoire ait pu avoir des conséquences ne m'a jamais effleuré.

— Sur le moment, moi non plus. Mais j'ai dû y faire face, et je me suis débrouillée du mieux possible.

— Et ensuite… Tu as continué à me chercher ?

— Bien sûr. J'avais dix-huit ans et j'étais enceinte. Tu crois que j'aurais délibérément pris la décision de m'en sortir toute seule ? Mais après la naissance de Lily, j'ai commencé à penser que tu restais délibérément introuvable. En plus, mon père me répétait que tu ne voudrais pas t'encombrer d'un enfant dont tu connaissais à peine la mère, et même si je ne voulais pas le croire, j'ai fini par me résigner au fait que je t'avais définitivement perdu.

— Lily est ma fille…, murmura Lucas comme pour lui-même.

Puis il se releva brusquement, et elle comprit à son attitude déterminée qu'il avait pris une décision.

— Je dois parler au médecin. Il t'a demandé s'il y avait des allergies ou des maladies spécifiques dans la famille. Alors, il faut lui dire que Lily doit subir un test pour la cœliaquie.

— La cœliaquie ? répéta-t-elle, incrédule. L'intolérance au gluten ? Pourquoi ?

— Parce que j'en suis atteint, et si je suis réellement le père de ta fille, alors il est très possible qu'elle le soit aussi.

— Lucas… Tu *es* le père.

— Lily a participé à plusieurs fêtes la semaine dernière. Si elle souffre de cette maladie et qu'elle s'est empiffrée de gluten, ça pourrait expliquer ses vomissements. Il faut lui faire passer les tests.

— Quel genre de tests ?

Elle aurait dû connaître la réponse, mais, à cet instant, c'était comme si tout ce qu'elle avait appris s'était envolé. Elle n'était plus une infirmière mais une mère. Une mère angoissée par la possibilité que sa fille souffre d'une maladie transmise par son père. Tous les autres problèmes devraient attendre.

— Il y a une quinzaine d'années qu'on l'a diagnostiquée chez moi, et je crois me souvenir que c'est juste une analyse de sang au départ, répondit-il. Il faut en parler tout de suite au médecin.

Comme ils retournaient à l'intérieur, ils tombèrent sur le Dr Davis devant le service de triage.

— Avez-vous reçu les résultats de la tomo ? s'enquit-elle.

— Oui. Et il n'y a aucun signe d'une occlusion, là non plus.

— Pourriez-vous faire des analyses pour la cœliaquie ? intervint Lucas.

— La cœliaquie ? répéta le médecin qui se tourna vers elle. Je peux savoir pourquoi ?

— Parce que son père souffre de cette maladie.

— Et vous n'avez pas pensé à me le dire plus tôt ?

— Lily est ma fille, intervint Lucas. Et j'en suis atteint.

— Nous nous étions perdus de vue depuis longtemps, ajouta-t-elle, consciente de la nécessité de fournir un minimum d'explications.

Le médecin avait l'air dubitatif.

— Ce qui importe, insista Lucas avec énergie, c'est que je suis atteint de cette maladie, que Lily est ma fille, et que ses symptômes correspondent. Ça ne s'était pas révélé jusqu'à présent, mais il y a un fort risque qu'elle en soit victime elle aussi. Nous souhaiterions qu'elle subisse les examens pour en avoir la confirmation.

Le Dr Davis hocha la tête.

Ils avaient enfin réussi à capter son attention. Lucas, habitué à diriger, n'avait pas mâché ses mots. En quelques secondes, il était devenu un animal sauvage déterminé à sauver son petit, et rien ni personne ne pourrait désormais se mettre en travers. Pas plus elle que le Dr Davis. Et l'hôpital allait devoir agir en conséquence.

Jess se rendit compte avec un pincement au cœur qu'elle n'avait plus la situation en main. A cette seconde, l'attitude de Lucas disait clairement qu'il ne risquait pas de ressortir de leur vie avant longtemps. Il voudrait s'impliquer dans celle de Lily, et elle savait qu'il était prêt à se battre pour cela.

Et elle-même, dans tout cela ? Où se situait-elle ?

— Dans ce cas, l'analyse de sang ne suffira pas, fit remarquer le Dr Davis. Il existe d'autres maladies digestives qui présentent les mêmes symptômes.

— Je sais, mais c'est tout de même une piste, non ?

— Le meilleur test est le tTG-IgA, une méthode de dosage avec laquelle on obtient des résultats positifs pour 98 % des patients.

— Positifs pour quoi ?

— Pour rechercher les anticorps IgA anti-transglutaminase qui sont présents si le régime alimentaire du patient souffrant de cœliaquie contient du gluten. Est-ce bien votre cas ?

Lucas le confirma d'un hochement de tête.

— Bien. Mais le résultat peut malgré tout dépendre de la quantité de gluten qu'elle a absorbée.

— En attendant, c'est notre meilleure chance, insista Lucas. Vous pouvez faire le test tout de suite ?

— Je peux en lancer l'ordre, mais je vais devoir la garder ici pour la nuit. S'il s'avérait que ce soit finalement une appendicite ou une occlusion, nous serions à pied d'œuvre. Je vais donner les directives nécessaires.

Dès que le Dr Davis eut disparu au bout du couloir, Jess se tourna vers Lucas.

— Et maintenant ?

Nerveusement, il se passa la main dans les cheveux, les ébouriffant un peu plus qu'ils ne l'étaient déjà.

— Maintenant, on n'a plus qu'à attendre. L'essentiel est de découvrir l'origine du problème de Lily. La cœliaquie ne met pas la vie en danger, mais elle peut provoquer des lésions irréversibles à l'intestin grêle si elle n'est pas traitée. En tant qu'infirmière, tu es bien placée pour le savoir. S'il n'y a rien d'autre, un régime sans gluten suffit. C'est bien plus facile à prendre en charge aujourd'hui qu'à mon époque. L'important est que cette intolérance soit diagnostiquée dès l'enfance.

Puis il secoua la tête en soupirant.

— Je vais attendre dehors. Viens me prévenir s'il y a du nouveau.

Il souhaitait être seul, c'était évident.

Elle le suivit des yeux tandis qu'il sortait, en se demandant si son choix de lui révéler sa paternité à ce moment avait été judicieux. Mais comment le regretter, quand l'information qu'il avait fournie au médecin permettrait sans doute de soigner sa fille ?

Une fois Lily ramenée du service de radiologie, des infirmières l'installèrent dans un lit, et Jess s'assit auprès d'elle tandis qu'elles lui reprenaient un peu de sang. Puis, grâce au sédatif ajouté dans son goutte-à-goutte, la petite fille s'endormit rapidement.

Elle n'avait pas vomi depuis son arrivée à l'hôpital, et Jess aurait aimé pouvoir la ramener à la maison. Toutefois, tant qu'il n'aurait pas le résultat du test et des analyses, le Dr Davis la garderait afin de la surveiller, et elle-même resterait sur place jusqu'à ce qu'il ait diagnostiqué l'origine de son problème.

Mais Lucas ? Attendait-il toujours ? Elle pourrait difficilement lui en vouloir d'être reparti. Après la nouvelle qu'elle lui avait annoncée… Elle aurait dû le lui dire de façon moins brutale.

Sur une impulsion, elle se leva et ressortit.

Elle l'aperçut sur le banc. Et à le voir ainsi penché, les coudes sur les genoux et la tête entre les mains, elle sentit son cœur se serrer.

Mon Dieu, qu'avait-elle fait ?

Il se redressa lorsqu'elle s'assit près de lui.

— Tu aurais dû me le dire, l'accusa-t-il sans préambule.

— Je sais.

— Je comprends que tu ne m'aies pas trouvé à l'époque, mais depuis quinze jours, tu as eu amplement l'occasion de me mettre au courant. Pourquoi avoir choisi de te taire ? Et s'il n'y avait pas eu ce problème, je ne l'aurais jamais su ? Tu ne crois pas que je méritais d'apprendre que j'avais une petite fille ?

— J'attendais le bon moment, Lucas. Et avant, je voulais connaître mieux l'homme que tu es devenu. J'ignorais comment tu prendrais la nouvelle. Si tu ne voulais pas d'elle dans ta vie, mieux valait qu'elle ne s'attache pas à toi.

— Mais pourquoi t'imaginais-tu que je ne voudrais pas d'elle ?

— Parce que… Parce que tu aurais pu préférer ta vie de célibataire, sans femme ni enfant.

— Comment peux-tu dire une chose pareille ? Pense à tout ce que j'ai manqué ! Sa naissance, ses premiers pas, ses premiers mots, le premier jour d'école… Bon sang, j'ignore même jusqu'au jour de son anniversaire.

— Le 13 septembre.

— Et elle ? poursuivit-il sans tenir compte de son intervention. Tu crois que la présence d'un père ne lui a pas manqué ?

— Bien sûr que si. Et elle est prête à t'aimer, j'en suis certaine, répondit-elle à voix basse, alors que les larmes lui montaient aux yeux.

Elle les refoula à grand-peine.

Il n'était pas question que Lucas les voie, pas question qu'il la soupçonne de chercher à l'attendrir. En revanche, il était essentiel qu'il comprenne les raisons qui l'avaient poussée à agir ainsi. Elle redoutait que, sinon, il le lui reproche au point de lui en vouloir. Elle ne supporterait pas de subir son ressentiment.

— Et le jour où elle commencerait à poser des questions sur son père ? insista-t-il. Qu'avais-tu l'intention de lui répondre ?

— Je ne m'y étais pas encore préparée. A vrai dire, je ne m'attendais pas à te revoir.

Il y avait tant de choses qu'elle n'avait pas voulu envisager. Tant de choses qu'il lui avait été plus facile d'ignorer. Une attitude d'évitement qui ne lui était désormais plus permise.

— Tu croyais vraiment être la seule à pouvoir l'aimer ?

Elle secoua la tête en soupirant.

— Non.

Mais j'avais peur que tu ne m'aimes pas, moi.

— Je pensais te connaître, Gigi. Je suis revenu ici pour te retrouver et te prouver que j'étais digne de toi, mais je n'étais vraiment pas prêt pour… pour *ça*.

— Et que comptes-tu faire, maintenant ?

— Je n'en sais rien. Mais ce dont je suis sûr, c'est que je veux inclure Lily dans ma vie.

— Oui, mais… Que vas-tu lui dire ?

— Ne t'inquiète pas, répondit-il en se levant. Je ne lui dirai rien qui puisse la bouleverser. S'il faut le lui révéler, nous le ferons en temps voulu. Pour l'instant, j'ai juste envie de voir ma fille. Est-ce trop demander ?

Sans répondre, elle se leva à son tour pour le suivre. Mais une fois devant la chambre de Lily, elle hésita.

— Tu ne veux pas entrer ? s'étonna Lucas.

— Si, mais je ne savais pas si toi, tu le souhaitais.

— Elle risque de s'inquiéter si elle ne te voit pas près d'elle à son réveil. C'est de toi qu'elle a besoin.

Debout devant le lit, il regarda en silence la petite fille endormie.

Jess devinait facilement ce qu'il éprouvait. Elle-même avait passé des heures devant son berceau lorsqu'elle était bébé. C'était un vrai petit ange…

Et puis, Lily ouvrit les yeux sans toutefois être tout à fait réveillée.

— Veux Ozzie, marmonna-t-elle.

Jess sortit le petit koala gris au nez rose vif et aux oreilles blanches de son sac pour le lui mettre dans les mains.

Lily ne dormait jamais sans lui. Elle le serra contre elle et referma les yeux.

Lucas fixa la peluche, l'air effaré.

— Est-ce que c'est le même que…

Jess acquiesça d'un signe de tête. Oui, c'était bien celui qu'il lui avait offert le jour de ses dix-huit ans.

— Tu l'as gardé ?

Sa gorge se noua.

— C'est tout ce qu'il me restait de toi.

Cette adorable peluche l'avait accompagnée tout au long de sa grossesse, et aujourd'hui c'était Lily qui s'y accrochait.

— Elle sait d'où il vient ?

— Non, répondit-elle en se tournant vers la porte qui s'ouvrait.

Le Dr Davis entra, une feuille à la main.

— J'ai les résultats, annonça-t-il. Le test de dépistage pour les anticorps IgA anti-transglutaminase est positif. Il révèle aussi un nombre élevé d'anticorps anti-gliadine, spécifique à la cœliaquie. Autrement dit, Lily pourrait avoir cette maladie.

— Pourrait ? Ce n'est pas certain ?

— Il faut encore faire d'autres examens pour en être sûr.

— Et maintenant ?

— Vous pourrez l'emmener dès que le goutte-à-goutte sera terminé, et après qu'elle aura mangé sans vomir.

— Elle n'a pas besoin de rester cette nuit ?

— Non. Au vu de ses antécédents et du scanner que nous avons fait, une occlusion intestinale n'est à mon avis pas à craindre. Et du moment qu'elle ne vomit pas et qu'elle peut uriner, vous pourrez la ramener chez vous. Mais nous devrons procéder à des biopsies de l'intestin grêle sous endoscopie afin d'avoir confirmation du diagnostic.

— Des biopsies ? Pourquoi ?

— Pour rechercher une éventuelle inflammation et des modifications des villosités de l'intestin. Ce qui confirmerait la cœliaquie. Cette endoscopie sera pratiquée sous anesthésie générale, Lily devra voir un spécialiste. A-t-elle déjà vu un gastro-entérologue ?

— Jamais, répondit Jess.

— Avez-vous quelqu'un à nous recommander ? demanda Lucas. Quel serait le meilleur à Vancouver ?

— Le Dr Stuart Johnson.

Elle avait deviné la réponse du Dr Davis avant même qu'il ouvre la bouche.

— Y en a-t-il d'autres ? s'enquit-elle.

— Naturellement, mais vous m'avez demandé le meilleur, et, à mon avis, c'est incontestablement lui. Toutefois, si vous le souhaitez, je peux vous indiquer d'autres spécialistes très compétents eux aussi.

— Ce sera très bien, intervint Lucas. Nous suivrons votre conseil.

— Parfait. Avez-vous d'autres questions ? Je ne suis pas un expert en la matière, mais à ce stade, je ne pense pas qu'il y ait des raisons de s'inquiéter. Apparemment, il s'agit bien d'une cœliaquie, qui est un des problèmes intestinaux les plus faciles à traiter. L'essentiel est de vous assurer que Lily continue à ingérer du gluten. Si vous arrêtez avant qu'elle voie le spécialiste, vous risquez de ne pas avoir un diagnostic suffisamment fiable. Si son régime alimentaire habituel est déjà faible en gluten, le résultat des examens pourrait se révéler faussement négatif. Je ne saurais donc trop vous conseiller de continuer à lui donner deux tranches de pain par jour, ou l'équivalent en gluten.

Lucas attendit que le médecin quitte la chambre pour se tourner vers elle, mais elle savait ce qu'il allait dire.

— Ce Dr Stuart Johnson a l'air de te poser un problème. Tu le connais ? C'est un parent à toi ?

— C'est mon père.

— Ton père ? répéta-t-il, l'air ahuri. Ton père est gastro-entérologue ?

— Oui.

— Et c'est le meilleur, en plus ?

Lily, sur la banquette arrière, berçait Ozzie en écoutant au casque la musique que Lucas lui avait choisie. Lucas quitta la route des yeux une seconde.

— Et si tu m'expliquais, Jess ? Si ton père est le meilleur dans sa partie, pourquoi avoir demandé à en voir un autre ? s'enquit-il.

Jess était parvenue à repousser cette inévitable discussion jusqu'à cet instant. Lily semblait avoir totalement récupéré. Elle avait dormi, n'avait plus vomi, ne manifestait plus d'effets néfastes persistants, et le Dr Davis l'avait autorisée à sortir. Elle-même, en revanche, se sentait physiquement et émotionnellement épuisée.

Mais Lucas attendait une réponse.

— Quel souvenir gardes-tu de lui ? demanda-t-elle.

Il eut un sourire ironique.

— La seule fois où je l'ai rencontré, le jour de ton anniversaire, il m'a traité de tous les noms avant de me jeter dehors. Alors, le souvenir que j'en ai… Mais s'il est vraiment le meilleur dans sa partie, je suis prêt à oublier mon expérience personnelle pour me concentrer sur ses qualités professionnelles. En ce moment, c'est tout ce que je demande.

— Mon père et moi n'avons plus de contacts.

— Ah bon ? Plus aucun ? Et depuis quand ?

— Depuis la naissance de Lily. Il y a six ans que je ne l'ai pas vu, et il ne connaît pas Lily.

A la manière dont Lucas crispait les mains sur le volant, il était clair qu'il devait se forcer pour garder son calme. Il lui lança un nouveau coup d'œil avant de soupirer.

— Bon. Et si tu me disais tout, Jess ? Si nous voulons garder une chance de construire quelque chose ensemble, autant ne rien laisser dans l'ombre, tu ne crois pas ?

Elle prit une discrète inspiration avant de se lancer.

— Je t'ai déjà parlé des répercussions que la mort de Stephen avait eues dans notre famille et la façon dont j'ai été ensuite hyperprotégée et surveillée. J'avais le droit d'aller dans des fêtes chez des amis, mais pas avant que mon père ait pris scrupuleusement ses renseignements. C'était plutôt étouffant, mais comme je connaissais les raisons de son attitude, je l'acceptais. Et je l'ai supporté… Jusqu'à ce que je te rencontre.

Elle s'interrompit, le temps de soutenir le regard de Lucas, puis elle reprit son récit.

— A ce moment-là, j'ai compris ce que Kristie me disait à propos des garçons. Et, pour la première fois, j'ai été prête à désobéir. A prendre des risques, à piétiner les règles et à mentir à mes parents, et même à ma tante et à mon oncle. J'étais folle de toi, Lucas, et je t'ai tout donné. Mon cœur et mon âme.

— Tout, oui, sauf notre enfant.

Elle s'enfonça presque les ongles dans la paume pour s'empêcher de pleurer.

L'accusation de Lucas la brisait, c'était comme un coup de massue sur son cœur fragile. Elle avait fait de son mieux, mais il ne semblait pas prêt à la croire. Jamais elle n'avait cherché à lui cacher Lily, elle ne pouvait que prier pour qu'il s'en rende compte un jour. Peut-être, avec le temps, apprendrait-il à lui faire de nouveau confiance ?

Lily dormait derrière eux. Du moins avait-elle les yeux fermés. Peut-être écoutait-elle la musique. Toujours est-il qu'elle ne leur prêtait aucune attention. Elle se sentit donc libre d'insister. Il *fallait* que Lucas comprenne ce qui s'était passé. Et pour cela, elle devait le lui expliquer encore et encore.

— Tu es injuste, Lucas. Je t'ai dit que j'ai tout fait pour te retrouver. Si j'avais cédé à mon père, Lily ne serait pas là aujourd'hui. C'est pour ça que je ne l'ai pas vu depuis six ans.

Il inclina la tête, visiblement intéressé.

— Ma relation avec lui était très tendue depuis que nous avions quitté Moose River poursuivit-elle. Il m'en voulait d'avoir menti à mon oncle et à ma tante, et apprendre que j'étais enceinte n'a rien arrangé. Il était certain que ça allait gâcher ma vie. Il a tout fait pour me persuader que tu ne voudrais pas t'encombrer d'un enfant et me dissuader de garder le bébé. Le fait que tu n'aies jamais cherché à me contacter plaidait en son sens. Je n'avais que dix-huit ans, Lucas. J'étais naïve, effrayée, et ses arguments étaient très convaincants.

— Et que voulait-il, au juste ? Que tu avortes ?

— Non, jamais il ne m'aurait demandé ça. Sur ce sujet au moins, nous étions d'accord. Mais il souhaitait que je fasse adopter le bébé. Il avait peur pour moi, il craignait que ma vie et les projets que j'avais ne tombent à l'eau. Mais pour moi, il n'en a jamais été question. C'était mon enfant et aussi le tien, et y renoncer était impensable. Et puis, c'était aussi une façon de prouver à mon père que je pouvais me débrouiller seule. Ce qui était insensé, bien sûr. Je n'avais aucune idée de ce qui m'attendait, mais je lui en voulais de m'avoir éloignée de toi. Donc, pour l'amour de l'enfant que je portais, j'ai sacrifié le lien que j'avais avec lui. Même si ma résolution était une erreur comme il le pensait, j'étais prête à l'assumer.

— Et ça l'a été ? Je veux dire… une erreur ?

— Non.

Instinctivement, elle se tourna pour jeter un regard sur sa fille endormie.

— J'avais beau être une adolescente naïve ne connaissant pas grand-chose de la vie, j'étais aussi très obstinée. Ça n'a pas été facile, c'est certain, mais jamais je n'ai regretté ma décision.

— Je comprends, Gigi. Ça a dû être très dur pour toi. Mais tu ne penses pas que, pour Lily, il serait temps de ravaler ta fierté et de rétablir le lien entre ton père et toi ?

— Non, répondit-elle sans hésiter. Il s'est passé trop de choses, et je ne suis pas sûre de pouvoir simplement tirer un trait sur tout ça.

Les décisions qu'elle avait prises alors l'avaient conduite là où elle était aujourd'hui. Même si elle le souhaitait, elle serait incapable de revenir en arrière.

— On peut s'adresser à un autre gastro-entérologue, avança-t-elle. Ce serait plus simple.

— Mais c'est ton père le meilleur. Et tu veux ce qu'il y a de mieux pour ta fille — *notre* fille —, non ?

— Donne-moi vingt-quatre heures, Lucas. S'il te plaît…

— OK. Voilà ce que je te propose : si Lily est assez en forme demain matin, je passerai la prendre, et je la garderai la matinée pendant que tu cherches un autre spécialiste. Ça nous offrira à tous les deux un peu de recul pour prendre nos décisions.

Elle sentit une sourde inquiétude monter en elle.

Allaient-ils au-devant de pénibles négociations quant au « partage » de Lily ?

Cependant elle pouvait difficilement refuser sa suggestion. Pas si elle souhaitait remporter la décision concernant le gastro-entérologue.

Lucas gara son SUV devant chez elle et porta Lily encore à moitié endormie jusqu'à son appartement, mais il ne resta pas. Il ne s'arrêta pas sous le gui et ne lui adressa pas non plus la parole. Pour un peu, elle se serait crue transparente.

Elle pouvait renoncer définitivement aux rêves qu'elle avait pu nourrir, c'était clair. Pas de fin heureuse pour leur histoire. Ils ne seraient jamais la famille radieuse des cartes postales de Noël.

Mais n'était-ce pas ce qu'elle avait mérité, au bout du compte ?

10.

Le lendemain midi, quand Jess se présenta au Chalet pour récupérer sa fille, Sofia lui indiqua l'écurie de Banjo derrière le bâtiment.

— Alors ? Comment ça se passe ? demanda Lucas lorsqu'elle s'approcha de la stalle.

Pas de « bonjour », pas de « ça va ? ». De toute évidence, il avait des choses plus importantes en tête.

Lily, en train de brosser Banjo, leva à peine les yeux à son arrivée. Il était clair que sa matinée avait été plus plaisante que la sienne… De toute façon, la compagnie de Lucas suffisait à la réjouir, et elle était bien placée pour la comprendre. Mais elle n'avait manqué à aucun des deux ? Ils pourraient ainsi se passer d'elle longtemps sans que ça leur pose de problème ?

Lucas se pencha sur la petite fille.

— Lily, quand tu auras fini avec Banjo, que dirais-tu de venir prendre un chocolat chaud au Chalet avec François ? Ta mère et moi devons discuter de certaines choses.

— D'accord, répondit celle-ci en levant à peine les yeux de sa tâche.

— Tu as pris rendez-vous avec un spécialiste ? s'enquit Lucas sitôt qu'ils eurent quitté l'écurie pour retourner au Chalet.

Elle en avait discuté avec Cameron, mais elle n'avait pas progressé quant à d'autres options.

— Je n'ai rien pu décrocher avant le 10 janvier. Les deux gastro-entérologues redevables à Cameron sont en vacances, et étant donné que l'état de Lily n'est pas considéré comme trop sérieux, personne ne veut compresser son emploi du temps pour la prendre.

— Je suis sûr que ton père la prendrait, lui, remarqua Lucas. Je comprends ton problème, mais à l'époque tu avais dix-huit ans et tu étais seule. Aujourd'hui, je suis là, avec toi, et si tu imagines que je ne participerai pas à la vie de Lily, détrompe-toi. Je compte bien être présent, au contraire. Et, d'une façon ou d'une autre, je m'assurerai qu'elle soit sérieusement prise en main et qu'elle bénéficie d'un traitement adéquat. Si elle est atteinte de cœliaquie, il faudra éliminer le gluten de son régime ordinaire, mais seule la biopsie nous en donnera la confirmation. On nous a adressés à ton père. Si tu le souhaites, je peux aller le voir sans toi.

Elle était déjà arrivée à la même conclusion.

Elle secoua la tête en soupirant.

— Non. Je l'emmènerai moi-même. Elle aura besoin de moi.

— C'est aussi ma fille. A ce propos, quand allons-nous le lui dire ?

— Ça pourrait attendre les vacances ? Elle a déjà beaucoup de choses à intégrer, et je pense que ce sera mieux pour elle si elle a du temps pour y penser.

— D'accord. Mais seulement jusqu'à la fin de l'année scolaire. C'est vendredi, non ?

— Oui.

— Je vous inviterai toutes les deux à dîner vendredi, alors, dit Lucas en lui tenant la porte ouverte. J'aimerais pouvoir en parler à mes parents avant Noël. Je pensais retourner en Australie à la fin de la saison de ski et emmener Lily.

« Emmener Lily » ?

Jess vit des papillons danser devant ses yeux.

Pas question de lui abandonner Lily, ne serait-ce que provisoirement ! En six ans, elles ne s'étaient jamais quittées, et elle était prête à se battre pour la garder.

Serrant les poings, elle se dressa de toute sa hauteur.

— Non.

Lucas haussa les sourcils, la tête inclinée.

— Comment ça, *non* ?

— J'ai quitté Moose River il y a sept ans, complètement déprimée et enceinte, dit-elle d'une voix calme mais ferme. Je regrette de ne pas t'avoir retrouvé. Je regrette que tu ne m'aies jamais envoyé ces lettres et que tu aies manqué six ans de sa vie. Je regrette d'avoir été stupide, mais il n'est pas question que tu me l'enlèves. J'ai perdu mon frère, ma mère et mon père. Lily est tout ce qu'il me reste. Alors, ne compte pas m'en priver.

— Je n'ai jamais dit que tu étais stupide, objecta-t-il en lui saisissant le bras pour l'entraîner vers le canapé de la réception.

Il s'assit à côté d'elle, et ce n'est que lorsqu'il posa la main sur son genou qu'elle cessa de trembler.

— Tu as parcouru tout ce chemin seule, Jess, et tu peux être fière de ce que tu as accompli avec Lily. Bien sûr, j'aurais préféré ne pas avoir manqué toutes ces années avec elle, mais je sais que je ne peux m'en prendre qu'à moi. Et je te rassure, jamais je ne chercherai à te l'enlever. J'aimerais simplement la présenter à ma famille, et si je l'emmène, ce ne serait que pour des vacances, rien de plus. Ma vie est à Moose River, désormais. C'est ici que je travaille, et c'est ici qu'est ma fille. En fait, j'ai oublié de dire que je t'incluais dans le voyage.

— Oh ! C'est vrai ?

Elle en était si soulagée qu'elle se sentait au bord des larmes. Ses émotions étaient exacerbées, depuis quelques jours…

— Même après ce que j'ai fait ?

— Ce qui est fait est fait, répondit Lucas avec une moue fataliste. A présent, Lily est notre priorité, nous devons tout faire pour qu'elle soit heureuse et se sente en sécurité. Quant à sa santé, nous prendrons les mesures nécessaires. Es-tu prête à l'emmener voir le Dr Johnson ?

— Oui, répondit-elle sans hésitation.

Pour Lily et Lucas, elle se réconcilierait avec son père. Elle n'avait pas le choix. Elle avait été seul maître à bord de sa vie depuis sept ans, mais il semblait à présent que le destin en reprenait le contrôle. A moins que ce destin n'ait pour nom Lucas White…

Jess avait repoussé le fatidique coup de téléphone jusqu'au lendemain. Il lui semblait si étrange d'appeler son père après six ans de silence pour lui demander une faveur. Mais, ainsi que l'avait souligné Lucas, le temps était venu de surmonter son entêtement.

Par chance, ce fut la secrétaire qui répondit, et ce fut à elle qu'elle débita le discours qu'elle avait répété au préalable. Elle venait à peine de raccrocher, un peu soulagée, quand un coup bref retentit à la porte, qui s'ouvrit sur Cameron.

— Jess, est-ce que Lily est partie en excursion avec l'école aujourd'hui ?

— Oui, pourquoi ?

— Il y a eu un incident avec les télécabines, mais pas de panique, tout le monde va bien.

Elle bondit malgré tout de sa chaise.

— Quel genre d'incident ?

— Encore une fois, tout le monde va bien. Une télécabine est tombée en panne, et un groupe d'enfants est coincé dedans. Une équipe de sauveteurs professionnels est sur place. Je préférais vous avertir. Si vous souhaitez y aller, n'hésitez pas.

Paniquée, elle enfila son bonnet et son manteau, et elle sortait en courant du bâtiment quand elle tomba presque dans les bras de Lucas qui venait en sens inverse.

— Que fais-tu ici ?

Et puis, elle comprit aussitôt.

— Tu es au courant pour…

— Oui. Apparemment, il n'y a pas de blessés, mais les gosses ont entre six et sept ans, et j'ai tout de suite pensé que Lily pouvait être parmi eux. Je peux t'y accompagner, si tu veux. J'ai emprunté une motoneige, ce sera plus rapide.

Sans même réfléchir, elle prit les lunettes de neige qu'il lui tendait, le suivit en bas des marches puis monta derrière lui sur l'engin. Elle s'accrocha à sa taille en se serrant contre son dos, et de le sentir aussi solide et musclé, elle eut le sentiment, presque une certitude, que rien de mal ne pourrait lui arriver. Oui, peut-être réussiraient-ils à construire ensemble quelque chose de solide.

En quelques minutes, ils parvinrent sur les lieux de l'incident, et elle reconnut parmi le groupe rassemblé autour d'un des pylônes des parents d'élèves de la classe de Lily.

Quand Lucas éteignit le moteur de la motoneige, elle fut surprise par le silence qui régnait. Elle s'était attendue à entendre l'équipe de secours s'activer, mais tout le monde restait là sans bouger, comme paralysé par l'indécision.

Elle enleva ses lunettes pour mieux voir. Ils se trouvaient près d'un ravin, et en suivant le câble des yeux, elle aperçut deux télécabines qui lui parurent bien trop proches l'une de l'autre.

— Pourquoi ne se passe-t-il rien ? demanda-t-elle à Lucas.

— Aucune idée. Ne bouge pas, je vais me renseigner.

Il revint à peine trois minutes plus tard avec Fleur et son mari, Nathan. Les yeux rouges de Fleur disaient clairement qu'elle avait pleuré.

Aussitôt, Jess l'attira dans ses bras.

— Où sont les filles ?

Fleur tendit la main vers le ravin où, apparemment, les deux télécabines s'étaient télescopées.

— Là. Dans une des deux.

— Oh non !

— Les filles vont bien, la rassura aussitôt Lucas. L'instructrice qui est avec elles utilise son portable pour communiquer avec le sol. Personne n'est sérieusement blessé, il y a juste quelques bosses. La deuxième cabine ne s'est pas décrochée, mais l'accès est difficile.

Jess relâcha Fleur pour se tourner vers lui.

— Quand pourra-t-on les sortir de là ?

— Ça va prendre un moment, mais on y arrivera. Pour l'instant, les cabines sont stables, et c'est l'essentiel.

— Pour l'instant ? répéta Jess, angoissée. Et comment ça a pu arriver, d'abord ?

— Apparemment, le frein de secours a été activé par erreur, ce qui a provoqué le déraillement d'une cabine, qui a alors glissé sur le deuxième câble pour finalement s'accrocher à celle qui la suivait. C'est ce qui l'a jusqu'à présent empêchée de tomber. Mais c'est l'endroit où ça s'est produit qui pose problème. Ils envisagent de fixer un autre câble de pylône en pylône pour permettre à l'équipe d'intervention d'accéder par au-dessus aux cabines qu'ils doivent sécuriser. Ensuite, ils utiliseront des harnais et des civières pour redescendre tout le monde.

Jess ferma les yeux, prise de vertige.

L'idée que Lily soit là-haut, en danger et terrifiée, lui était insupportable.

Lucas la prit par les épaules pour l'attirer contre lui.

Encore heureux qu'il soit là ! Quoi qu'il arrive, elle savait qu'elle pouvait compter sur lui. Il le lui avait promis, et elle se sentit poussée à lui offrir quelque chose en retour.

— Si Lily s'en sort sans problème, tu pourras me demander ce que tu veux, dit-elle en rivant son regard au sien. Et nous lui dirons la vérité dès ce soir.

Lucas détestait se sentir inutile. Il avait demandé à un employé du Chalet de porter des sandwichs et des boissons chaudes à l'équipe de secours, mais c'était à peu près tout ce qu'il pouvait faire, et l'inactivité lui pesait. Sa fille était piégée dans une de ces cabines, et il ne pouvait rien pour elle. Fleur et Nathan étaient allés chercher quelque chose à manger, le laissant seul avec Jess qui avait refusé de rejoindre les autres parents.

L'intervention était d'une lenteur désespérante. Ils étaient sur place depuis plus de deux heures, et pour couronner le tout, il faisait un froid glacial. Pourtant, aucun des parents ne bougeait. Des couvertures leur avaient été apportées, mais le vent s'engouffrait dans le ravin où il faisait se balancer les cabines. Heureusement, l'équipe de secours était parvenue à les sécuriser à temps. Au moins le ciel était-il dégagé et aucune chute de neige n'était prévue, ce qui était une bonne chose.

— Tu ne veux pas t'asseoir un peu ? suggéra Jess.

— J'ai du mal à rester en place. Je ne supporte pas d'être là à ne rien faire alors que tout le monde s'active.

— Tu ne fais pas rien, tu me soutiens, lui dit-elle en lui tendant la main. C'est important pour moi, tu sais…

Elle l'attira sur la motoneige, et il s'assit près d'elle, le bras sur ses épaules. Aussitôt, il se sentit quelque peu apaisé.

— Parle-moi de Lily.

Il s'habituait tout juste à l'idée d'être père. Avoir une petite fille, c'était une lourde responsabilité, bien sûr, mais il avait hâte de découvrir les changements que cela apporterait dans sa vie. Même si tout ne serait pas aisé, c'était évident. En attendant, il devait en apprendre autant que possible sur Lily afin de la connaître mieux.

— Elle tient beaucoup de toi, dit Jess, répondant sans le savoir aux questions qu'il s'apprêtait à lui poser. Ne serait-ce que sur des skis, elle a ce sens de l'équilibre, comme toi, et une intrépidité qui me donne parfois des sueurs froides. Et tu as remarqué qu'elle a ton nez ?

— Je suis heureux de lui avoir transmis certains traits. C'est incontestablement ta fille, mais ça fait plaisir de savoir que j'y ai tout de même participé un peu…

— Plus qu'un peu, même. Ses yeux changent de couleur suivant le temps, comme les tiens. Elle raffole du poulet rôti, comme toi, elle vénère son koala. Sa couleur préférée est le bleu, elle adore chanter…

Jess s'interrompit pour regarder passer l'équipe de secours en tenue jaune vif, ainsi que la patrouille de ski et les ambulanciers portant les civières et les kits de premiers secours.

Il se leva et lui tendit la main.

— Viens, ils vont commencer l'évacuation.

La cabine qui avait déraillé fut la première à être ouverte, et bientôt, Lily put les rejoindre.

Jess fondit en larmes en la serrant dans ses bras.

— Mon petit ange… Ça va ? Tu n'as pas eu trop peur ?

— Nan ! s'exclama Lily, ravie. C'était super !

— Apparemment, elle n'a pas l'air traumatisée, remarqua-t-il avec un sourire, secrètement soulagé.

Après avoir essuyé ses joues mouillées, Jess glissa les doigts dans les cheveux de sa fille.

— Hé… Tu as une vilaine bosse, ici. Tu es sûre que ça va ?

— J'étais devant la vitre quand l'autre cabine, elle a tamponné la nôtre, expliqua Lily, et je m'ai cogné la tête. Ça a fait un gros bruit, et on est tous tombés par terre.

Des autoneiges étaient arrivées pour transporter les enfants au centre médical, où une équipe était prête à les prendre en charge. Jess grimpa avec Lily dans un véhicule, et Lucas enfourcha sa motoneige. Il les retrouva ensuite au cabinet médical.

— Elle continue à parler ? dit-il en voyant Lily s'agiter dans un groupe de fillettes de son âge pendant que, un gobelet de chocolat chaud à la main, elles attendaient d'être vues par le médecin.

— Tu penses… Après une aventure comme celle-ci, elle n'est pas près de se taire ! plaisanta Jess. Elle tient incontestablement de son père.

En souriant, il la prit par le bras.

— Tu pourras l'amener au Chalet quand ce sera fini ici ? J'aimerais lui parler dès ce soir.

Il la vit hésiter.

— Je ne sais pas… Tu ne penses pas que sa journée a déjà été bien chargée ?

— Je veux faire partie de sa vie, Jess, et je veux

commencer aujourd'hui même. J'ai déjà perdu trop d'années. Et elle a assez de force pour faire face. Regarde comme elle surmonte ce qui vient de se passer ! Alors, ça aussi, elle le surmontera. En plus, c'est une bonne nouvelle, non ?

Il retint son souffle alors que Jess réfléchissait, les yeux sur leur fille. Finalement, elle hocha la tête.

— D'accord. Je vais la ramener à la maison pour lui faire prendre un bon bain, et nous viendrons te retrouver après.

— Lily, ta maman et moi avons quelque chose à te dire, annonça Lucas.

Lily, la main sur l'encolure de Banjo, s'immobilisa une seconde.

Jess avait suggéré que l'écurie serait appropriée pour cette révélation, et il n'avait pu qu'approuver : Lily s'y sentait bien, et au moins ne seraient-ils pas obligés de rester gauchement assis sur un canapé.

— Tu sais que je t'ai toujours dit que tu étais faite de pleins de morceaux différents ? commença Jess sur un ton manifestement ému.

— Oui, comme un oritrinque.

— Un ornithorynque, exactement. Beaucoup de morceaux viennent de moi, mais d'autres sont différents. Et ces parties-là viennent de ton papa.

Lily fronça les sourcils.

— J'ai pas de papa.

— Tout le monde en a un, ma puce. C'est juste que je l'avais perdu et qu'il m'a fallu longtemps pour le retrouver.

— Et il est gentil ?

— *Très* gentil.

Et Lucas, devant l'amour qu'il vit dans le regard de Jess, sut que son rêve allait enfin se réaliser.

— Tu crois qu'il m'aimera bien ? demanda Lily avec une inquiétude qui l'émut.

— Il t'adorera, je le sais. Mais je crois qu'il va te le dire lui-même...

— Où il est ?

— Ici, Lily. Je suis ici, lui dit-il. C'est moi, ton papa.

Elle le regarda fixement quelques secondes.

— C'est vrai ? demanda-t-elle finalement, tout bas.

— Oui, c'est vrai. Et je suis le papa le plus heureux du monde d'avoir une petite fille comme toi.

Il lui ouvrit les bras, Lily vint s'accrocher à son cou et presser son petit visage contre le sien, et toutes ses appréhensions s'envolèrent, balayées par une joie indescriptible.

Toutefois, comme il rencontrait le regard de Jess, il put voir, au-delà de son sourire, une brillance particulière.

Des larmes…

Accepterait-elle vraiment de partager Lily ?

Lucas regardait sa fille qui s'était endormie après le dîner sur le canapé de sa suite, la tête sur les genoux de Jess et son koala serré contre elle.

— Elle est si belle, dit-il, ému. Nous avons fait un vrai petit chef-d'œuvre. Et je n'en reviens pas qu'elle m'ait accepté aussi aisément.

— Elle te trouve fantastique.

— Tu crois ?

— Bien sûr. Tu as un cheval et une calèche… Que pourrait-elle rêver de plus ? ironisa gentiment Jess.

Il sentit son cœur se gonfler d'amour pour elle et pour leur fille. Sa famille.

A propos de famille…

— Tu as parlé à ton père ?

— Non, mais j'ai eu sa secrétaire ce matin. Elle a pu caser Lily pour la biopsie le mercredi avant Noël.

— Mais lui, tu ne l'as pas eu ?

— Non, je n'ai pas pu. De toute façon, l'avoir au téléphone ne me semble pas adéquat. Je ne sais pas comment faire. Je ne veux pas non plus lui parler pour la première fois en six ans juste avant l'endoscopie de Lily, mais je n'ai plus beaucoup de temps et…

— Tu y verras plus clair à tête reposée, dit-il alors qu'elle étouffait un bâillement. La nuit porte conseil, c'est bien connu, et la solution finira par venir. Pourquoi ne passeriez-vous pas la nuit ici ? Inutile de réveiller Lily pour rentrer chez toi. Tu n'as qu'à prendre mon lit.

— Merci, mais donne-moi simplement une couverture, je vais dormir devant le feu. Je veux rester près d'elle au cas où elle se réveillerait tout de même. Elle risquerait d'être perturbée de se retrouver dans un endroit qu'elle ne connaît pas bien. Surtout après cette journée mouvementée.

— OK. Je vais la porter dans mon lit, alors. Je prendrai le canapé.

Après qu'il l'eut installée, tous les deux restèrent un instant à la regarder dormir.

— Merci de m'avoir offert ce cadeau, Gigi. Et d'avoir été assez forte pour faire ce qui a dû être un choix difficile. Tu veux bien la partager avec moi, maintenant ?

— Bien sûr. L'élever seule n'a jamais été une volonté de ma part. Mais nous allons avoir d'autres décisions à prendre, tous les deux…

— C'est certain. Mais pas ce soir. Pour aujourd'hui, je crois que ça suffira…, soupira-t-il en souriant. Et j'ai encore une requête : je veux aussi faire partie de ta vie.

— Nous sommes liés par Lily, désormais.

— Je veux plus. Je veux connaître avec toi une relation qui aille au-delà de celle de parents. Je te veux, toi.

— Moi ? Après ce que j'ai fait ?

— Gigi… Tout ce que j'ai accompli l'a été pour toi. Et c'est pour toi aussi que je suis revenu. Inutile de s'appesantir sur le passé. Chacun a eu un rôle à jouer — ton père, toi, moi — mais à quoi bon regarder en arrière ? Ça ne change rien à mes sentiments pour toi et pour Lily. Ce qu'il faut, à présent, c'est nous tourner vers le futur. Nous avons le reste de notre vie pour rattraper le temps perdu.

— Tu le penses vraiment ?

— Oui. Et toi ? Est-ce que tu as d'autres projets ?

La lueur dans les yeux de Jess et le sourire qui lui étira

légèrement les lèvres lorsqu'elle secoua la tête réveillèrent le désir à fleur de peau qu'il ressentait dès qu'il était près d'elle. Il se fit alors la promesse de veiller sur elle et sur Lily, si elle l'y autorisait. Pour cela, il était prêt à tout pour la convaincre. Prêt à la charmer et à l'aimer jusqu'à ce qu'elle accepte de se donner à lui corps et âme.

11.

Son père l'attendait au Crystal Chalet ! Lucas avait proposé à Jess de lui organiser un rendez-vous avec lui, mais elle n'avait pas pensé que cela se ferait aussi vite, et son cœur battait fort alors qu'elle s'approchait de la porte de la suite.

— Tout se passera bien, Gigi, lui murmura Lucas. Je reste dans le couloir au cas où tu aurais besoin de moi. Cette fois, je ne te laisserai pas tomber.

Son ton rassurant lui donna le courage de tourner la poignée.

— Papa ?

Il se leva aussitôt et se tourna vers elle.

Il était toujours aussi grand et mince, mais ses cheveux étaient plus gris désormais. Elle avait manqué son soixantième anniversaire. Pourquoi ?

Parce qu'elle était têtue. Et même butée.

Mais il lui ouvrait les bras, et elle courut aussitôt s'y réfugier sans pouvoir contenir ses larmes.

— C'est si bon de te voir, ma chérie.

— Pour moi aussi, papa. Maman est là ?

— Non. Elle ne savait pas trop comment ça se passerait entre nous. Des fois que nous nous écharperions, plaisanta-t-il. Mais ne t'inquiète pas, ce n'est que le premier pas, bientôt nous serons de nouveau une famille. Avant tout, je veux te montrer quelque chose…

Il sortit son portefeuille de sa poche et l'ouvrit pour elle.

Il avait toujours eu une photo de Stephen et d'elle, mais

une autre s'y était ajoutée : une photo de Lily et d'elle que Kristie avait prise le jour des six ans de sa fille.

— Où l'as-tu eue ? demanda-t-elle, surprise.

— Kristie me l'a donnée quand je le lui ai demandé. C'est elle qui m'a maintenu relié à vous toutes ces années. Je ne supportais pas l'idée de t'avoir perdue pour toujours.

Elle-même, déterminée à lui prouver qu'elle était capable de se débrouiller seule, avait systématiquement renvoyé ses lettres et ses chèques. Et pourtant, durant tout ce temps, il avait suivi les progrès de Lily sans jamais perdre l'espoir de les revoir, elle et sa fille.

— Je regrette, papa. Je m'en veux aujourd'hui de t'avoir maintenu à distance.

Il sourit, visiblement ému, puis l'attira contre lui.

— Merci, Jessie. Tu crois qu'on pourrait prendre un nouveau départ, tous les deux ?

— Et même tous les trois. Tu veux dire bonjour à ta petite-fille ?

— Maintenant ? Elle est ici ?

— Oui. Lucas est dans le couloir, il va aller la chercher.

— Oh. Alors, pourquoi ne pas me présenter Lucas, pendant que tu y es ? Après tout, je lui dois un grand merci pour t'avoir ramenée dans ma vie.

— D'accord. Donne-moi une minute.

Lucas l'attendait comme promis, et elle se jeta dans ses bras.

— Hé ! Apparemment, ça s'est bien passé !

— Oui. Grâce à toi. Il veut rencontrer Lily.

— C'est bien. J'ai déjà demandé à Sofia de l'amener.

— Et toi aussi, il veut te connaître.

— Oh… Là, tout de suite ?

— Oui. Viens.

Lui prenant la main, elle l'entraîna avec elle dans la suite.

— Papa, je te présente Lucas White. Lucas, mon père, Stuart Johnson, dit-elle, non sans appréhension.

Au bout d'un instant de silence entre les deux hommes, son père tendit finalement une main que Lucas saisit.

— Je suis heureux de vous rencontrer officiellement, monsieur Johnson, dit ce dernier.

La poignée de main qu'ils échangèrent était moins tendue qu'elle ne l'avait craint, et elle relâcha le souffle qu'elle avait contenu sans s'en rendre compte.

— Moi aussi. Et je pense vous devoir des excuses. J'ai porté un jugement bien trop hâtif sur vous, et cela m'a valu de perdre pendant des années ma fille et ma petite-fille. Merci de me les avoir ramenées.

— Je tiens à vous assurer que j'ai l'intention de rattraper moi aussi le temps perdu et d'assumer toutes mes responsabilités envers elles deux, ajouta Lucas en attirant Jess contre lui.

A cet instant, elle s'autorisa à croire que tout se passerait bien.

Avec Lucas à ses côtés, tout semblait désormais possible. Son caractère farouchement indépendant et entêté l'avait éloignée de tous, mais Lucas était de nouveau dans sa vie, ainsi que son père et sans doute même bientôt sa mère. Elle le savait à présent, Lily et elle ne seraient plus jamais seules.

Qui sait ? Peut-être allait-elle enfin connaître le bonheur ?

Jess, en tenue stérile, était assise au pied de la table d'opération tandis que son père se préparait pour la biopsie de Lily. Celle-ci était déjà endormie, et sitôt que l'anesthésiste donna silencieusement le feu vert à Stuart, celui-ci inséra dans l'œsophage de Lily un tube flexible équipé d'une minuscule caméra qu'il fit glisser à travers l'estomac jusqu'à l'intestin grêle. Stuart examina la muqueuse intestinale et prit cinq ou six échantillons en différents points.

Jess suivait l'intervention sur le moniteur au-dessus de leurs têtes.

— Que cherches-tu, exactement ? demanda-t-elle.

Surtout pour entendre la voix de son père et se convaincre qu'il était bien de retour dans sa vie.

— Une éventuelle atrophie des villosités ou une inflammation des muqueuses. Le pathologiste attend les échantillons, et nous serons ainsi rapidement fixés.

La procédure ne prit qu'une quinzaine de minutes. Il n'y avait plus qu'à attendre le résultat.

Ce qu'elle fit en restant avec Lucas auprès de Lily dans la salle de réveil, où Stuart faisait de fréquents passages.

— J'ai les résultats, annonça-t-il enfin à travers son masque. Les villosités sont émoussées, ce qui indique une atrophie partielle, et on note une présence accrue de lymphocytes, ainsi que quelques autres modifications qui concordent avec l'inflammation, ce qui correspond à un stade 3 de la classification de Marsh.

— Qu'est-ce que ça veut dire ?

— Que Lily est bien atteinte de la maladie cœliaque.

— Et j'aurais dû m'en inquiéter plus tôt ?

Elle se sentait déjà coupable, mais son père secoua la tête.

— D'après son dossier, les symptômes qu'elle a jusqu'ici manifestés étaient trop faibles pour indiquer quoi que ce soit. C'est généralement une pathologie héréditaire, et c'est seulement en découvrant les antécédents de Lucas qu'on a pu chercher dans cette direction. La cœliaquie peut être aisément maîtrisée en surveillant son régime. Une fois que le gluten en aura disparu, les villosités et l'intestin se rétabliront. Ça devrait prendre entre trois et six mois. Je vais vous organiser des rendez-vous avec un diététicien et avec un conseiller. Tout se passera bien, Jessie, ne t'inquiète surtout pas. Maintenant, il faut que je vous laisse, on m'attend pour une intervention. Ça va aller ?

Elle saisit la main de Lucas avant de sourire à son père.

— Oui. On va s'en sortir.

De plus, elle continuait de reconstruire sa relation avec ses parents avec l'aide de Lucas : ce dernier les avait invités au Crystal Chalet pour le déjeuner de Noël ainsi que Kristie, son oncle et sa tante. Tout le monde semblait prêt à tirer un trait sur le passé. Il y avait des années qu'ils n'avaient pas partagé un repas de Noël familial, et elle était aussi excitée que Lily à cette perspective.

En ce matin de Noël, Lily s'était levée de bonne heure et en pleine forme. Sa biopsie n'avait eu aucun effet secondaire, et elle avait accepté sans sourciller d'apprendre qu'elle souffrait de cœliaquie. Jess avait le net sentiment qu'elle était même ravie de savoir qu'elle en avait hérité de son père.

Sur l'insistance de Lucas, elles avaient passé la nuit de Noël chez lui.

— Le Père Noël, il est venu avec les cadeaux ? demanda Lily en bondissant sur le lit.

— Viens, on va voir si papa est réveillé.

Lucas les attendait dans le salon. Après l'avoir embrassé, Lily répéta sa question.

— J'ai l'impression d'avoir vu devant la cheminée un gros paquet qui n'était pas là hier, répondit-il avec un grand sourire. Tu veux qu'on aille vérifier ensemble ?

Moins de deux minutes plus tard, Lily déchirait en hâte le papier enveloppant la superbe maison de poupée qu'elle avait admirée une semaine plus tôt dans la vitrine d'un magasin.

Après que la petite fille eut observé avec émerveillement tous les meubles miniatures qui s'y trouvaient, Lucas lui tendit une petite boîte où elle découvrit une calèche rouge comme celle du Crystal Chalet, à laquelle était attelée la réplique exacte de Banjo.

— Oh… Banjo ! s'exclama Lily, les yeux brillant de joie.

— Et maintenant, Lily, au tour de papa, annonça Jess.

Lily donna un paquet à son père avant d'aller jouer, et Jess observa Lucas alors qu'il découvrait l'album des photos de Lily depuis sa naissance et jusqu'à son sixième anniversaire. Ensemble, ils parcoururent la courte vie de

Lily — sa première dent, son premier Noël, son premier jour d'école…

— C'est un très beau cadeau, Gigi, dit-il en refermant l'album. Merci.

— Ce n'est pas fini.

Intrigué, il prit l'enveloppe qu'elle lui tendait, l'ouvrit et en sortit un document.

— C'est son certificat de naissance. Je l'ai fait rectifier.

Elle lui montra la ligne du père, où l'on pouvait lire « Lucas White ».

— Tu n'aurais pas pu me faire plus plaisir, dit-il, visiblement ému. A ton tour, maintenant. Lily, on offre notre surprise à maman ?

Aussitôt, Lily plongea sous le sapin pour en sortir un petit paquet enrubanné que Lucas déposa ensuite dans sa paume.

— Gigi, je t'aimais il y a sept ans, et je t'aime toujours. Et j'aime Lily. Mon plus cher désir est que nous formions une famille. Jess Johnson, acceptes-tu de devenir ma femme ?

Elle sentit ses yeux s'emplir de larmes.

— Oh non, pleure pas, maman ! s'écria Lily, atterrée.

— Ce n'est rien, ma puce. Ce sont des larmes de joie, la rassura-t-elle avant de lever les yeux vers Lucas. Tu as été mon unique amour, Lucas, et je t'ai aimé dès notre premier baiser. Alors, oui, je veux t'épouser.

Lily poussa un cri de joie en tapant des mains, et tous deux l'attirèrent dans leur étreinte.

Puis Jess ouvrit la petite boîte blanche et y découvrit dans un écrin de velours grenat une bague en or sertie de minuscules diamants.

— Je promets de vous protéger, Lily et toi, aussi longtemps que vous voudrez de moi. Et de vous aimer. Toujours.

Il lui glissa l'anneau au doigt avant de l'embrasser.

— Elle lui plaît, hein ? remarqua Lily.

Il approuva en lui ébouriffant tendrement les cheveux.

— Je crois qu'on a fait le bon choix.

— Tu étais au courant ? s'étonna Jess en regardant sa fille.

— Elle m'a aidé à la choisir, oui. Elle est presque aussi douée que toi pour garder un secret, ajouta Lucas, amusé.

— Plus de secrets entre nous, maintenant. Promis.

Lily tira alors sur sa manche.

— Et quand est-ce que j'aurai ma petite sœur ?

Jess sourit sans quitter Lucas des yeux.

— On fera de notre mieux, ma puce.

Épilogue

Jess, allongée sur une serviette sous le chaud soleil de l'automne austral, regardait Lucas donner une leçon de surf à Lily.

A la façon dont elle répondait aux instructions de son père, il était clair qu'elle avait un don naturel pour ce sport. Il y avait un mois qu'ils étaient en Australie, et elle admira la belle teinte brune qu'avait prise le corps musclé de Lucas.

— Lily s'amuse comme une folle, remarqua-t-elle un instant plus tard alors qu'il se penchait pour l'embrasser.

— Et elle est douée.

— Elle tient de son père — et donc de mon mari.

Ils avaient convolé trois mois plus tôt à Moose River, et ils avaient fêté leur union par une seconde cérémonie avec la famille de Lucas.

— Heureuse ? demanda-t-il.

— Fabuleusement, répondit-elle. Et comme j'ai promis de ne jamais rien te cacher, j'ai quelque chose à t'annoncer…

— Oh ? Une bonne nouvelle ?

— Oui. Du moins, j'espère qu'elle le sera pour toi aussi. Tu sais que Lily m'a demandé une petite sœur pour Noël…

— Et tu voudrais qu'on lui en offre une ?

— Il ou elle est déjà en route.

— Quoi ? Tu es enceinte ? Elle lui prit la main pour la poser sur son ventre.

— Eh oui. Et le bébé devrait arriver une semaine avant Noël. Alors, le cadeau de Lily est tout trouvé, cette année.

— C'est une merveilleuse nouvelle, Gigi ! Tu n'aurais pas pu me faire un plus beau cadeau.

— Tout ce que tu as manqué pour Lily, tu vas le vivre cette fois avec sa petite sœur ou son petit frère. Qu'en penses-tu ?

— J'en pense que…

Lucas n'acheva pas sa phrase, mais son baiser fut une réponse tout ce qu'il y avait de plus clair.

Un excellent départ pour le premier jour de cette vie de pur bonheur qui les attendait.

BLANCHE

HARLEQUIN

Play-boy ou papa, d'Alison Roberts - N°1518

Emma n'a qu'un rêve : fonder une famille. Hélas, cette année, elle sera de nouveau seule pour Noël et préfère donc se rendre utile aux urgences de l'hôpital. Or, quelle n'est pas sa surprise de découvrir qu'elle remplacera Max Cunningham durant ses congés ! Max, l'ancien play-boy qui lui plaisait tant autrefois, devenu brutalement le père de trois petits orphelins…

Un chirurgien inoubliable, d'Amy Ruttan

Revoir Calum… Pour Pearl, c'est un choc d'autant plus grand qu'elle a pensé à lui chaque jour, ces cinq dernières années. À l'époque, le quitter pour devenir un grand médecin semblait un sacrifice nécessaire, mais elle doute aujourd'hui d'avoir fait le bon choix. Car, face à Calum, son cœur s'emballe comme au premier regard. Saura-t-elle collaborer avec lui pour sauver le patient qui les réunit, sans révéler les émotions qui la submergent ?

Une sage-femme amoureuse, de Fiona McArthur - N°1519

SÉRIE : LE NOËL DES SAGES-FEMMES - 1/2

Tara sait qu'elle a pris la bonne décision en s'installant à Lyrebird Lake. Comment ne pas aimer cette petite ville paisible à la communauté soudée, et dont le centre médical est à la pointe de la modernité ? C'est l'endroit idéal pour commencer sa nouvelle vie de sage-femme. Mais, pour éviter toute complication, encore lui faut-il ignorer les sentiments que lui inspire le Dr Simon Campbell, son nouveau collègue et voisin…

Émouvantes retrouvailles, de Fiona McArthur

SÉRIE : LE NOËL DES SAGES-FEMMES - 2/2

Quand elle a découvert qu'elle était enceinte de Rayne Walters, Maeve a été partagée entre la joie de fonder enfin une famille et la tristesse de devoir élever seule leur enfant : en effet, après leur première et unique nuit de passion neuf mois plus tôt, Rayne a disparu sans un mot d'explication. Venue accoucher à Lyrebird Lake, entourée de sa famille et de ses amis, Maeve s'attend donc à tout sauf à le retrouver dans les rues de la ville…

Leur mission : sauver des vies.
Leur destin : trouver l'amour.

HARLEQUIN
www.harlequin.fr

BLANCHE

Le bébé du Dr MacCallan, de Louisa George - N°1520

Quand sa meilleure amie, Julia, l'informe de son intention d'avoir un bébé toute seule faute d'avoir trouvé l'homme idéal, le Dr Liam MacCallan est sous le choc. Comment Julia peut-elle songer à porter l'enfant d'un parfait inconnu, alors qu'elle a toujours désiré fonder une famille ? Bientôt, prenant conscience de son attirance pour Julia, Liam lui fait une audacieuse proposition : être le père de son bébé…

Un hiver à Deer Creek, d'Annie O'Neil

Diriger le cabinet médical de Deer Creek, une petite station de ski, comble Tara de bonheur. Mais, en cette période des sports d'hiver, elle attend avec soulagement l'arrivée de son nouveau chirurgien saisonnier, le Dr Fraser MacKenzie… En le rencontrant, hélas, elle reconnaît l'insupportable snowboarder qui a bien failli la heurter de plein fouet quelques heures plus tôt, sur la piste noire. Un individu aussi inconscient qu'irrésistible…

HARLEQUIN

Leur mission : sauver des vies.
Leur destin : trouver l'amour.

HARLEQUIN
www.harlequin.fr

Harmony

Espoir. Tendresse. Romantisme.

Retrouvailles inattendues, retour aux sources, demande en mariage bouleversante, arrivée d'un adorable bébé… Harmony est la collection qui remet la tendresse au cœur de la romance !
Découvrez des femmes et des hommes qui aspirent à une vie remplie d'amour, et évadez-vous grâce à des histoires ancrées dans des paysages authentiques.

3 romances à découvrir tous les mois.

Composé et édité par HarperCollins France.

Achevé d'imprimer en octobre 2020.

CPI
BLACK PRINT

Barcelone

Dépôt légal : novembre 2020.

MIXTE
Papier issu de sources responsables
FSC® C108412
FSC
www.fsc.org

Pour limiter l'empreinte environnementale de ses livres, HarperCollins France s'engage à n'utiliser que du papier fabriqué à partir de bois provenant de forêts gérées durablement et de manière responsable.

Imprimé en Espagne.